Friedrich Kalpenstein

Das Leben ist kein Zweizeiler

TINTE & FEDER

Das Buch

Alexander ist Autor und geschieden. Gemeinsam mit seinem Rauhaardackel Leo wohnt er in München. Seit seinem Bestseller hindert ihn eine Schreibblockade, an diesen Erfolg anzuknüpfen. Mit dem Schreiben von Groschenromanen hält er sich zwischenzeitlich über Wasser.

»Ein Single, der sich auf den Weg macht, die große Liebe zu finden«, das soll der Inhalt seines neuen Bestsellers sein. Getrieben von dieser Idee stürzt er sich auf den Singlemarkt. Natürlich rein zur Recherche. Unterstützt wird er hierbei von Michaela, einer langjährigen Freundin und Psychologin, die in Alexander eine Art Projekt sieht. Ob Alexander zu seiner alten Form zurückkehrt und auf die Frau seines Lebens trifft …?

Ein Roman zum Verlieben.

Der Autor

Friedrich Kalpenstein wurde 1971 in Freising bei München geboren und lebt heute in der Nähe von Freising im Ampertal.

Im Jahr 2007 verfasste er seine erste Kurzgeschichte unter dem Titel »Träum' mir einen Freund«. Fünf Jahre später veröffentlichte er sein erstes Kinderbuch mit sieben Kurzgeschichten als E-Book. Weitere Kinderbücher folgten.

Seine schriftstellerische Motivation veränderte sich bald, und seinen Kinderbüchern folgten zwei humorvolle Romane für Erwachsene. Darin erzählt Kalpenstein schwungvoll und witzig von Situationen, die jeder kennt – vom ganz normalen Wahnsinn des Alltags eben, denn die besten Geschichten schreibt das Leben.

Der erste Roman »Ich bin Single, Kalimera« erschien 2013 als E-Book im Selbstverlag und wurde im März 2015 von Amazon Publishing in einer neuen Version aufgelegt. Daraufhin folgten die Romane »Wie Champagner« und »Männerferien«.

FRIEDRICH KALPENSTEIN

DAS LEBEN IST KEIN ZWEIZEILER

ROMAN

TINTE & FEDER

Deutsche Erstveröffentlichung bei
Tinte & Feder, Amazon Media EU S.à r.l.
5 Rue Plaetis, L-2338, Luxembourg
Mai 2016

Umschlaggestaltung: semper smile, München, www.sempersmile.de
Umschlagmotiv: © Ryoko Uyama / Getty; © Robcartorres / Shutterstock;
© Annareichel / Shutterstock
1. Lektorat: Karla Schmidt
Lektorat, Korrektorat und Satz:
Verlag Lutz Garnies, Haar bei München
www.vlg.de
Printed in Germany
By Amazon Distribution GmbH
Amazonstraße 1
04347 Leipzig, Germany

ISBN 978-1-503-93644-7

www.amazon.de/tinteundfeder

PROLOG

»Herr Kranzberger, als Sie den letzten Satz Ihres Romans vollendeten, hatten Sie da schon eine Ahnung, dass es ein Bestseller werden würde?«

»Nun, so viel Weitblick möchte ich mir nicht anmaßen. Schließlich kommt es auf die Leser an, ob sie sich für eine Geschichte interessieren oder nicht.« Ich trank von meinem stillen Wasser, da meine trockene Kehle mich zwang, mich ständig zu räuspern.

»Wie viel von Ihnen steckt denn in Ihrer Hauptfigur?«

»Nun ja, Gott sei Dank sehr wenig. Sonst wäre ich ja ein Serienkiller, nicht wahr?«

Alle lachten bis auf den Reporter, der mir diese Frage gestellt hatte. Mein Agent zeigte auf eine junge, schüchtern wirkende Dame mit Brille und erteilte ihr somit das Wort.

»Herr Kranzberger, Sie beschreiben jeden Tathergang in Ihrem Buch äußerst genau. Woher nehmen Sie das medizinische Wissen?«

»Jahrelange Übung«, hauchte ich mit übertrieben tiefer Stimme ins Mikrofon und erntete dafür betretenes Schweigen. Selbst die Kameras klickten nicht mehr, und die Fotografen blickten an ihren Apparaten vorbei zu mir auf die Bühne. »Quatsch, ich mach nur Spaß! Ich habe eine gute Quelle in der Münchner Pathologie«, brummte ich ins Mikro in einer Stimmlage, die mir selbst fremd war.

Erleichterung ging durch die Messehalle, und die Kameras klickten weiter. Anscheinend kamen die hiesigen Reporter nicht mit meiner Art von Humor klar. Wahrscheinlich wurde von einem Mann, der über vierhundert Seiten grausame Dinge zu Papier brachte, auch kein Humor erwartet.

»Warum schreiben Sie denn unter dem Pseudonym *Ben Scott* und nicht unter Ihrem richtigen Namen?«, wollte ein Reporter wissen und streckte sein Diktiergerät in meine Richtung.

»Der Verlag meinte damals, *Alexander Kranzberger* sei ein bisschen zu lang auf dem Buchtitel. Meine Idee, das Buch doch einfach im Querformat zu drucken, wurde umgehend abgeschmettert.« Na bitte. Jetzt lachten sie.

Noch vor zwei Monaten hätte ich mir nicht träumen lassen, dass mein erstes Buch so erfolgreich werden würde. Nun saß ich hier auf der Frankfurter Buchmesse und gab als Bestsellerautor eine Pressekonferenz. Als ich mein Manuskript zu ein paar Verlagen schickte, glaubte ich nicht einmal daran, eine Rückmeldung zu bekommen. Mein gesamter Freundeskreis und meine Ehefrau waren sich einig, dass ich es auch gleich lassen könne. Das hätten schon ganz andere versucht. Da wären die Chancen beim Lotto auf einen Sechser mit Zusatzzahl deutlich größer. Ich ließ mich nicht abschrecken, schließlich gab es jedes Jahr einige Lottomillionäre. Das bedeutete, ein paar schafften es immer. Grund genug, es zu probieren.

»Herr Kranzberger, wo schreiben Sie denn am liebsten? Haben Sie einen Lieblingsplatz bei sich zu Hause, den Sie uns verraten?«, riss mich ein Journalist aus meinen Gedanken.

»Ja, ich habe tatsächlich einen Lieblingsplatz. Meist sitze ich an meinem Schreibtisch, einem alten Sekretär, den ich vor Jahren in einem Antiquitätengeschäft erstanden habe. Der Händler hat mir versichert, dass er einem Dichter, dessen Namen ich hier nicht preisgeben möchte, gehört hat. Vielleicht hat er magische Kräfte, und mir sind deshalb die richtigen Zeilen für einen Bestseller eingefallen? Wer weiß, was dieses alte Holz schon alles gehört und gespürt hat?«

Natürlich war das alles erstunken und erlogen. Mein Agent hatte mir einfach nur zu ein paar solcher geheimnisvollen Geschichten geraten. »Das hören die Leute immer gerne«, sagte er zu mir. In Wahrheit schreibe ich überall. Aber auf dem Balkon oder in der Küche, das hört sich einfach nicht spannend an.

Als ich wenig später, erschöpft von der Pressekonferenz, in meinem Hotel ankam, zog ich mich alleine auf mein Zimmer in der zweiundzwanzigsten Etage zurück. Ich warf mein Sakko aufs Bett und blieb vor dem riesigen Fenster mit Blick auf Frankfurt stehen. Seit der Trubel um mein Buch vor wenigen Wochen begonnen hatte, war dies der erste Moment, um etwas durchzuatmen. Unten wuselte es hektisch von Menschen, die aus dieser Höhe wie Ameisen wirkten. Die Sonne ging langsam unter und tauchte die Skyline in orangefarbenes Licht.

Ich griff in die Zimmerbar und genehmigte mir ein Bier. Dann legte ich meinen Schal ab und öffnete einen weiteren Knopf meines Hemdes. Der Schal war mir bei der Pressekonferenz schon viel zu warm gewesen. Da ich aber in den meisten Talkshows Autoren mit Schal sitzen sah, hatte ich mich genötigt gefühlt, mich diesem Klischee zu unterwerfen.

Die letzte Frage eines Reporters klingelte mir noch in den Ohren nach: »Wann dürfen wir mit einem weiteren Bestseller von Ihnen rechnen?«

»Schon bald!«, hörte ich mich sagen und ahnte nicht, wie leichtfertig ich diese Antwort gab. Es war mir leichtgefallen, diesen einen Bestseller zu schreiben. Doch die große Kunst liegt wahrscheinlich darin, an den Erfolg anzuknüpfen.

NACHTS IN MÜNCHEN

Die Neugier brachte sie fast um den Verstand. Was für eine Art Liebhaber würde John sein? Ist er der stürmische Typ, oder würde er ihren Körper Stück für Stück ausgiebig erforschen? Immer wieder hoffte sie, er würde ihre lüsternen Blicke erwidern. Sie wartete darauf, von ihm gepackt zu werden. Kim legte es darauf an und fuhr mit der Hand über ihren schlanken Hals, hinab zur Brust, um dort auf ihrem Dekolleté ein wenig zu verweilen. Dann strich sie sich eine blonde Strähne aus dem Gesicht und befeuchtete ihre Lippen mit dem Chardonnay, den sie kurz zuvor an der Bar geordert hatte. Doch John würdigte sie keines Blickes. Also setzte sie alles auf eine Karte und erhob sich von ihrem Platz. Ihr hautenges schwarzes Kleid wirkte, als hätte man es auf ihren Körper aufgemalt, so perfekt saß es. Sie warf ihre langen Haare nach hinten, legte eine Hand in die Hüfte und machte sich auf den Weg in Johns Richtung. Hatte er sie wirklich noch nicht bemerkt, oder wollte er gar erobert werden? Wie eine Wildkatze pirschte sie sich an ihn heran. Noch ein paar Schritte auf ihren feuerroten High Heels trennten sie von ihrem Ziel. Dann endlich stand sie vor ihm. Sie legte ihren Kopf zur Seite und baute sich vor ihm auf.

Gerade, als sie etwas sagen wollte, tat er den Mund auf: »Mensch, geh doch zur Seite, ich seh ja nichts!«

Damit hatte sie nicht gerechnet. War eine Sportsbar etwa kein guter Ort, um einen Mann anzumachen? Oder lag es an dem Spiel? War gerade Weltmeisterschaft oder so? Sie konnte es kaum fassen und blickte nun auch auf die Großleinwand. Drei zu drei und schon vier Minuten Nachspielzeit. Um einen Abstieg zu verhindern, müssen sie dieses Spiel unbedingt…

»Meine Güte, was für ein Scheiß! Kaum eine Frau auf diesem Planeten hat auch nur annähernd Ahnung von Abstieg und Tabellen!«, sagte ich laut zu mir selbst.

Ohne zu speichern, klappte ich meinen Laptop zu. Schluss für heute, sonst bekomme ich diese Nacht wieder keinen Schlaf. Leopold sah mich mitleidig an. Das tat er immer, wenn bei mir etwas schieflief. So, als würde er mich verurteilen für meine Taten. Für einen Hund war er überhaupt sehr kritisch. Nein. Ich muss mich korrigieren. Leopold ist kein Hund, er ist ein Rauhaardackel. Das ist ein großer Unterschied. Ein Hund ist des Menschen bester Freund und folgt ihm auf Schritt und Tritt. Voller Enthusiasmus lernt er Kunststückchen, die nur dem Menschen einen Vorteil verschaffen. Den nämlich, vor seinen Mitmenschen angeben zu können. *»Seht her, was ich Bello Tolles beigebracht habe!«*

Ein Rauhaardackel hingegen hat seinen eigenen Kopf. Leo ist sogar ein Exemplar mit zwei eigenen Köpfen und einem Hang zur Theatralik. Leo und ich leben alleine. Er ist sozusagen ein Scheidungskind. Der Richter hat den Vierbeiner damals mir zugesprochen. Ich hätte als Autor mehr Zeit, hat er gesagt. Als ob er tagtäglich sechzehn Stunden in seiner Robe stecken würde. Aber durch diese Sichtweise blieb mein Leo bei mir. Das heißt, nicht ganz. Ich glaube, der Richter war mit der Entscheidung ein wenig überfordert. Da Heike, meine Exfrau, unseren Hund vor Gericht dermaßen vermenschlichte, wurde er am Ende auch so behandelt. Nun verbrachte Leo also alle zwei Wochenenden und die Hälfte der Schulferien bei Mama in Grünwald.

Was soll ich sagen? Meines Erachtens passt ein Dackel nicht nach Grünwald. Dort leben Hunde wie Shih Tzu oder

Labrador. Allerdings hat er es, denke ich, auf ein Windhundweibchen abgesehen, das im Haus neben meiner Ex wohnt. Wie er das allerdings technisch hinbekommen will, war mir von Anfang an schleierhaft. Letztes Weihnachten hatte ich ihn zu einem Bekannten mitgenommen, der außerhalb von München auf einem Bauernhof lebt. Dessen Mischlingsdame war gerade läufig. Ich machte Leo also die Tür zur Scheune auf, und er ward für über eine Stunde nicht mehr gesehen. Dann endlich ein Lebenszeichen. Wäre Leopold ein Mensch gewesen, hätte ich gesagt, er kam auf allen vieren wieder heraus. Er hat die ganze Heimfahrt geschlafen.

* * *

Als ich das Licht löschte, begann Leo zu bellen. Das konnte nur eines bedeuten: Seine Decke im Körbchen lag nicht richtig und warf eine Falte. Der Herr Baron ist nämlich ein Ästhet. Natürlich hätte ich mich stur stellen können. Aber da es sich bei Leo nun mal um einen Dackel handelt, ist er am Ende sowieso immer sturer als ich.

Da ich nun schon aufgestanden war, konnte ich ihm auch gleich seinen Mitternachtssnack geben. Feinste Leberwurst. Aber nicht irgendeine. Vom *Feinkost Käfer* aus der Prinzregentenstraße muss sie sein. Ich gebe zu, da habe ich ihn versaut. Doch wenn es nach Heike gegangen wäre, würde Leo heute vegan leben. Seien wir mal ehrlich: ein bayerischer Hund, mitten in München und Veganer. Dazu noch ein Rauhaardackel. Das wäre, als würde man einem Ostfriesen abgewöhnen, Tee zu trinken.

»Ja, die magst du. Feine Leberwurst. Ja, fein.«

Natürlich rede ich mit meinem Hund. Viele Menschen denken, dass ein Hund nicht antworten kann. Leopold schon. Auf seine Weise. Er ist sozusagen ein Meister der Körpersprache. Nach seinem Snack beobachtete er, wie ich ihm seine Decke glatt strich. Er musterte das Ergebnis und legte sich dann zufrieden hin. Danach setzte er seinen fordernden Blick auf, bis ich ihm seinen kleinen Ball und Speedy Gonzales aus Plüsch dazulegte. Sonst geht's für ihn nicht ins Land der Träume. Speedy liebt er heiß und innig. Michaela, eine Freundin von mir, hat ihm das Schmuseteil geschenkt. Keine Ahnung, wie ich Leo später einmal psychisch auffangen soll, wenn Speedy in seine Einzelteile zerfällt. Hundespucki wirkt schließlich nicht unbedingt konservierend. Aber dafür ist Michaela dann da. Hoffentlich! Schnell noch das Nachtlicht angesteckt, und schon ging es für Herrchen in die Falle.

Doch kaum hatte ich das Licht gelöscht, ging es auf dem Hausflur los. Ich vernahm Stimmen von Menschen, denen die fortgeschrittene Uhrzeit wohl völlig egal war. Wer konnte das nur sein in einem Vierfamilienhaus? Der Antiquitätenladen im Erdgeschoss hatte längst zu, und der Hausmeister aus dem ersten Stock ging immer nach der Tagesschau ins Bett. Seine direkte Nachbarin, die Frau Berger, war in Urlaub, und die Wohnung neben mir stand leer. Seit die alte Dame verstorben war, hatte ich nicht einmal einen Makler durchs Haus schleichen sehen. Sehr ungewöhnlich für eine große Wohnung mitten am Wiener Platz. Normalerweise ist der Bestatter mit dem Zinksarg in München noch nicht aus dem Haus draußen, da stehen schon die ersten Interessenten Schlange. Hier aber war bislang außer ein paar Handwerkern niemand zu sehen gewesen. Selbst ich hatte schon mit dem Gedanken gespielt, diese Wohnung dazuzukaufen. Dafür hätte ich aber erst einen weiteren Bestseller schreiben müssen.

Eine Türe fiel ins Schloss, dann lautes Gerede und Möbelrücken. Nach Mitternacht. Nun wurde es mir zu bunt. Ich streckte meinen Kopf in den Hausflur und blickte auf einen Kinderwagen, der gegenüber dastand.

»Ist jetzt endlich Ruhe hier, verdammt noch mal! Es ist nach Mitternacht, und es gibt Leute, die schlafen wollen!«

Ich wartete kurz und horchte ins finstere Treppenhaus. Na bitte, ging doch. Ich schloss die Tür wieder, drehte mich um und sah in die verträumten Augen meines Vierbeiners. Klar, dass Leo gucken musste, was Herrchen da mitten in der Nacht zu schimpfen hatte. Bevor ich nochmals hätte aufstehen müssen, sah ich lieber gleich nach Leos Deckchen, Ball und Speedy. Dann endlich … Ruhe.

NACHBARSCHAFTSHILFE

Es läutete. Ein Blick auf den Wecker verriet, dass es für mich definitiv noch keine Zeit zum Aufstehen war. Leo bellte.

»Leo, gehst du bitte an die Tür?«

Auf seinen kurzen Beinen tapste er über den gefliesten Flur und bellte dann voller Inbrunst die Tür an. Klar, was sonst. Es läutete abermals, und Leopold kriegte sich nicht mehr ein. Was für Wölfe der Mond, war für Leo die Klingel. Die war ihm suspekt.

»Jaja, ich komm ja schon!«

Schnell schlüpfte ich in meine Jogginghose. Den Anblick von mir in meinen Boxershorts wollte ich am frühen Morgen niemand zumuten. Außerdem hatte der Eingriff keinen Knopf. Das Risiko, dass ich mehr zeigen könnte als gewollt, war mir einfach zu groß.

»Wer ist denn das um diese Zeit?«, sagte ich energisch und öffnete schwungvoll meine Wohnungstür.

Leo streckte sofort den Kopf hinaus und blickte neugierig nach oben.

»Entschuldigen Sie bitte die frühe Störung. Ich hoffe, ich habe Sie nicht geweckt.«

»Doch, schon.«

»Ach, das tut mir leid. Es ist ein Notfall, und ich weiß nicht, an wen ich mich wenden soll.«

Vor mir stand eine hübsche Blondine, Ende zwanzig. Ein bisschen klein, aber süß. Mit ihren braunen Kulleraugen musterte sie mich von oben bis unten. Auf dem Arm hatte sie ein Baby in einem blauen Strampler. Ich vermutete, ein Junge. Der Kleine nuckelte sich an seinem Schnuller einen Wolf und schaute mich mit zusammengekniffenen Augen an. Wie es schien, war es ihm auch noch zu früh.

Mir war etwas unwohl, denn bei dem Bild, das sich mir bot, stieg in mir ein alarmierender Gedanke auf: Was habe ich eigentlich vor sechzehn, siebzehn Monaten getrieben? Sofort verwarf ich die Frage wieder. Erstens hatte ich seit meiner Scheidung von Heike vor gut einem Jahr keine Frau gehabt, und zweitens: davor auch nicht. Wahrscheinlich war das ein Männerreflex, wenn auf einmal eine Frau mit einem Baby an der Tür steht.

»Wer sind Sie, wenn ich fragen darf?«

»Ach so. Entschuldigung, mein Fehler.« Die Kleine streckte mir ihre Hand entgegen. »Ich heiße Mandy. Mandy Reiter. Ich wohne seit gestern nebenan. Tut mir leid, wenn wir etwas laut waren, aber wir standen so lange mit dem Umzugswagen im Stau.«

»Ach, ich hab nichts gehört«, log ich.

»Und ich dachte, Sie hätten gestern zu uns rübergerufen.«

Nein, wie peinlich.

»Ich? Nein. Ich war schon früh im Bett. War bestimmt wieder unser Hausmeister«, sagte ich und versuchte, das Gespräch in eine andere Richtung zu lenken. »Ich heiße Alexander Kranzberger. Sie können aber gerne Alexander sagen.«

»Gerne, ich bin Mandy, meine Oma hat hier neben ihnen gewohnt.«

»Ach, dann sind Sie die Enkelin, von der Frau Reiter immer erzählt hat. Mein Beileid übrigens. Viel zu früh ist sie von uns gegangen.«

»Na ja, sie war immerhin schon knapp über neunzig.«

Tja, diese Floskel passte nicht immer. Leo meldete sich mit einem kurzen, kräftigen Bellen zu Wort. Seine Art, sich vorzustellen. Mich wunderte es sowieso, dass er noch nicht Reißaus genommen hatte. Kinder kamen bei ihm noch vor der Klingel. Entweder lag es an seinem feinen Geruchssinn, oder sie waren ihm schlichtweg zu laut.

»Und was genau kann ich jetzt für Sie tun, Mandy?«

»Mir ist das Ganze etwas peinlich, aber könnten Sie für ein paar Stunden auf Finn aufpassen? Ich habe gerade erfahren, dass mein Vorstellungsgespräch vorgezogen wurde. Da möchte ich nicht gleich mit meinem Baby auftauchen.«

Um Gottes willen. Die ist ja drauf, dachte ich. Ich und ein Baby? Ich war an manchen Tagen schon mit Leo überfordert.

»Aber, mit Verlaub, Mandy. Sie können doch nicht einem wildfremden Mann ein Baby anvertrauen.«

»Ach, meine Omi hat viel von Ihnen geschwärmt und erzählt, dass Sie Autor und immer so charmant sind. Sie sagte immer: Der wäre was für dich! Ich bitte Sie sehr um den Gefallen. Ich weiß sonst wirklich nicht, wohin mit dem Kleinen.« Sie klimperte mit den Augen und war sich ihrer Sache sehr sicher.

»Trotzdem. Was ist, wenn etwas passiert? Ich möchte Ihnen nicht zu nahe treten, aber einfach nebenan zu klingeln und dem Nachbarn das Baby in den Arm drücken? Das finde ich, ehrlich gesagt, etwas unverantwortlich.«

Beschämt blickte sie zu Boden und hatte Tränen in den Augen, als sie mich wieder ansah. Waren das Krokodilstränen, oder hatte ich nun wirklich einen Nerv bei ihr getroffen?

»Entschuldigen Sie. Sie haben ja recht. Genau das sagt meine Mutter auch immer.«

»Was?«

»Na, dass ich keine Verantwortung übernehmen kann. Dabei will ich hier wirklich neu anfangen. Aber wenn ich nun bei dem Gespräch mit dem Finn auftauche, dann kann ich das mit dem Job doch gleich vergessen. Eine alleinerziehende Mutter mit Kind stellt niemand gerne ein.«

»Das stimmt doch nicht. Ich bin mir sicher, dass …«

»Bitte entschuldigen Sie, dass wir geklingelt haben. Es wird auch nicht mehr vorkommen.« Sie drehte sich schluchzend mit Finn um und steckte drei Schritte weiter den Schlüssel in ihr Schloss.

Das war gemein gewesen. Jetzt fühlte ich mich schlecht. Ich hatte eine Mutter mit ihrem Kind abgewiesen. Noch dazu eine Mutter mit einer tollen Figur. Andererseits, was ging es mich an? Bis vor drei Minuten wusste ich noch überhaupt nichts von einer Mandy. Schöne Augen hatte sie. Außerdem, wie sollte ich denn in Ruhe schreiben, wenn ich mich nebenbei um ein Kind kümmern musste. Ich ging einen Schritt zurück in meine Wohnung, nahm die Klinke in die Hand und merkte im gleichen Moment, wie sich Unwohlsein in meinem Körper breitmachte.

»Mandy! Warten Sie!«, rief ich ihr zu und trat wieder in den Treppenflur hinaus. Da ich kein Unmensch sein wollte, gab ich nach. Leo begriff schnell und machte sich sogleich aus dem Staub. »Na gut, dann immer rein mit dem kleinen Racker. Aber ich sag es gleich, ich habe keinerlei Erfahrung mit Babys.«

»Oh, danke, danke, danke!«, sprudelte es aus ihr, während sie sich wieder zu mir drehte. »Und keine Angst. Ich war anfangs auch restlos überfordert.«

Mit dieser Information untermauerte sie nicht unbedingt meine Entscheidung. Sie gab mir den Kleinen auf den Arm und stellte eine Tasche vor mir in den Flur.

»Ist aber gar nicht so schwer. Wenn unten was rauskommt, Windel wechseln; wenn er schreit, oben was rein. Fläschchen habe ich zwei Stück in der Tasche. Einfach Wasser abkochen und das Babymilchpulver hinzugeben. Warten, bis es abgekühlt ist, und am Handgelenk die Temperatur prüfen. Windeln erklären sich von selbst.«

Na, wenn sie das sagte. Sie erschien mir als sehr unorganisiert und chaotisch. Deshalb vertraute ich auf meinen Instinkt und dachte, wenn sie das hinkriegt, werde ich das ebenso schaffen.

»Wo wollen Sie sich denn bewerben?«, fragte ich interessiert.

»Bei der *Bavaria Filmstadt.*«

»Ach, Sie sind Schauspielerin?«

»Schön wäre es. Nein, ich bin Make-up-Artist. Ich schminke die Leute.«

»Na dann, viel Glück. Klingeln Sie einfach, wenn Sie wieder da sind.«

Mandy stöckelte die Treppe hinunter. Sie wirkte schusselig, aber sehr sexy. Die hatte Nerven. Ich schloss die Tür, und Finn schaute mich nuckelnd an.

»Leo? Schau, wir haben Besuch!«

Leises Knurren. Ich ging mit dem Kleinen auf dem Arm ins Wohnzimmer und schob mit dem Fuß die Wickeltasche vor mir her.

»Schau, Leopold, das hier ist der kleine Finn, der ist heute bei uns.«

Leo lag mit Speedy unter der Couch. Nur sein Kopf ragte ein wenig hervor, und er sah mich verächtlich an. Darin war er Meister. Er schaffte es sogar, dass ich mich jedes Mal schlecht dabei fühlte.

»Ach, Leo. Ist doch nur für ein paar Stunden. Und deine Leberwurst frisst er dir schon nicht weg. Der kleine Finn hat sein eigenes Fressi dabei.«

Leopold gab nach und robbte mit Speedy aus seinem Versteck. Wahrscheinlich hatte ihn meine Ansprache beruhigt, und er sah seine Wurst in Sicherheit. Apropos Wurst. Wir hatten ja noch überhaupt nichts gefrühstückt. Wohin aber in der Zwischenzeit mit dem kleinen Finn? Auf den Boden wollte ich ihn nicht legen. Nichts gegen Leopold, aber so ganz traute ich ihm nicht. Die Couch war mir zu unsicher. Ich erinnerte mich an den Kinderwagen, der vor Mandys Wohnung im Hausflur parkte. Ich ging mit Finn los, holte seinen Ferrari in meine Wohnung, legte ihn in sein Vehikel und schob es in die Küche. Der Kleine brabbelte vor sich hin. Leo kam dazu, und wir drei frühstückten.

»Jetzt komm schon, Leo! Magst unserem kleinen Gast nicht einmal ›Hallo‹ sagen?«

Er schaute mich schief an. Ich nahm ihn hoch, was er nicht so gerne hatte. Aber seine Neugierde überwog wohl, und er ließ es zu. Wir zwei Männer schauten in den Kinderwagen hinein. Der kleine Finn blickte aufgeregt zu uns heraus und nuckelte wie irre an seinem Schnuller. Da lag er, mit seinem blauen Bärchenstrampler. Wieso immer Bärchen? Wer hatte in Gottes Namen beschlossen, dass auf allen Babysachen Bärchen sein müssen? Einmal war ich bei einer Bekannten auf eine Babyparty eingeladen gewesen und wollte als Mitbringsel etwas für die kleine Emma kaufen. So hieß das Kind. Es war fast unmöglich, irgendetwas ohne diese verdammten Bärchen zu bekommen. Auf den Mützchen, Schühchen, Strampelanzügen … überall Bärchen. Was soll denn daran süß sein? Sind diese Verantwortlichen schon einmal in freier Wildbahn so einem süßen Bärchen begegnet? Ich finde, hier setzt man von Anfang an falsche Signale. Irgendwann später fliegen sie nach Kanada, machen eine Wandertour und sehen eine Bärenfamilie. Natürlich rennen sie hin und wollen die süßen Bärchen streicheln, weil die auf all den weichen und flauschigen Sachen so lieb gegrinst haben. Der Bär aus Kanada grinst auch. Genau einmal.

Letztendlich hatte ich mich für das geringere Übel entschieden und etwas mit Schäfchen gekauft.

Ich setzte Leo wieder auf den Boden, da er zu zappeln begann. Noch in der Luft fing er an zu laufen, was zur Folge hatte, dass er die ersten Schritte auf dem glatten Parkett im Wohnzimmer durchdrehte, bis er endlich Grip hatte. Er verschwand kurz um die Ecke und kam mit seiner Leine im Maul wieder. Aha, der Herr wollte Aufmerksamkeit. Gut, Leo war an diesem Morgen eh noch nicht draußen gewesen. Allerdings hätte ich ihm eine von Finns Windeln verpassen können. Ich verwarf den Gedanken. Er wäre sicher bis Weihnachten beleidigt gewesen, und als Wiedergutmachung hätte ich mit ihm zu meinem Bekannten auf den Hof fahren müssen.

Da unser Haus bei den wenigen Stockwerken keinen Aufzug hatte, startete der bevorstehende Spaziergang für mich mit einem kleinen Treppenmarathon. Zuerst kam natürlich Leopold dran. Da Dackel keine Treppen steigen sollen, wurde der Herr getragen. Und so was trägt auf dem Geschirr den Namen *Bombenkommando*. Habe ich ihm gekauft. Gleich nach der Scheidung. *GSG-9* haben wir auch. Heike bestand damals auf *Knutschkugel* und *Mamas Liebling*. Noch am Scheidungstag ging ich mit Leo abends runter an die Isar. Dort haben wir die Schilder bei einer kleinen Zeremonie mit Lagerfeuer feierlich verbrannt. Ich schwöre: Hätte Leopold Finger, er hätte das Streichholz selbst entzündet!

Schnell sprintete ich wieder nach oben und holte den Kinderwagen. Finn legte ich so lange mit einer Decke auf den Boden in meinem Wohnzimmer und holte ihn als Letzten. Zu diesem Zeitpunkt hatte ich mein Bewegungssoll für diesen Tag bereits erfüllt.

Draußen roch es herrlich nach Großstadt. Wir gingen quer über den Wiener Platz, hinunter Richtung Isar. Finn guckte mich nuckelnd an, und in mir stieg zum ersten Mal die Frage auf, wo denn der Vater des Kleinen war. Und wer, bitte schön, hatte den Buben Finn getauft? Hätte ich ein Kind, dann würde es einen schönen Namen haben. Alexander zum Beispiel.

Eine Frau mit Aktentasche kam mir entgegen. Sie lächelte

mich an. Ich lächelte zurück, blieb stehen und sah ihr nach. Sie drehte sich nochmals um und lächelte wieder.

»Leo, hast du das gesehen?«

Natürlich nicht. Der war damit beschäftigt, Fährten zu erschnüffeln. Aus dem Augenwinkel erblickte ich eine ziemlich heiße Schnitte, die direkt auf mich zukam. Sie telefonierte. Ich verlangsamte meine Schritte und lächelte sie an. Ohne uns überhaupt wahrzunehmen, stöckelte sie vorbei. Okay, die war zu jung. Die hatte noch nichts mit Kindern am Hut.

Auf halbem Weg kamen wir zu einem Spielplatz. Da Finn quengelte, nahm ich an, dass wir einen Boxenstopp einlegen mussten. Ich steuerte eine freie Bank an, nachdem ich Leo außerhalb des eingezäunten Bereiches angeleint hatte. Als ich Finn aus dem Wagen nahm, war schnell klar, dass es nicht das Fläschchen war, nach dem er verlangte. Eine fiese Brise erreichte meine Nase. Ich nahm eine Windel aus der Wickeltasche und sah sie mir genauer an. Abgesehen von den kleinen Bärchen, die auf den Klebeverschlüssen aufgedruckt waren, war das schon mal kein Problem. Das Teil erklärte sich wirklich, wie Mandy gesagt hatte, von selbst. Außerdem brauchte ich schließlich nur beim Öffnen der vollen Windel aufzupassen, wie das Ding an den Hintern gehört.

»Heilige Scheiße, das gibt's doch nicht!« Ich war bestimmt für den Bruchteil einer Sekunde ohnmächtig. »Wie kann so ein kleiner Mensch nur so ...!«

Wie ich bemerkte, hatte ich bereits die Aufmerksamkeit anderer Mütter auf mich gezogen. Nun musste ich unbedingt souverän wirken. Auf keinen Fall wollte ich den unbeholfenen Idioten geben. Sicherheitshalber machte ich die Bescherung wieder zu, suchte in der Tasche nach irgendetwas, mit dem ich den Hintern säubern konnte, und stieß auf eine Packung mit Feuchttüchern. Na bitte, die rochen wenigstens gut. Schnell machte ich Finn sauber und packte den Kleinen in die neue Windel, bevor da noch was nachkam. Die alte Windel – mit beachtlichem Gewicht – entsorgte ich umgehend im nahe gelegenen Mülleimer. Ich war mir nicht sicher, ob das überhaupt rechtens war. Vielleicht gehörte das Teil auf den Sondermüll?

Ehe ich mich's versah, standen vier Frauen um den Kinderwagen und strahlten den kleinen Finn um die Wette an. Zwei der Damen hatten ihre Sprösslinge auf dem Arm.

»Hallo die Damen! Na, ist er nicht putzig?«

Die Frauen wandten ihre Blicke auf mich. Ich glaubte gesehen zu haben, dass zwei von ihnen rote Wangen bekamen. Immerhin sah ich ja nicht schlecht aus. Dann der Kleine. Anscheinend für eine Mutter im mittleren Alter das ultimative Gesamtpaket.

»Ist das Ihr erstes Kind?«, wurde ich von einer blonden, gut aussehenden Mitdreißigerin gefragt.

Was sollte ich nun antworten? »Klar.«

»Ach, der ist ja niedlich. Wie heißt er denn?«

»Das ist der F…nn…mm…Max!« Wenn der Kleine schon meiner sein sollte, dann hieß er bestimmt nicht Finn.

»Das ist ja ein schöner Name. Also Maximilian?«

»Nein, einfach nur Max!«

Ich drängte mich durch die Damengruppe und nahm den Kleinen aus dem Wagen. Ich dachte mir, dass dieser Anblick mehr Wirkung hat.

»Süß, der Kleine.« Die Blonde streichelte nun Max' Wange. »Ja, wo ist denn deine Mami?«

Typisch. Sie hätte mich auch direkt fragen können. Wir hatten nun zwei Möglichkeiten. Warten, bis Max sprechen kann, oder ich haute eine Geschichte raus, die sich gewaschen hatte. Seit meiner Scheidung war ich ziemlich eingerostet, was Gespräche mit Frauen anging.

»Die Mama hat den kleinen Max und mich verlassen!«, sagte ich mit einem mitleidigen Gesichtsausdruck.

»Ach, sagen Sie bloß!« Bestürzung verbreitete sich.

Zwischenzeitlich machten sich im Sandkasten die Kinder der Frauen bemerkbar.

»John-Jason, Fiona, spielt schön!«, meinte die eine.

»Kevin, Maja, ihr könnt doch der Fiona beim Sandkuchen helfen. Spielt schön!«, schloss sich ihre Freundin an.

Die Damen wollten sich setzen und drückten mich auf die Bank. Eine der frischgebackenen Mütter nahm neben mir Platz, packte eine Brust aus und stillte. Warum nicht. Wir Mamis waren schließlich unter uns.

»Ja, und wie kam das? Ist sie einfach so gegangen?«, wollte nun Kevins Mama wissen.

»Tja, was soll ich sagen, mit meinem besten Freund ist sie durchgebrannt. Der kann Gitarre spielen. Das fand sie immer schon toll. Da konnte ich mit meiner Tuba natürlich nicht mithalten«, log ich und tat mich unwahrscheinlich schwer, während ich erzählte, meinen Blick von der Brust links neben mir zu lassen. »Tja, und jetzt sind der kleine Max und ich alleine. Aber wir schaffen das schon. Nicht wahr, Max?«

Der sagte natürlich nichts. Stattdessen bekam ich einen verächtlichen Blick von Leo zugeworfen, der durch den Zaun zu mir aufsah. Der hatte es gerade nötig. Er bespringt einfach ein Weibchen, ohne sich vorher überhaupt auszutauschen.

»Und wie schaffen Sie das mit Ihrer Arbeit?«

Alle Augen waren interessiert auf mich gerichtet. Zwischenzeitlich wurde die kleine Fiona ermahnt, doch bitte nicht den Sand zu essen.

»Ach, das geht schon. Ich kann von zu Hause aus arbeiten.«

»Ah!«

»Oh!«

»Toll!«

»Ich glaube, ich muss die Brust wechseln!«

War das zu fassen. Als wäre ich ein Neutrum.

Nun hatte Max wiederum die gesamte Aufmerksamkeit, und die Damen grinsten um die Wette. Max blieb cool. Den interessierte das alles nicht. Oder er war in Schockstarre. Egal, Hauptsache, er war brav.

»Wollen Sie mal an dem Kleinen riechen? Er ist frisch eingecremt!« Sofort vergruben sich zwei der Nasen in Max' wenigen Haaren. »Na? Da bebt der Uterus, was?«

Die Damen schreckten auf und starrten mich an. »Wie bitte?«

»Ich meinte, er riecht gut, was? So! Jetzt müssen wir beide aber wieder. Wir wollen noch die Sachen von Max' Mutter zusammenpacken. Die werden morgen früh abgeholt.«

Betretene Gesichter beobachteten uns, während ich Finn in den Wagen legte. Leo schwänzelte vor dem Zaun aufgeregt, weil es jetzt endlich wieder weiterging.

»Also, man sieht sich. Schönen Tag noch, die Damen.«

Die Frauen winkten uns hinterher. Wir gingen doch nicht mehr an die Isar. Ich hatte eine bessere Idee. Ich musste mir unbedingt ein paar Notizen machen. Vielleicht war das ja der Stoff für einen neuen Roman. Endlich hatte ich wieder eine Vision.

Ich beschleunigte meine Schritte, als mein Handy klingelte. Ich sah auf das Display und nahm das Gespräch an.

»Hallo, Carsten! Du glaubst nicht, was mir heute passiert ist«, platzte ich los.

»Du hast endlich den Roman fertig! Hallo, Alex.«

»Nein, viel besser. Ich war gerade auf dem Spielplatz!« Leo bellte kurz, weil er schon unseren Hauseingang aus der Ferne sah.

»Meinst du nicht, dass es ein wenig befremdlich auf deine Mitmenschen wirkt, wenn ein erwachsener Mann alleine auf einem Spielplatz hin und her schleicht?«

»Ich war ja nicht alleine. Ich hatte ein Kind dabei.«

»Also langsam machst du mir Angst.«

»Ich kann dir gern alles in Ruhe erzählen. Komm doch nachher vorbei.«

»Das geht nicht, Alexander. Erst morgen. Heute habe ich noch Termine.«

»Was solltest du denn für Termine haben? Immerhin bin ich dein einziger Klient!«

»Ja, ein Klient, der nicht schreibt. Deswegen muss ich mir langsam, aber sicher weitere Autoren suchen. Doch darum rufe ich nicht an. Hör mal, was ist denn mit dem Kurzroman? Hast du den bald? Der Verlag sitzt mir schon im Nacken. Ich soll dir ausrichten, du sollst ruhig freizügiger schreiben. Wann bist du endlich fertig?«

»Ja, ein wenig brauche ich noch.«

»Mach hin. Nächste Woche wollen die das Ding. Also, ich muss. Bis morgen.«

»Ja, bis morgen.«

Verdammt. Ich hatte keine Lust, diese Schmierenromanze zu beenden. Aber was sollte ich machen. Seit meinem großen Durchbruch vor zwei Jahren hatte ich eine Schreibblockade.

Tote schreien lauter heißt mein damaliger Krimi. Schoss eine Woche nach Veröffentlichung durch die Decke und füllte wunderbar mein Konto. Ebenso das von Carsten, meinem Agenten. Mit diesem Buch hatte ich meine Wohnung am Wiener Platz finanziert. Plötzlich kam die Flaute, und ein Exposé nach dem anderen wurde von den Verlagen abgelehnt. Dann hatte Carsten diesen Verlag für Groschenromane an Land gezogen. Ich wusste nicht, ob ich ihm dafür danken oder ihn erwürgen sollte. Seitdem rekelten sich nämlich muskelbepackte Männer mit amazonenhaften Frauen in Satinbettwäsche in meinem Kopf. Oft hatte ich beim Schreiben eine knallrote Birne, weil ich mich so schämte. Hoffentlich kommt niemals raus, dass ich, also Ben Scott, diesen Müll verfasst habe! Die Liebesschnulzen schrieb ich unter dem Namen *Claire Fisher*. Der Name war Carsten eingefallen. Er dachte, dass die Leserinnen von heute einen Liebesroman eher kaufen, wenn die Autorin, in diesem Fall also ich, einen ausländischen Namen trägt. In diesen Sachen verließ ich mich einfach auf sein Gespür. Ständig fragte ich mich, ob ich mein Autorengehirn mit diesen Geschichten nicht total versaute. Wie sollte ich jemals wieder mit lüsternen Blicken und schweißtreibender Ekstase zu einem handfesten Mord finden?

MÖRDER GESUCHT

Schweiß quoll aus Johns Poren. Er zog sein Hemd aus und legte es ordentlich über die Stuhllehne. Nun hatte Sue einen uneingeschränkten Blick auf seine muskulösen Oberarme. Bei jeder Bewegung, die er machte, schien es, als würde augenblicklich seine Haut aufreißen, um seinem Bizeps die Freiheit zu schenken. Er beugte sich wieder nach unten, und Sue fragte sich aufgeregt, was er als Nächstes tun würde. John hingegen blieb cool. Tausend Mal war er schon in dieser Situation gewesen. Er verstärkte seinen Griff und schloss die Augen. Sue war die Anspannung zu groß, und sie kaute nervös auf ihrer Unterlippe. Ihr Herz pochte. Sie drehte sich leicht zur Seite, Johns Griff wurde stärker. Plötzlich öffneten sich die Schleusen. Sue schrie auf. John war überrascht von dieser ungebändigten Kraft. Ihre Brüste zeichneten sich in Sekundenschnelle durch ihr Kleid ab. Wieder schrie sie. John war überfordert. Damit hatte er nicht gerechnet. Er war sich sicher, sie würde dem Druck standhalten. Doch er hatte sich geirrt. Als er sich gefangen hatte, hechtete er schützend vor Sue. Er riss sein Hemd von der Lehne und versuchte, das Leck damit zu bändigen. Als Heizungsinstallateur hätte er wissen müssen, dass eine ältere Dichtung einmal brüchig werden konnte. John war erstaunt über …

Nein, was war ich froh, dass ich diesen Schund unter einem anderen Pseudonym schrieb. Sofort wäre es für alle Zeiten vorbei mit der Autorenkarriere. Die Kritiker würden mich in der Luft zerreißen.

Geräusche im Hausflur. Ich hörte, dass Mandy nach Hause gekommen war. Ich war verwundert, dass ihr erster Weg nicht zu uns führte.

Ich ließ von meinem Roman ab und klingelte, mit Finn auf dem Arm, bei Mandy. Leo stand neben uns und wedelte mit dem Schwanz. Hätte ich noch warten sollen, bis sie rüberkam, um ihren Finn zu holen?

»Ja, wer ist denn da?«, sagte sie und lächelte ihren Kleinen an, während sie ihr Handy ans Ohr hielt.

»Das ist Finn, Ihr Sohn.« Ich persönlich fand Max immer noch besser.

»Weiß ich doch. Moment noch.« Sie wandte sich nochmals von uns ab, um ihr Telefonat zu Ende zu führen. Leo schaute mich fragend an, ich zuckte mit den Schultern.

»So, jetzt bin ich bei euch. Wie war es denn?« Mandy nahm mir den Kleinen ab, ich stellte die Wickeltasche auf ihre Türschwelle.

»Ganz nett. Wir waren auf dem Spielplatz, sind spazieren gegangen …«

»Hat er denn gegessen?«

»Na, das Fläschchen halt.«

»Brav ist er. Hat er sein Bäuerchen gemacht, mein Süßer?« Sie piepste Finn an, stupste seine Nase. Leo bellte.

»Vielen Dank noch mal, dass Sie so kurzfristig eingesprungen sind. Das war echt nett von Ihnen. Ich mache so etwas sonst wirklich nicht.«

»Na, Sie haben mich heute Morgen ganz schön überrumpelt. Das muss ich schon sagen.«

»Ich weiß. Kommt nicht wieder vor.«

Sie setzte Finn auf ihre Hüfte und griff nach der Wickeltasche. Leo ging zurück zu Speedy.

Auf halber Strecke zu meiner Wohnung drehte ich mich nochmals um.

»Ach, wie lief es denn?«

»Was?«

»Na, das Vorstellungsgespräch.«

»Ganz gut.«

»Und, haben Sie ihn?«

»Wen?«

»Den Job!« Die war aber schwer von Begriff.

»Ach so. Sieht nicht schlecht aus. Sie haben zwar noch ein paar Bewerberinnen, aber ich glaube, es lief ganz gut.«

»Ich drück die Daumen.«

»Das ist nett.«

* * *

Nun war wieder die gewohnte Ruhe in unserer Wohnung eingekehrt. Ich setzte mich und versuchte, mich zum Weiterschreiben zu motivieren. Ich starrte auf die Tischplatte und zählte die kleinen Kreise, die meine Kaffeetasse täglich hinterließ. Unterdessen zupfte ich am Furnier, das sich seitlich ein wenig ablöste. Als ich die letzten Zeilen nochmals las, war es vorbei mit meinem Eifer.

»Komm, Leo. Wir gehen rüber ins Café. Vielleicht packt mich ja dort die Muse.«

Sofort schnappte sich Leo seinen Speedy. Er liebte es, ins Café zu gehen. Oft trifft er dort auf ein paar Pudeldamen mit rasierten Nasen. Letzte Woche hat er zum ersten Mal einen Mops gesehen. Der war ihm suspekt. Malteser mag er und natürlich andere Dackel. Große Hunde interessieren ihn nicht.

Das Café am Wiener Platz ist mein zweites Zuhause. Ich muss nur über die Straße gehen. Natürlich kennt man mich dort. Am liebsten sitze ich am Fenster und starre auf den Platz mit seinen kleinen grünen Ständen. Beobachte die Menschen, wie sie Hugo trinken oder Eis essen. Für einen Autor ist es der ideale Platz, um sich inspirieren zu lassen. Ich sehe den Menschen beim Leben zu. Denke mir Geschichten für sie aus. Hänge ihnen Morde an und überlege, wie sie diese wohl vertuschen würden. Wenn ich ein Paar sehe, das sich küsst, ist für mich klar, dass gerade in diesem Augenblick jemand betrogen wird. Ja, das wahre Leben spielt sich auf der Straße ab und nicht in einer Altbauwohnung.

Ich bestellte das Übliche. Einen Cappuccino und ein Wasser. Leo nahm unter dem Tisch Platz und schenkte seine gesamte Aufmerksamkeit einer Französischen Bulldogge, die zwei Tische weiter vor sich hin schnarchte. Von diesem Tisch aus konnte ich quer über den Platz meinen Hauseingang sehen. Neben mir saßen zwei Mamas, die sich angeregt über die Väter ihrer Kinder unterhielten. Ihre Kleinen spielten im Café Fangen. Vor mir lernte ein Student Physik, und hinter mir saß eine Zwanzigjährige und vergewaltigte ihr Handy. Verdammt. Weit und breit kein Mörder, der mich inspirieren könnte. Also schweifte mein Blick nach draußen. An diesem Tag waren hauptsächlich ältere Leute unterwegs. Was sprach dagegen, dass ein älterer Mann nicht einen Mörder mit feinen, ausgeklügelten Ideen abgeben könnte? Ich fixierte einen Herrn mit einem Rollator, der in der Nähe des Brunnens auf einer Bank saß. Vielleicht benötigte er die Gehhilfe überhaupt nicht? Was, wenn er im Altenheim seinen Zimmernachbarn umgebracht hat? Vielleicht kannte er ihn noch aus dem Krieg? Er hatte die ganzen Jahre sein Wissen über ihn für sich behalten. Hatte nur auf einen günstigen Moment gewartet. Bestimmt waren in diesem Augenblick Polizeibeamte im Heim und befragten die Mitarbeiter. Ihn aber würde niemand verdächtigen, weil er gebrechlich war. Wie sollte gerade er das Opfer mit dessen schwerer Bronzefigur niedergeschlagen haben? Und nun sitzt er da am Wiener Platz. Zufrieden und erlöst. Vielleicht würde er sich stellen? Oder Gefallen daran finden und weitermorden?

»Könnten Sie sich bitte um Ihre Kinder kümmern? Die anderen Gäste fühlen sich gestört«, bat die Bedienung die Mütter neben mir.

»Mein Gott, es sind Kinder!«

»Dennoch muss ich Sie bitten.«

»Anscheinend haben Sie keine!«, sagte die eine Mutter laut und provozierend. »Das wird ja immer kinderfeindlicher in diesem Land!«

Ich überlegte, ob man den älteren Herrn auf der Bank gegenüber anheuern konnte? Da kam mir Finn in den Sinn. Der würde nicht durchs Café laufen. Er würde hier bei mir in seiner Maxi-Cosi-Schale liegen und mir brav zusehen, wie ich mit einem Löffel den Milchschaum vom Kaffee kratze. Nicht auszudenken, wenn Heike und ich ein Kind miteinander gehabt hätten! Ob es der Richter ebenfalls mir zugesprochen hätte? Ich verwarf den Gedanken und freute mich über meinen Leo. Stolz war ich auf den kleinen Racker. Ich blickte nach unten und musste mir ansehen, wie er in aller Öffentlichkeit seine Geschlechtsteile leckte. Schnell war mein Stolz wieder verflogen.

»Leo! Aus!«

Mir kam in den Sinn, welch große Aufmerksamkeit mir heute schon von Frauen geschenkt worden war. Hauptsächlich war Finn dafür verantwortlich gewesen, dennoch tat es gut. Vielleicht war es Zeit, sich wieder einmal in den Beziehungsdschungel zu wagen. Sofort scannte ich meine Umgebung ab, ob sich vielleicht eine willige Person unter den Anwesenden befand. Die beiden Grazien neben mir, die gerade demonstrativ laut ihre Kinder ermahnten, doch bitte ruhig zu sein … nein danke. Die hatten Haare auf den Zähnen. Andererseits hätte ich in einer Beziehung mit einer der beiden jede Menge Stoff zum Schreiben. Allerdings nicht für eine Liebesschnulze.

Ein Blick aus dem Fenster verriet, dass Michaela gerade

bei mir läutete. Was für eine willkommene Überraschung. Die hatte sich in den letzten Tagen überhaupt nicht bei mir gemeldet. Ich kramte rasch Geld für meine Getränke heraus und legte es auf den Tisch.

»Komm, Leo. Die Michaela ist da!«

Bei »Michaela« ließ der Dackel immer alles stehen und liegen. Er mochte sie und sie ihn. Michaela, eine gute Freundin, die ich schon seit meiner Kindheit kannte. Während meiner Ehe hatten wir uns aus den Augen verloren. Heike und Michaela … was soll ich sagen. Sie mochten sich einfach nicht. Die beiden konnten unterschiedlicher nicht sein.

Michaela ist Psychologin, Mitte vierzig und ziemlich durchgeknallt. Ich frage mich oft, wer wohl dringender eine Behandlung brauchte, ihre Klienten oder sie. Mit ihr kann ich stets über alles reden. Ohne dafür zahlen zu müssen. Wie praktisch.

»Michaela! Hier!«

Sie drehte sich um und erkannte uns. Leo bellte.

»Schaust du mal wieder vorbei? Wir dachten schon, einer deiner Klienten hätte dich massakriert.«

»Wer ist wir?«

»Na, Leo und ich. Wir reden oft über dich. Hallo!«

Wir begrüßten uns auf die übliche Weise mit Küssen auf die Wangen. Auch Leo kam bei ihr nie zu kurz. Der wedelte mit dem Schwanz und bellte aufgeregt. Sie nahm ihn hoch und trug ihn die Treppe hinauf. Hund müsste man sein.

Oben angekommen, folgte das übliche Ritual. Michaela ging ins Wohnzimmer, streifte ihre Pumps von den Füßen und legte sich aufs Sofa. Das tut sie immer, wenn sie einen anstrengenden Klienten hatte. Leo legte sich stets mit auf das Sofa, in Reichweite von Michas Hand, um gekrault zu werden.

»Wein?«, rief ich aus der Küche.

»Wie spät ist es denn?«

»Halb fünf!«

»Dann einen Weißen!«

Michaela trank Roten immer erst nach achtzehn Uhr. Weil ihr der sofort zu Kopf stieg. Wie immer stand die Frage im Raum, ob Psychologin wirklich der richtige Beruf für Michaela war. Öfter, als Leo und mir manchmal lieb war, kam sie nach ihren Sitzungen zu uns, um sich zu regenerieren. Soll heißen, sie lud ihren ganzen Kram bei uns ab, was dazu führte, dass ich teilweise nicht schlafen konnte. Zu sehr war ich mit den Problemen ihrer Klienten beschäftigt. Wenn wenigstens ein Mörder dabei gewesen wäre. Irgendetwas, womit man hätte arbeiten können. Nichts! Dafür reichlich Menschen mit Phobien à la »Angst vor den Schuhen der Partnerin«.

Michaela lag ausgestreckt auf dem Sofa und kraulte Leo, als ich mit zwei Gläsern zurückkam. Sie war groß und schlank. Hatte braune, sehr kurze Haare und eine Brille. Wegen der hatte ich sie früher aufgezogen. Sie lebte, genau wie ich, alleine. Allerdings hatte sie noch keine Scheidung hinter sich. Ich fragte mich oft, warum Frau Doktor keinen Mann hatte. Wahrscheinlich, weil sie ununterbrochen quasseln konnte. Manchmal bluteten mir schon die Ohren davon.

»Na, wie war dein Tag?«, sagte ich dennoch pflichtschuldig, während ich die Gläser abstellte.

»Furchtbar. Was hat mich nur geritten, Psychologie zu studieren?«

»Das kann ich dir sagen, liebe Michaela: Neugierde und dein Drang, allen Menschen auf diesem Planeten helfen zu müssen.«

»Ja, das wird es gewesen sein.«

Wir stießen an. Micha setzte sich kurz auf, um zu trinken. Sofort protestierte Leo, weil sie dazu die Kraulerei unterbrach.

»Ja, mein Bester. Ist ja schon gut. Und du, wie sieht es mit deinem Liebesroman aus? Bist du schon weitergekommen?«

»Das ist kein Liebesroman, das ist eine Aneinanderreihung von Peinlichkeiten. Am liebsten würde ich rückwirkend den Vertrag auflösen.«

»Ach komm, wie schwer kann das denn schon sein? Da denkst du einfach ein wenig an die Liebeleien mit deinen Verflossenen, und schon hast du eine Geschichte nach der anderen auf dem Papier.«

»Du weißt genau, dass es da nicht viel zu berichten gibt, weil ich die Erstbeste geheiratet habe. Wenn ich niederschreibe, was da so gelaufen ist, legen sich die Leser vor Langeweile auf die Gleise!«

»Auch wieder wahr.«

»Und du? Was hatten deine heutigen Patienten zu berichten?«

»Du weißt ja, ich darf nicht darüber reden. Aber ich nenne schließlich keine Namen.«

»Wieso, was war denn?« Ich setzte mich mit meinem Glas in den Sessel.

»Ich hatte einen, der in den Zeitschriften alle *O* ausmalen muss. Die Leere in diesem Buchstaben würde ihn zutiefst traurig stimmen. Manchmal habe ich das Gefühl, solche Patienten denken sich das Zeug einfach nur aus.«

Ich musste mir ein Lachen verkneifen. Dagegen war meine Schreibblockade ein Witz!

»Wie sieht es dann mit dem D aus?«

»Hab ich nicht gefragt. Ich will lieber keine schlafenden Hunde wecken.«

Diese Aussage führte dazu, dass Leo aufmerkte.

»Was rätst du denn so einem Patienten?«

»Na, am liebsten würde ich sagen: Lassen Sie das! – Kannst du dir vorstellen, wie in meinem Wartebereich die Illustrierten aussehen?«

Ich schenkte Michaela noch mal nach und verschwand in

der Küche. Da außer Leo und mir niemand in diesem Haushalt wohnte, war es schön, wenn Micha vorbeischaute. Da musste ich natürlich die Gelegenheit beim Schopfe packen und etwas kochen. Alleine zu essen, das war für mich am Singledasein das Traurigste.

Zwischenzeitlich drängte sich Leo auf der Couch so lange neben Michaela, bis sie sich aufsetzte. Leo profitierte genauso davon, eine Psychologin im Freundeskreis zu haben. Hin und wieder war es richtig unheimlich, wenn Leo ihr etwas vorjaulte und sie so tat, als würde sie genau wissen, wovon er sprach.

»Du, Alex? Ich glaube, den Leo bedrückt was!«, rief Michaela.

Ich kam aus der Küche und bestätigte ihre Befürchtung. »Da glaubst du richtig, meine Liebe. Morgen kommt die Mama und holt dich ab bis Sonntag, gell, Leo?«

Er jaulte. Micha kraulte weiter seinen Bauch und wandte sich dem Vierbeiner wieder mit einer psychologisch fundierten Frage zu. »Ja, das ist doch feini-feini, wenn die Mama morgen kommt, nicht wahr, Leo?«

Wieder jaulte er und grummelte ihr etwas vor.

»Du, Alexander, ich glaube, der will da nicht hin.«

»Wer kann es ihm verübeln. Meine Exfrau ist doch Veganerin. Da gibt's keine Leberwurst, gell, Leo? Genauso wenig wie schönes Münchner Gassi in den nächsten Biergarten. Da gibt's nur einen Halbmarathon!«

Wieder jaulte er, und ich verschwand in der Küche, um das Glas Pesto zu öffnen.

Ja, das war Leo. Der einzige Hund in München, der sich bei seiner Psychologin auf die Couch legte.

TEPPICHROCKER

Es klingelte. Verdammt. Erst halb acht. Leo war noch nicht wach. Wenn Micha bei uns war, konnte es ein bisschen später werden. Und feuchtfröhlich.

Ich schlüpfte in meinen Morgenmantel und sah durch den Spion. Mandy stand mit Finn vor der Tür. Die wird doch nicht schon wieder wollen, dass ich auf ihren Kleinen aufpasse. Das wüsste ich aber. Ich war wild entschlossen, diesmal abzulehnen. Wo kämen wir denn da hin, wenn alle Welt seinen Nachwuchs einfach bei den Nachbarn parkt.

»Hallo, Mandy. Hallo, Finn. Was verschafft mir die frühe Ehre?«

»Guten Morgen, Alexander. Wir haben extra länger gewartet. Wissen Sie, mit Kind ist man spätestens um sechs Uhr wach.«

»Na, das ist aber sehr rücksichtsvoll von Ihnen, Mandy.«

»Ich wollte fragen, ob Sie meinen Finn noch einmal nehmen könnten. Ich muss verschiedene Sachen erledigen. Mich ummelden, Besorgungen machen …«

»Tut mir leid, das geht heute wirklich nicht, Mandy. Ich muss arbeiten.«

»Aber Sie schreiben doch nur. Finn ist ganz lieb. Vormittags macht er sowieso meist noch ein Schläfchen. Ich will auch noch eine Freundin besuchen, die im Krankenhaus liegt. Da möchte ich ihn nicht mitnehmen. Wenn er sich da irgendwo ansteckt … Außerdem hat es ihm bei Ihnen das letzte Mal so gut gefallen.«

»Ah, hat er das gesagt?«

»Nö. Der kann doch noch nicht reden.«

»Ah. Na, ich weiß nicht, ob …«

»Och, Sie sind ein Schatz. Hier ist seine Tasche. Am frühen Nachmittag bin ich bestimmt wieder zurück.«

Sie drückte mir den Kleinen in die Hand, gab mir einen flüchtigen Kuss auf die Wange und lief die Treppe runter.

»Hey, ich hab doch noch gar nicht …«

»Tschüss, Finn. Bis später!«, rief sie noch und ward nicht mehr gesehen.

Ich hab echt geglaubt, ich spinne. Lädt einfach ihr Kind bei mir ab und verschwindet. »Ich schreibe nur«, hat sie gesagt. Geht's noch? Ich zog Finns Tasche in die Wohnung. Als ich mich umdrehte, stand Leo vor mir und bedachte mich mit seinem abfälligsten Blick.

»Jetzt schau mich nicht so an! Was hättest du denn gemacht?«

Das ließ ihn kalt. Er drehte sich um und ging wieder zu seinem Körbchen. Auf halber Strecke blieb er stehen. Nur, um mir nochmals mit einem verächtlichen Blick zu sagen: »Du bist so schwach.«

* * *

Die Anspannung war kaum auszuhalten. Die beiden betraten den Raum. Langsam schlichen sich John und Sue heran. Sie hatte bereits Tränen in den Augen. Der Geruch war beißend. Er kämpfte, blieb aber hart und standhaft. Er wusste, dass Sue sich auf ihn verlassen würde. Nun musste er seinen Mann stehen. Noch einen Meter, und sie hatten ihr Ziel erreicht. Dann gab es kein Zurück mehr. Er wurde langsamer. Sue tat es ihm gleich. Beide flüsterten nun nicht einmal mehr. Ihr stockte der Atem, die Ader auf seiner linken Schläfe pochte sichtbar. Schützend hielt er sich eine Hand vor das Gesicht. Das Zielobjekt schlief. Sue blieb stehen. John drehte sich zu ihr um und signalisierte mit einem entschlossenen Blick, dass es okay war, und ging den letzten Schritt alleine. Er drehte den Kopf ein klein wenig zur Seite und kniff die Augen zusammen. Dann öffnete er die Gefahrenquelle beherzt und mit einem Ruck. Was ihn nun erwartete, war mit Worten nicht zu beschreiben. Der Ekel übermannte ihn. Sue hustete. Er hatte schon oft die Windeln des kleinen Jason gewechselt. Diesmal aber war es selbst für ihn zu viel. Vielleicht hätte Sue dem Kleinen lieber nicht den Mexikanischen Bohneneintopf geben sollen. Immerhin …

Konnte man als Autor wegen groben Unfugs verklagt werden? Aber was sollte denn auch anderes dabei herauskommen? Vor einer halben Stunde hatte ich Finns Windeln gewechselt. Und mich gefragt, was Mandy ihm gegeben hatte. Richtige Stinkbomben haute der Kleine schon raus. Die Windel hatte ich einstweilen auf dem Balkon geparkt. Natürlich möglichst weit weg von meinen Pflanzen. Mit viel Liebe und Hingabe hatte ich das Grünzeug eingepflanzt. Das sollte nicht umsonst gewesen sein. »Vielleicht warte ich, bis es dunkel wird, und schleudere das Teil einfach mitten auf den Wiener Platz«, dachte ich.

Und dann würde ich mich mit einem Glas Wein auf meinen Balkon setzen und warten, bis ein Sondereinsatzkommando herbeieilt und das Gebiet weiträumig absperrt. Man könnte das Ding aber auch abends zum Italiener mitnehmen. Wenn mal wieder alles belegt ist. Einfach an die Bar stellen, die Windel unbemerkt fallen lassen und gekonnt mit dem Fuß in die passende Richtung schieben. Schnell wäre der Wunschtisch frei. Leo und ich hätten freie Platzwahl.

»Mein Gott, Leo. Wie spät ist es eigentlich?« Ich blickte auf die Uhr. »Verdammt, kurz vor zwölf.«

Gleich tauchte Heike auf, um Leopold abzuholen. Ich hatte fast ein schlechtes Gewissen. Vor lauter Windeln und Schreiben hatte ich gar nicht mehr mit ihm gespielt. Gassi zum Pinkeln um die Ecke waren wir nur kurz. Allerdings würde es ihm an Bewegung an diesem Wochenende nicht fehlen. Heike hatte sicherlich schon wieder ein Fitnessprogramm für Leo ausgearbeitet. Vorsichtshalber gab ich ihm noch ein Stück seiner geliebten Leberwurst. Damit hatte er mir die Aktion mit Finn verziehen. Woher ich das weiß? Leo hat es mir gesagt!

Es klingelte. Leo stellte sich schlafend. Er kniff ganz fest die Augen zusammen. Einzig seine Ohren bewegten sich kurz. Ich packte Finn auf meinen Arm und und drückte auf den Summer für die Haustür. Der Kleine hatte zwar gerade geschlafen, aber ich fand es viel dramatischer, wenn ich meiner Ex mit einem Baby auf dem Arm begegnete. Finn lehnte seinen Kopf schläfrig an meine Schulter und schmatzte zufrieden. Ich wartete, bis Heike in meinem Stockwerk ankam, und ließ sie nochmals klingeln. Kurze Pause und … Auftritt!

»Ja, hallo, bist du schon da?«

Sie machte einen Schritt rückwärts und sagte erst einmal nichts. Das war ungewöhnlich, und das hatte ich während unserer gesamten Ehe so nicht erlebt. Dann kam doch noch etwas.

»Was ist denn das?«

»Du hast doch Medizin studiert. Vielleicht ist es ein Melanom? Ach nein, jetzt weiß ich, was du meinst. Das ist der kleine Max. Max, sag einmal Grüß Gott zu der Frau!«

Hätte ich »Finn« gesagt, wäre Heike sofort klar gewesen, dass der Bub nicht im Entferntesten etwas mit mir zu tun hatte.

Ich drehte mich zur Seite, damit er sie sehen konnte. Mit geschlossenen Augen ging das aber schlecht. Finn war schon wieder ins Koma gefallen. Was für ein Leben. Essen, Schlafen und …

»Ich weiß selbst, was das ist. Wie zum Teufel kommst du denn zu einem Baby?«

»Und wieder siehst du deinen Exmann erstaunt. Also, das ist so: Wenn zwei Menschen, vorzugsweise Mann und Frau …«

»Deine Ironie in Ehren, aber jetzt mal Klartext: Ist das dein Kind? Du wolltest doch keine Kinder. Außerdem möchte ich wissen, wie sich das auf Leopold auswirkt. Ich denke, dass es seiner Psyche schadet, wenn er deine Aufmerksamkeit teilen muss.«

»Heike, mach dir da keine Sorgen. Ich habe ihn schon zum Origamikurs angemeldet. Dann kann er sich den Stress wegfalten.« Oh, dieser Gesichtsausdruck. Göttlich!

»Mir wird das Ganze zu blöd. Wo ist Leopold?«

»Warte, ich suche ihn kurz. Halt mal!« Ich drückte ihr Finn … äh … Max in die Arme. »Keine Angst, ich habe ihn gerade gewickelt.«

Als ich im Wohnzimmer war, tänzelte ich ein wenig hin und her und untermalte das Ganze mit ein paar gepflegten »YES«. Leo fand das überhaupt nicht lustig. Wahrscheinlich hatte er die Befürchtung, er müsse Mamas von mir verursachte schlechte Laune das ganze Wochenende ausbaden.

»Jetzt komm, mein Alter. Am Sonntag bist du wieder da, dann drehen wir beide eine kleine Runde durch die Maximilianstraße. Ein bisschen Pudeldamen gucken.«

Das hatte ihn überzeugt, und er verließ sein Körbchen. Gemächlich dackelte er aus dem Zimmer. Kaum war er in Heikes Sichtweite, bellte er, lief los und wedelte mit dem Schwanz. War das zu fassen? Was für ein Schleimer.

»Komm, kannst ihn mir wiedergeben.« Ich nahm ihr Finn ab.

»Sagst du mir jetzt noch, woher … ach, ist ja egal! Komm, Leo!«

Sie nahm den Hund auf den Arm und ging die Treppe

hinunter. Leo sah mich über ihre Schulter hinweg mit seinem Dackelblick an. Seine Ohren wippten bei jedem Schritt.

»Heike, am Sonntag bitte pünktlich, ja? Wir haben noch was vor, der Leo und ich!«, rief ich ihr hinterher.

Ich schloss die Türe. Ach, tat das gut. Und nein, das war nicht gemein. Angesichts dieser zum Glück vergangenen Ehe standen mir solche Sticheleien zu. Tagtäglich hatte sie versucht, mich so zu verbiegen, dass ich zu ihr und ihrer High Society passte. Sie wusste doch vorher, was sie bekam. Ich hatte ihr da nichts vorgemacht. In einer Ehe ist man füreinander da. Außerdem wollte sie mir den Leo für immer wegnehmen.

Kennengelernt hatte ich Heike im Klinikum in München. Damals war sie noch Assistenzärztin gewesen. Sah toll aus. Aschblond, sportlich schlank, ein Jahr jünger als ich, groß. Ich wurde mit einem Bänderriss eingeliefert, sie behandelte mich, wir knutschten und heirateten zwei Jahre später. Es folgten ein Haus in Grünwald, Leo und steigende Unzufriedenheit auf beiden Seiten. Heike war wie besessen, was ihren Körper anging. Dreimal ist sie schon beim New York Marathon mitgelaufen. Sie ernährte sich nur vegan und lebte mit einer für alle Mitmenschen unzumutbaren Disziplin.

Es dauerte nicht lange, bis sie anfing, an mir herumzudoktern. Aber nicht auf die angenehme Weise. Einmal fragte sie mich, wann ich mir denn endlich einen richtigen Beruf suchen würde. Mit meiner Schreiberei stand sie von Anfang an auf Kriegsfuß. Meinen Bestsellererfolg bezeichnete sie als bloßen Glücksfall. »Was die Leute so alles für ein Zeug lesen«, hatte sie damals gesagt. Wahrscheinlich hätte ich erst dann ihre Anerkennung erlangt, wenn ich die *Rote Liste* verfasst hätte. Langsam begann ich, Gefallen an dem kleinen Finn zu finden. Nicht, dass ich plötzlich einen Kinderwunsch hegte. Aber durch ihn war meine Ex wütend, fremde Frauen quatschten mich im Park an, und Mandy gab mir einen Kuss.

Es klingelte erneut. Hatte Heike etwas vergessen? Oder war es Leo? Quatsch. Der reichte nicht an die Klingel. Ich öffnete.

»Ach du.« Es war Carsten.

»Begrüßt man so seinen Topagenten?«

»Sorry. Bin noch ganz benebelt. Heike war grad hier.«

»Hab ich gesehen. Ist mit dem Leo über den Platz gestöckelt. Sie hat mich aber nicht bemerkt.«

»Du meinst, sie wollte dich nicht sehen.«

»Oder so. Und wer ist der Teppichrocker hier?« Carsten streckte seinen Zeigefinger aus und stupste auf Finns Nase. Der fand das gar nicht so prickelnd und drehte seinen Kopf beiseite.

»Das ist der Finn. Wir sagen aber Max.«

»Wer ist wir?«

»Leo und ich.«

»Und warum sagt ihr Max?«, wollte Carsten wissen, während er sein Sakko auszog.

»Machst du Witze? Finn passt doch wirklich nicht zu einem Münchner Kind.«

»Hm. Und wie kommst du zum Max?«

Ich erzählte ihm die Kurzversion, während ich Max in den Kinderwagen zurücklegte. Beide standen wir da und schauten den Kleinen an. Der blinzelte zurück; währenddessen presste er seine Zunge zwischen Unter- und Oberlippe und zauberte mit Spucki kleine Blasen.

»Du, Alexander, jetzt mal was ganz anderes. Ich hätte da einen Regisseur an der Hand. Der könnte sich vorstellen, deinen Bestseller zu verfilmen. Dann käme wieder Geld in die Kasse.«

»Und wie heißt der Regisseur? Was hat der schon gedreht? Kennt man einen seiner Filme?«

»Du stellst aber ganz schöne Ansprüche für einen Autor, der momentan nichts am Laufen hat.«

Da hatte Carsten sicherlich recht. Ich wollte mich aber nicht einfach verheizen lassen oder unter Wert verkaufen.

»Man darf doch wohl fragen? Was, wenn der den Film total verkackt? Dann ist es mit dem Buch auch vorbei.«

»Na, die Verkaufszahlen gehen eh zurück.«

»Ja, aber mit einem guten Film können die ganz schnell wieder nach oben schießen!«

Mein Krimi war einfach mein Schatz. Nie im Leben hätte ich zugelassen, dass mir ein drittklassiger Filmemacher diese geniale Story vermasselt.

»Und wie stellt sich der Starautor so einen Film denn vor?« Carsten zog seine Augenbrauen nach oben.

»Jedenfalls nicht in dem Stil, der momentan gedreht wird. Da wird man schon krank vom Zugucken. Nur, weil irgendjemand mit dem Scheiß angefangen hat, denken alle, das sei ganz toll und hipp.«

Carsten wurde neugierig. »Was meinst du genau damit?«

»Ist dir das noch nicht aufgefallen? Jeder Film fängt heute schon mal mit einer Szene im Bett an. Ständig sind alle am Anfang immer nur am Vögeln. Dann diese Kameraführung. Ein heilloses Wackeln und Zoomen, dass einem schlecht wird. Und immer dieses Fressen. Warum wird neuerdings in Krimis immer gefressen? Vorzugsweise gerne in der Pathologie. Soll das cool oder abgebrüht wirken? Neulich hat ein Pathologe sein Brot auf dem Bauch der Leiche abgelegt, weil er dem Kommissar etwas am Einschussloch zeigen wollte. Carsten, sei ehrlich, geht's noch?«

Carsten schmunzelte, weil ich mich derart in Rage redete. »Hast recht, Alex. Aber Geld stinkt nicht, und dein Kühlschrank füllt sich nicht von alleine. Außerdem scheint es den Leuten zu gefallen.«

Er ließ das Thema für diesen Tag gut sein. Viel mehr interessierte ihn, was ich mit dem Kleinen vorhatte.

»Was wolltest du mir denn gestern erzählen? Ich meine mit dem Max?«

»Ach ja, verrückte Geschichte. Was würdest du sagen, wenn ich als nächstes Buch keinen Krimi mehr schreiben würde?«

Carsten blickte skeptisch drein. »Sondern?«

»Später. Ich muss dir erst was zeigen.« Ich nahm den Sprössling auf den Arm. »Komm, wir gehen nach unten.«

Carsten schaute ungläubig drein und folgte uns.

Der Wiener Platz war mittlerweile stark belebt. Typisch für Freitagmittag. Die Ersten starteten in den Feierabend, und dann gab es noch die Vier-Tage-Fraktion. Heike hatte in ihrem Freundeskreis ein paar Exemplare, die nur von Montag bis Donnerstag arbeiteten. Der Freitag gehörte grundsätzlich schon zum Wochenende. Selbstredend ist dies nur ab einer bestimmten Gehaltsklasse möglich. Ich weiß noch, als wir damals an einem Donnerstag auf einer Vernissage waren. Heike verabschiedete sich mit den Worten, sie müsse morgen arbeiten. Die anderen Damen dachten, Heike wollte sie auf den Arm nehmen. Köstlich. Die verstanden die Welt nicht mehr, dass jemand an einem Freitag früh morgens aufstand.

»Und was möchtest du mir jetzt zeigen?«

»Jetzt pass mal auf, mein lieber Carsten, und lerne. Ich zeige dir, welche Macht so ein kleiner Hosenscheißer hat.«

Ich erspähte zwei Damen mittleren Alters, die auf uns zukamen. Schnell drehte ich den Kleinen in ihre Richtung, und siehe da, die beiden wurden langsamer.

»Ach, der ist ja süß!«, sagte die eine. »Ist das Ihrer?«

»Ja, mein ganzer Stolz.«

»Ach, schade. Die guten Männer sind meist schon vergeben.« Ihre Freundin pflichtete ihr bei.

Sie gingen weiter, und die eine zwinkerte mir zu. Carsten stellte sich neben mich.

»Na, das war jetzt aber Zufall.«

»Hier! Kannst gerne selbst ausprobieren.« Ich drückte ihm Finn in den Arm und ging ein paar Schritte zur Seite.

Carsten kam überhaupt nicht mehr aus dem Grinsen heraus. Ständig wurde er von Damen angelächelt oder angequatscht. Sogar von einem Mann. Allerdings hatte der es wirklich auf Carsten abgesehen.

»Na, was sag ich?« Ich nahm Finn wieder entgegen.

Carsten kniff dem Kleinen in die Wange. »Mensch! Du hast ja magische Kräfte. Ein richtiger Zauberer bist du.«

»Na, jetzt sagst du nichts mehr. Das geht in dieser Form nur noch mit einem Welpen.«

»Nicht auszudenken, was passiert, wenn man den Kleinen und einen Welpen bei sich hat.« Carsten wollte natürlich gleich das XXL-Paket.

Wir schlenderten zurück in meine Wohnung.

»So, Alex, jetzt hast du mir gezeigt, wie man Mädels klarmacht. Wie wär's, wenn du mir den Buben mal ausleihst?«

»Bist du wahnsinnig? Der gehört mir doch nicht.«

»Was wolltest du mir dann damit sagen?«

»Dass das mein nächster Roman wird.«

Carsten verstand nur Bahnhof.

»Na, ich schreibe über einen Langzeitsingle, der sich auf die Suche nach seiner Traumfrau begibt. Und ein Baby wie Max wird meinem Protagonisten dabei helfen. Sozusagen eine Gesellschaftssatire. Tadaaa! Na, was sagst du?«

Carsten setzte sich, sah mich an und schüttelte den Kopf. »Ne! Das funktioniert nicht.«

»Wieso denn nicht? Einfach mal was anderes.«

»Weil du Krimis schreibst. Wie glaubhaft wärst du denn, wenn du jetzt auf einmal mit was Lustigem kommst. Da finden wir keinen Verlag dafür. Außerdem sind die Buchhandlungen voll mit solchen Sachen.«

»Wir machen es so: Ich schreibe dir hundert Seiten, und du gibst dem Projekt eine Chance. Wenn du dann immer noch sagst, dass es nichts ist, okay.«

Carsten zögerte, schlug dann aber ein. Er wusste, dass ich eh nicht lockerlassen würde. Er zog sein Sakko wieder an und verabschiedete sich. Angeblich, weil er noch einen Termin hatte. Ich befürchtete aber, dass er sich jetzt in seiner Bekanntschaft erst einmal einen Säugling suchte, mit dem er sich auf die Straße stellen konnte.

»Und mach die Liebesschnulze fertig. Nächsten Dienstag brauche ich das Ding!«, ermahnte er mich, bevor er ins Treppenhaus verschwand.

»Schau, Max, das war der Carsten. Dem zeigen wir beide jetzt, was ein richtiger Bestseller ist.«

KOCHKÜNSTE

»Ich hab den Job!«, schallte es mir entgegen, als ich die Wohnungstür öffnete.

Mandy sprang mich an und drückte mich freudig. Sie kam mit einer solchen Wucht auf mich zu, dass ich mich regelrecht dagegenstemmen und ihre Hüften packen musste. Sie roch gut. Nach blumigem Parfum.

»Sorry. Ich bin einfach so aufgeregt.«

»Schon okay.« Ich ließ sie wieder los, und sie strich sich eine blonde Strähne hinters Ohr. »Dann darf man wohl gratulieren?«

»Ja, darf man. Gleich am Montag kann ich anfangen. Gerade eben wurde ich angerufen.«

»Das freut mich aber für Sie.«

Ich musste zugeben, dass ich ein wenig neidisch auf sie war. Natürlich nicht auf ihren Beruf. Gott bewahre, ich und andere Leute schminken! Ich war schon mit einem Labello überfordert. Vielmehr war ich neidisch auf ihr Erfolgserlebnis. So etwas wollte ich auch wieder mal haben.

Es war schon toll, als damals der Verlag anrief und dieses eine Wort sagte: Bestseller! Jetzt saß ich hier in meiner Wohnung und schrieb über kopulierende Paare, die in einem billigen Porno besser aufgehoben wären. Natürlich noch mit einem romantischen Anstrich. Herrje, das letzte Ehejahr mit Heike … was soll ich sagen? Da hat eine Amöbe mehr Sex. Das Intimste, was ich da noch erlebt hatte, war gemeinsames

Zähneputzen. Und nun musste gerade ich schlüpfrige Szenen schreiben. Dass ich nicht lache!

»Alexander?«

»Bitte?«

»Ich möchte Sie heute Abend zu mir zum Essen einladen. Das muss doch gefeiert werden. Außerdem hätte ich das ohne Sie überhaupt nicht geschafft. Wie war es denn mit Finn?«

»Das lief prima. Wir verstehen uns gut, wir zwei. Nicht wahr, Finn?«

»Und? Kommen Sie?«

»Äh, nein. Danke für die Einladung, aber ich habe noch so viel zu tun. Ich muss bis nächste Woche einen Roman fertig schreiben.«

»Ach, schade. An was schreiben Sie denn gerade?«

»An einem Krimi. Ich muss da noch was recherchieren, deshalb …«

»Na, da kann man nichts machen. Klingeln Sie einfach, wenn Sie es sich doch anders überlegen.«

Ich nickte und gab ihr Finn auf den Arm. Dann schloss ich meine Tür.

Nein, das wollte ich gar nicht erst anfangen. Früher hatte ich schon einmal so eine Nachbarschaft. Erst sitzt man zum Kennenlernen zusammen, dann diese ewigen Plaudereien auf dem Flur. Ehe man sich's versieht, klingeln die Nachbarn und haben eine Flasche Wein in der Hand. »Wir dachten, wir kommen einfach mal auf ein Schlückchen vorbei.« Gerade hatte man es sich auf der Couch so richtig gemütlich gemacht, schon muss man wieder gesellschaftsfähig sein. Oder Silvester nach zwölf auf einen Umtrunk. Und dann gehen die ewig nicht!

Wehret den Anfängen, sage ich immer. Für diesen Tag hatte ich genug Baby, und an dem Roman für Carsten musste ich tatsächlich noch schreiben. Außerdem hätte ich sowieso nicht gewusst, was ich mit so einem jungen Ding wie Mandy reden sollte.

* * *

Langsam öffnete John die Knöpfe ihrer Bluse. Sue zitterte vor Aufregung, ließ es aber geschehen. Sie dachte schon, sie würde die Erfüllung ihrer Sehnsucht niemals erleben. Der unterste Knopf ging ein wenig schwer, da das Knopfloch viel zu klein war. Druckknöpfe hätten sich besser geeignet. Dann könnte er mit einem Ruck …

Obwohl ich alleine in meiner Wohnung war, drehte ich den Kopf in beide Richtungen. Ich wollte sicher sein, dass wirklich niemand mitbekam, was ich hier fabrizierte. Ich löschte die letzten Sätze und versuchte mein Glück erneut.

… die Erfüllung ihrer Sehnsucht niemals erleben. Sie streifte die Bluse ab und legte sich auf ihr Bett. Mit jedem Atemzug bewegte sich ihr flacher Bauch. John wirkte cool. Er stand neben dem Bett und öffnete ebenfalls sein Hemd. Sue sah ihm dabei zu und befeuchtete ihre Lippen. Als er nur noch mit seiner Jeans bekleidet vor ihr stand, packte sie ihn am Hosenbund und zog ihn zu sich. Seine Bauchmuskeln wirkten wie aus Stein gemeißelt.

»Willst du spielen?«, hauchte er ihr ins Ohr.

»Wenn du die Regeln vorgibst?«

Er wies sie an, die Augen zu schließen. Dann holte er aus der Nachttischschublade ein Glas Honig hervor. Er öffnete es und ließ gekonnt etwas davon in ihren Bauchnabel gleiten. Als der Honig ihre Haut berührte, zuckte Sue kurz, ließ ihre Augen aber geschlossen. Der Bauchnabel hatte sich gefüllt, und goldene Flüssigkeit bahnte sich den Weg zu ihren Lenden. Beherzt nahm John den Überschuss mit seiner Zunge auf. Sue war erregt.

Sie war erstaunt, weil John anscheinend seine Hände überall an ihr hatte. Am ganzen Körper kribbelte es, und ihre Nerven spielten verrückt.

»John?«

»Ja?«

»Das kitzelt am Hals.«

»Ich bin nicht an deinem Hals.« Er küsste weiter ihren Bauch.

Plötzlich nahm Sue ein Brummen wahr. Sie öffnete ihre Augen und sah etwas über Johns Kopf kreisen. Dummerweise hatte er das Fenster offen gelassen. Wespen wurden von dem Honig angelockt. Wie wild sprangen beide auf. John schnappte sich ein Kissen und schlug damit blindlings drauflos. Sue versuchte, sich ins Badezimmer zu retten. Ein ganzer Schwarm war nun im Zimmer und folgte …

»Ich brauche jetzt dringend einen Schnaps!«, sagte ich verzweifelt.

Unter Alkoholeinfluss konnte es nur noch besser werden. Vor allem würde es hoffentlich bald ein Ende haben. Ich ging in die Küche und trank einen Grappa auf ex. Da es mittlerweile Abend war, meldete sich mein Magen. Beim Blick in den Kühlschrank musste ich jedoch feststellen, dass außer Butter, einem Smoothie und Leos Leberwurst nichts Essbares im Haus war. Ich blätterte durch die Angebote der Bringdienste, die an meiner Pinnwand hingen. Thai, indisch, chinesisch, italienisch, vegan … Genau! So weit kommt es noch!

Da kam mir meine süße Nachbarin in den Sinn. Immerhin hatte sie mich eingeladen. Was, wenn ich jetzt einfach klingeln würde? Nein. Das wäre ganz schön armselig. Ich hatte schon abgesagt. Wie würde das denn aussehen? Ich schaute mir die Karte von dem italienischen Lieferservice genauer an. Mit dem Finger scannte ich die Pizzen ab. Als ich dann aber las, dass es eine Pizza mit Scampi gab, war mein Vertrauen in dieses Unternehmen dahin. Ich stellte mein Telefon zurück in die Station und war fest entschlossen: Abendessen bei Mandy!

Ich schnappte mir eine Weinflasche. Die hatte ich mal von Heikes Vater zu Weihnachten bekommen. War doch ein prima Anlass, diese Pulle endlich zu öffnen. Glücklicherweise kam ich auf dem Weg zur Wohnungstür an meinem Spiegel vorbei. Das Hemd, das ich trug, war definitiv nicht dafür geeignet, um damit abends bei einer alleinstehenden Frau zu klingeln. Ein Paket annehmen: ja, aber Abendessen mit heißer Mandy: nein.

Bevor ich in ein neues Hemd schlüpfte, wollte ich natürlich gut riechen. Der Selbsttest unter den Achseln fiel mager aus, und ich hüpfte noch schnell unter die Dusche. So viel Zeit musste sein. Bei der Gelegenheit konnte ich mir gleich noch die Haare waschen. Dann endlich: fertig! Natürlich hatte ich frische Unterwäsche angezogen. Allererste Dateregel. Moment. Was sagte ich da? Date? Alexander, reiß dich zusammen. Es ist nur ein Abendessen, und sie könnte deine Tochter sein.

Ich checkte nochmals mein Antlitz, schlüpfte in meine Sneakers, packte den Fusel und klingelte bei meiner Nachbarin.

»Das ist ja eine Überraschung!«, freute sich Mandy, als sie mich sah.

Sie hatte Finn auf dem einen Arm und in der anderen Hand ein Messer. Für mich als Krimiautor ein verstörendes Bild.

»Ich dachte, so ein nettes Angebot kann ich nicht abschlagen. Gilt es denn überhaupt noch?«

»Natürlich. Ich schneide gerade das Gemüse. Kommen Sie herein.«

Mandy bat mich, die Schuhe anzulassen, weil sie nicht gesaugt hatte. Nett, dass sie sich um meine Socken sorgte. Ihre Wohnung hatte eine große Wohnküche.

»Tut mir leid, dass es hier so aussieht, aber ich bin noch nicht dazugekommen, meine Möbel aufzubauen«, entschuldigte sie sich und legte Finn zurück in seine Wiege.

»Kein Thema. Kann ich mich irgendwie nützlich machen?«

»Können Sie kochen?«

»Ich kann Dosen aufmachen und den Inhalt erwärmen. Ist das kochen?« Klar konnte ich kochen. Doch das behielt ich schön für mich. Immerhin hatte sie mich eingeladen.

»Eher weniger. Sie könnten aber den Wein aufmachen. Der Korkenzieher müsste in dem Karton dort drüben sein.«

Mit einem beherzten »Plöpp« öffnete ich die Pulle und schenkte den Inhalt in zwei Plastikbecher. Mandy fragte zwar, ob ich nicht lieber zwei Gläser von mir holen wollte, aber ich wollte cool wirken.

»Wollen wir nicht ›du‹ sagen?«, fragte ich.

»Klar. Prost!« Sie nahm einen Schluck und küsste mich auf den Mund.

Damit hatte ich nicht gerechnet und schaute anscheinend total erschrocken drein.

»Bitte entschuldige. Ich dachte, das wäre okay!«

»Ähm, du, kein Thema. Voll okay. Was kann ich denn jetzt machen? Soll ich ein wenig Möbel zusammenschrauben?«

»Ich möchte nicht, dass du hier arbeiten musst. Wäre aber schon klasse«, zwinkerte sie. »Dann können wir hier in der Küche essen und nicht auf dem Sofa im Wohnzimmer.«

»Ach, ich mach das gerne. Ich hole schnell meine Werkzeugkiste rüber, und los geht es.«

Ich war mir sicher, dass Mandy keinen anständigen Schraubenzieher besaß. Geschweige denn einen Hammer. Es war mir nur recht, die Möbel aufzubauen. Immer noch besser, als aufgeregt neben Mandy zu stehen und Zwiebeln zu schneiden. Ich stellte mich an wie bei meiner ersten Fahrstunde. Mir wurde bewusst, wie unbeholfen ich auf Frauen reagierte.

Meine Hände waren allerdings definitiv nicht dafür geschaffen, mit Werkzeug zu hantieren. In dieser Hinsicht war ich eher der Grobmotoriker. Aber dabei war ich immerhin noch besser als beim Thema Frauen. Mit Heike hatte ich einfach damals die Erstbeste geheiratet. Wo, bitte schön, hätte ich also üben sollen?

»So, da bin ich wieder. Mit was soll ich denn beginnen?«

»Der Tisch in dem großen Karton hier wäre nicht schlecht. Und zwei von den Stühlen. Damit wäre mir schon sehr geholfen.«

»Läuft!«

Beim Öffnen des Kartons flog mir eine zehnseitige Gebrauchsanweisung entgegen. Wie schwer kann es sein, vier Tischbeine an eine Tischplatte zu dübeln? Weg damit.

»Und, Mandy? Hast du dich schon eingelebt?«

»Eingelebt ist gut. Ich bin ja erst angekommen. Kommst du klar mit dem Tisch?«

»Leichteste Übung. Wo ist denn der Vater von Finn?« Moment. Ging mich das überhaupt etwas an? »Oh, entschuldige. Das geht mich gar nichts an.«

»Nein, ist schon okay. Um ehrlich zu sein, ich weiß überhaupt nicht so richtig, wer Finns Vater ist.«

Hä? Wusste sie nicht, wo der Erzeuger wohnte? Oder war ihr der Name entfallen?

»Jetzt schau mich nicht so an. Ich weiß selbst, dass das nicht in Ordnung ist.«

»Sorry.« Anscheinend hatte ich sie erschrocken angestiert. War aber klar. Gerade ich, der auf diesem Gebiet bisher eher in der Umgebung reiste, war doch sehr erstaunt über diese Aussage. In Sachen Sex hatte ich die große weite Welt nicht gesehen.

»Aber Mandy, man kann doch die beiden Herren um einen Vaterschaftstest bitten, oder?«

»Na ja, so einfach ist das nicht.«

»Wieso? Weißt du nicht, wo sie wohnen?«

»Nein, aber … es ist kompliziert.«

»Nun sag schon. Vielleicht kann ich dir helfen.« Ich hätte mir am liebsten auf die Zunge gebissen. Warum hatte ich das gesagt? In diesem Augenblick hätte ich eher selbst Hilfe brauchen können.

Zum einen waren diese Art Gespräche Neuland für mich, und dann war da noch dieser verdammte Tisch. Wie gehören denn nun diese blöden Beine an die Platte, und welche Schrauben sollte ich verwenden? Die langen oder die kurzen?

Mandy nahm einen großen Schluck vom Wein und drehte sich zu mir. »Ich sag mal so. Dadurch, dass Finn helle Haut hat, kann ich die Kandidaten schon mal eingrenzen.«

Diese Aussage verursachte, dass ich mit dem Schraubenzieher abrutschte und einen großen Kratzer in die Platte machte. Gottlob an der Unterseite.

»Gell, das hat dich jetzt geschockt. Ich sag ja, dass es kompliziert ist.«

Okay, dachte ich. Dann waren es also drei Männer. Doch Mandy sprach weiter.

»Wie gesagt, so kann ich schon mal zwei Typen ausschließen.«

Das war zu viel für mich. Was ist denn auf dieser Welt los? Wo war die große Liebe und Treue? Der Drang nach Partnerschaft und Monogamie? Ich kam mir vor, als hätte man mich in den Fünfzigern eingefroren und gerade erst aufgetaut.

»Eine kleine Hoffnung habe ich allerdings. Da war dieser eine mit den Locken. Knut hieß der. Insgeheim wünsche ich mir, dass er der Papa ist.«

»Warum das?« Ich war neugierig.

»Er hat so schöne Hände!«

»Mandy, du spielst aber nicht in so Filmen mit, oder?«

»Du meinst Pornos? Quatsch. Es war einfach eine wilde Zeit.« Sagte eine Frau, die noch nicht einmal dreißig Jahre alt war.

Warum wurde ich nie auf solche Partys eingeladen? Ich verwarf diesen Gedanken schnell wieder. Ich hatte ein Bild vor Augen, wie ich wöchentlich mit einem Stäbchen über meine Mundschleimhaut fahre, das Ding in ein Röhrchen stecke und an ein Labor verschicke. Dieser Aufregung wäre ich nicht gewachsen. Dann wären also Mandy und Knut die Eltern von Finn. Ich musste unweigerlich an diese Autoaufkleber denken. »Knut fährt, Mandy stillt, und Finn ist an Bord!«

»Warum nimmst du denn nicht meinen Akkuschrauber? Dann geht's einfacher.«

Wahnsinn. Die Mandy hatte einen Akkuschrauber. Das war aber noch nicht alles. Er war sogar geladen! Mit meinem Werkzeug hätte ich lange geschraubt. Ich war fast beschämt. Mandy kam mit der Anleitung zu mir.

»Schau mal, ich glaube, das Teil hier gehört dort auf die andere Seite.«

»Ach, dann ist doch eine Anleitung dabei. Wo war die denn?«, log ich und nahm sie ihr ab.

* * *

»Schmeckt sehr gut, das Chili!«

»Danke. Das hatte mal Jamie Oliver im Fernsehen gekocht. Kennst du den?«

»Nö, ich kenne nur den Schuhbeck. Glückwunsch übrigens noch mal zu deinem Job. Das ging schnell. Was machst du mit dem Max, äh, Finn?« Verdammt.

»Das ist total super. Zwei Minuten von meinem Arbeitsplatz entfernt ist eine Kinderkrippe. Gleich am Montag kann ich ihn dort schon abgeben. Toll, oder?«

»Mensch, Jackpot! Noch Wein?«

»Klar! Finn schläft eh schon.«

Wir saßen noch eine Weile und plauderten belangloses

Zeug, bis ich wieder in meine Wohnung ging. Ich musste mir eingestehen, dass ich den Abend genossen hatte. Während meiner Ehe mit Heike hatte ich mich manchmal einsamer gefühlt als in der Zeit danach. Meine Freundschaft zu Michaela hatte gelitten, weil Heike und sie sich nicht grün waren. Aber jetzt sahen wir uns wieder öfter. Und bisher hatte es mir eigentlich an nichts gefehlt. Trotzdem: Vielleicht war es an der Zeit, mich wirklich auf dem Singlemarkt umzusehen.

DER SPANNENDE KLIENT

Nachdem John seiner Sue das Badezimmer fertig gefliest hatte, baute er in Windeseile noch ihre Möbel zusammen. John konnte einfach alles. Seine Hände waren Gold wert. Nach getaner Arbeit waren sie oftmals rau. Aber das störte Sue nicht. Ganz im Gegenteil. Sie genoss während seiner Streicheleinheiten das sanfte Peeling.

Wie üblich, bekochte er seine Sue mit einem feurigen Chili con Carne nach dem Rezept seiner Großmutter. John war sich an diesem Abend seiner Sache sehr sicher. Heute war die Nacht der Nächte, und es würde endlich passieren. Er nahm eine Chilischote mehr. Das würde ihr Temperament anheizen. Dummerweise wusste er nicht, dass seine Sue an einem Reizdarmsyndrom litt. Deshalb …

Ich zögerte. Nein. Dreihundert Seiten waren genug. Es sollte passieren, und ich konnte endlich zum Ende kommen.

… Temperament anheizen. Es kam, wie es kommen musste. Sue übernahm die Zügel, erhob sich vom Tisch und zog John ins Schlafzimmer. Dort angekommen, begannen sie, sich gegenseitig die Kleider vom Leib zu reißen. Er ließ seinem Temperament freien Lauf und bäumte sich auf wie ein wilder Stier. Sue versuchte, ihn zu bändigen, und klammerte sich fest mit ihren langen Beinen um seine Hüften. Unter feurigen Küssen vereinten sich ihre schwitzenden Körper auf dem Wasserbett, das mit zu wenig

Wasser befüllt war. Mit jedem leidenschaftlichen Stoß bekam die Matratze etwas mehr Eigendynamik und schaukelte die beiden in ungeahnte Höhen. Sue suchte sich einen Punkt an der Zimmerdecke, um nicht seekrank zu werden. Immer und immer wieder brachte er sie von einem Höhepunkt zum nächsten. Unwissend, ob John oder die Matratze dafür verantwortlich war. Erst in den frühen Morgenstunden deckte er sie behutsam mit der Satinbettdecke zu und schlich sich wieder in die Küche. Die Spülmaschine war schnell eingeräumt. John wusste, dass seine Sue nichts mehr hasste als eingetrocknete Speisereste in den Töpfen. Ja, die beiden passten perfekt zueinander. Noch Jahre später würden sie sich von dieser Nacht erzählen. Und sie werden sich lieben. Bis in alle Ewigkeit.

ENDE

»Ich übergebe mich gleich!«

Ohne Umschweife packte ich die Datei in eine E-Mail und schickte sie Carsten. Gott sei Dank hatte ich diesen Schinken fertig. Sollte er damit machen, was er wollte.

Prompt schrieb Carsten zurück. Er freue sich und habe schon den nächsten Auftrag für mich. Das Ganze solle in einer spanischen Hofreitschule spielen.

Nix da! Nie wieder wollte ich so etwas schreiben. Dann lieber Beipackzettel.

Ich kippte einen Ouzo auf ex und legte mich schlafen. Zuvor aber richtete ich noch Leos Decke zurecht. Denn sonst konnte ich nicht einschlafen. Sogar, wenn er nicht da war.

* * *

Mit einer Tasse Kaffee bewaffnet, stand ich auf meinem Balkon. Für einen Samstagmorgen war es noch sehr ruhig auf dem Wiener Platz. Ein kleiner orangefarbener Kehrwagen drehte seine Runden und hinterließ eine nasse Spur auf dem Kopfsteinpflaster, die aber umgehend in der Sonne verblich. Die grünen Buden öffneten, und Markisen wurden herausgekurbelt. Der Tag lief an.

Sollte ich vielleicht doch einen Krimi schreiben? Zweifel trieben mich um. Carsten hatte sicherlich recht mit seiner Meinung. Vielleicht sollte ich wirklich bei diesem Genre bleiben? Wie gut konnte ich aber sein, wenn ich nicht mit meinem ganzen Herzblut bei der Sache war? Nein. Mein Plan sah anders aus. Ich wollte unbedingt meine Satire schreiben. Über einen Single, der sich auf die Suche nach seiner Traumfrau begibt. An seiner Seite der kleine Max als Frauenmagnet. Ein unschlagbares Team. Zu Recherchezwecken musste ich mich allerdings auf den Singlemarkt begeben. Dadurch hätte ich dann aber wenigstens die Erfahrungen aus erster Hand. Ein schöner Nebeneffekt wäre, wenn am Ende sogar eine Frau bei mir hängen bleibt.

Es klingelte. Michaela kam vorbei und wollte mit mir Mittag essen gehen. Dafür war ich selbstverständlich immer zu haben.

Ich schlüpfte in meine Sneakers und ging mit ihr über den Platz zum Hofbräukeller. Wir nahmen auf der Terrasse Platz. Sie ist erhöht, und man hat von dort aus einen herrlichen Blick über den Biergarten. Perfekt, um Menschen zu beobachten. Die meisten meiner Protagonisten stammen von hier. Wenn die wüssten, was ich ihnen schon alles angedichtet habe. Von Mord und Diebstahl über Fremdgehen war alles dabei.

Michaela bestellte einen großen Sommersalat. Sie wollte auf ihre Linie achten. Ich studierte die Speisekarte bis ins letzte Detail und bestellte dann wie immer ein Wiener Schnitzel. Da ich vor meiner Begleitung aber nicht einfallslos erscheinen wollte, wählte ich anstelle der Bratkartoffeln den Kartoffelsalat. Lauwarm, mit Essig, Öl und Brühe angemacht. Ein Gedicht! Michaela wiederum bat den Ober, den Salat zu streichen, und bestellte ebenso das Wiener Schnitzel mit den Worten: »Dann hat die Linie eben eine kleine Kurve!«

Das liebte ich an ihr. Sie war das genaue Gegenteil meiner Exfrau. Und meine Devise ist immer schon gewesen: Nur eine satte Frau ist eine zufriedene Frau!

»Ich werde übrigens ein neues Buch schreiben«, sagte ich.

»Ach was. Hast du deine Schreibblockade endlich überstanden?«

»Das weiß ich noch nicht.«

Ich erzählte Michaela von meinem Projekt und meinen Rechercheplänen. Das Essen kam, und ich bestellte mir noch eine Halbe vom Fass.

»Ich glaube, dass du deine Schreibblockade nur wegen deiner Exfrau hast.«

»Michaela? Analysierst du mich schon wieder?«

»Klar. Unentwegt. Du bist mein spannendster Klient.«

»Und der Einzige, der dich nicht bezahlt.«

»Diesen Luxus gönne ich mir. Aber es liegt doch auf der Hand. Deine Ex hat dir während eurer Ehe nie die Aufmerksamkeit geschenkt, die du dir gewünscht hast. Sie hat deinen Beruf einfach nicht respektiert.«

Wie es aussah, machte sich Michaela sogar Gedanken über mich, wenn wir gerade nicht zusammen waren. Das war ihr doch nicht in diesem Moment eingefallen.

»Klingt aber nicht logisch. Falls du es noch nicht gemerkt hast, wir sind geschieden. Ich bekomme aber immer noch keine vernünftige Zeile hin. Was denkst du, was ich in den letzten Wochen für einen Quatsch geschrieben habe. Ich möchte überhaupt nicht davon reden.«

»Das musst du nicht, Claire Fisher. Ich kann es ja dann am Bahnhof kaufen und selbst lesen.« Sie grinste hämisch.

»Tu mir das nicht an. Nein, tu dir das nicht an. Das stört ganz bestimmt dein Sexualleben.«

»Dann wäre wenigstens etwas los bei mir. Also noch einmal: Du bist blockiert, weil du so einen Drang hast, es deiner Ex mit einem weiteren Bestseller zu zeigen. Und aus Angst, dass du das nicht schaffst, bekommst du gar nichts zustande.«

Ich steckte ein Stück Fleisch in den Mund und kaute darauf herum. Vielleicht hatte sie recht, vielleicht auch nicht. Zumindest war ich mir solcher Ängste nicht bewusst. Michaela fand jedenfalls mein Vorhaben gut. Sie meinte, dass ich sowieso nur aus meinem Loch finden würde, wenn ich für etwas brannte und davon überzeugt war.

»Weißt du was, Alexander? Ich helfe dir dabei.«

»Aber du hast doch noch nie ein Buch geschrieben.«

»Das meine ich doch nicht. Ich helfe dir bei deinem Projekt, das Singledasein zu beenden. Hast du denn schon einen konkreten Plan?«

»Na, ich gehe auf die Straße und spreche Frauen an.«

»Oder du könnest Flugblätter verteilen, dann wäre es noch peinlicher. Wie soll das denn aussehen? ›Hallo! Ich bin Single. Gefalle ich Ihnen, haben Sie ein paar Jahre Zeit?‹«

»Du machst dich lustig über mich. Ich bin immerhin ein Klient von dir.«

»Nein. Du bist mein Hobby. Spaß beiseite. Wir beiden Hübschen gehen heute Abend in einen Klub. Dann schaue ich mir aus nächster Nähe an, was du so fabrizierst. Und vielleicht komme ich bei der Gelegenheit in den Genuss und lerne selbst jemanden kennen.«

Obwohl mir das Ganze ein wenig suspekt und unangenehm war, ließ ich mich auf die Sache ein. Ich war zwar nicht glücklich darüber, unter Beobachtung zu stehen, aber schaden konnte es auch nicht. Zumindest war ich auf diese Weise nicht alleine unterwegs.

»Abgemacht. Ich hole dich ab, und wir gehen in eine Disco.«

Michaela willigte ein, aber nur unter der Voraussetzung, dass ich nicht mehr Disco sagte. Sie war der Meinung, das hieße heute Klub.

Ich ließ mir nochmals die Speisekarte bringen. Nach dem Schnitzel passte noch etwas rein. Michaela wollte keine Nachspeise.

»Ich platze sowieso gleich«, stöhnte sie.

»Ich hätte gerne einen Kaiserschmarren«, sagte ich zum Ober.

Als der sich gerade auf den Weg in die Küche machen wollte, wurde er von Michaela gestoppt.

»Halt! Machen Sie zwei draus!«

***

Ich verweilte ziemlich lange vor meinem Kleiderschrank, bis ich mich für mein rotes Hemd mit dem großen Kragen entschied. Diesen Kragen konnte ich nämlich wunderbar über den meines Sakkos legen. Ich entschied mich für den anthrazitfarbenen Einreiher. Jeans dazu und gut. Ich war schon spät dran, weil ich zu viel Zeit im Badezimmer verbracht hatte.

Zu Michaela ging ich zu Fuß, da sie nur fünf Minuten von mir entfernt wohnte, praktischerweise gleich über ihrer Praxis.

Der Summer ertönte, und ich lief die Treppe zu ihr hoch.

»Scheiße, wie siehst du denn aus? Weiß John Travolta, dass du sein Hemd geklaut hast?«

»Gefällt es dir nicht?«

»Das hat nichts mit ›gefallen‹ zu tun. Jetzt komm erst einmal rein. Ich bin gleich fertig!«

Ich betrachtete mich im Spiegel in Michaelas Flur. »Weiß gar nicht, was du hast. Ich finde, ich sehe scharf aus!«

»Das ist das Wichtigste, dass du das findest!«, rief sie mir aus dem Badezimmer zu.

»Meinst du das ironisch oder sarkastisch?« Ich ging ein paar Schritte Richtung Bad, um Michaela besser zu verstehen.

»Was ist der Unterschied?«

»Das stärkt nicht gerade mein Ego.«

»Ich zieh dich doch nur auf.« Michaela kam aus dem Bad. »Und, was sagst du zu deiner Begleitung?« Sie drehte sich vor mir einmal um die eigene Achse.

Sie trug ein enges schwarzes Kleid, das kurz über den Knien endete. Der Kragen war rund, und eine schlichte Perlenkette zierte ihr Dekolleté. Passend zu den Perlenohrringen.

»Sauber. Gut schaust aus. So kenn ich dich gar nicht.«

»Das kann ich dir nur zurückgeben.« Sie schlüpfte in hochhackige schwarze Schuhe. »War der Leopold wieder nicht da, um dich zu beraten.«

»Geh, ich brauch doch keinen Hund, der mich in Sachen Mode berät.«

»Na, der hätte dich schon so lange angebellt, bis du das Hemd freiwillig wieder ausgezogen hättest.«

»Gut, ich geh schnell heim, dann kann ich es gegen ein weißes Hemd tauschen.«

»Klar, dass du am Ende noch wie ein Ober aussiehst. Für heute wird's schon passen.«

Michaela ging durch ihre Wohnung, um zu kontrollieren, ob überall das Licht aus war. Ich wartete brav im Flur und warf nochmals einen Blick auf mein Spiegelbild, während ich per Handy ein Taxi bestellte.

»Hier, vergiss deine Handtasche nicht.«

»Das ist eine Clutch!«

»Sei's drum. Taxi ist bestellt. Lass uns runtergehen.«

Das Taxi ließ nicht lange auf sich warten. Wir stiegen hinter dem Fahrer ein.

»Guten Abend. Wo soll es denn hingehen? Zu einer Siebziger-Jahre-Party?«, wollte der junge Fahrer wissen.

»Nö, warum?«

»Nur so. Also?«

Michaela drehte den Kopf und schaute schmunzelnd aus dem Fenster.

»Geben Sie uns einen Tipp«, sagte ich. »Was ist denn heute so angesagt?«

»Angesagt ist viel. Schließlich sind wir in München. Da ist schon einiges los. In Schwabing wäre zum Beispiel eine Ü40-Party.«

»Sehen wir so aus, als ob wir dort hinwollten?«

»Sorry. Ich sag jetzt gar nichts mehr.«

Michaela brachte sich in die illustre Runde ein und beugte sich zum Fahrer vor. »Fahren Sie uns einfach in einen Klub, der schon offen hat.«

»Klub, mit Diskokugel an der Decke und so?«

»Genau das«, antwortete ich ihm und schnallte mich an. Michaela schmunzelte erneut. Das Taxi fuhr los.

»Warum sollten denn manche noch nicht offen haben?«, fragte ich Michaela. »Es ist Samstagabend.«

»Man merkt, dass du lange nicht mehr auf der Piste warst. Das Nachtleben geht normalerweise erst um Mitternacht los.«

»Was? Da schlaf ich schon. Was ist denn gegen halb zehn auszusetzen?«

»Alexander, wenn wir Glück haben, ist in dem Schuppen schon das Licht gedimmt. Weiß sowieso nicht, warum du unbedingt schon so früh los wolltest.«

»Na, weil später die ganzen guten Frauen weg sind.«

Sie starrte mich an. »Wir fahren nicht auf eine Pferdeauktion. Das ist dir schon klar?«

»Micha, das liegt doch auf der Hand.«

»Alex, Alex. Das wird harte Arbeit«, murmelte sie und sah aus ihrem Fenster.

»Was?«
»Ich sagte, ich freue mich auf heute Abend.«
»Gibt es noch diese Nebelmaschinen?«

ZAUBERER UND CLOWNS

Die Disco, also der Klub, hieß *Riverside.* Wie Michaela schon befürchtet hatte, war noch nichts los. Dafür war die Musik schon so laut, dass wir uns anschreien mussten. Wir steuerten die Bar an, und ich bestellte mir ein Pils, während Michaela sich für einen Cocktail entschied.

Es dauerte bestimmt eine Stunde, bevor sich der Laden langsam füllte. Meine Nervosität stieg. Dadurch, dass Michaela anfing, mir schon die verschiedensten Frauen schmackhaft zu machen, wurde dieses Gefühl nicht besser. Ich war … unter Druck!

»Schau doch mal, die dort drüben. Die Dünne. Du stehst doch auf Dünne!«

»Stimmt doch überhaupt nicht!«

»Und die Heike?!«

»Die war nicht immer so!«

»Aber ihre Freundin sieht doch süß aus. Geh doch mal hin!«

»Ja, ist schon gut. Gibst ja doch keine Ruhe!«

Die Musik wechselte zu schnelleren Beats. Ich schnappte mir mein Pils und machte mich möglichst rhythmisch auf den Weg. Also, ich tänzelte in die Richtung meiner Auserwählten. Sie stand mit ihrer Freundin an einer Säule. Schätzungsweise war sie Mitte dreißig. Damit war sie schon die Älteste hier. Nach Micha und mir.

Ich pirschte mich von hinten an sie heran und stupste an ihre Schulter.

»Na, auch hier?!«, schrie ich.

»Sieht so aus!« Sie drehte sich wieder zu ihrer Freundin.

»Kennen wir uns von irgendwoher?!«

»Nein. Aber vielleicht kennst du meinen Freund!«

»Hab schon verstanden!« Ich tänzelte weiter.

Ich blickte zu Michaela und sah, dass mittlerweile zwei Typen bei ihr standen. Kein Wunder. Sie sah wirklich toll aus. Wenn ich sie nicht bereits kennen würde, hätte ich sie auch angesprochen. Wahnsinn. Ich war gerade einmal eine Minute von ihr weg. Als ob die gewartet hatten, bis sie alleine war. Direkt neben dem Eingang sah ich eine tolle Brünette. Die Haarfarbe war mir seit jeher scheißegal. Schon zu Schulzeiten. Während meine Freunde ihre feste Meinung hatten, wie die perfekte Traumfrau für sie auszusehen hatte, war für mich immer schon das Gesamtpaket wichtig. Und bei dieser Dame dort passte alles.

»Na? So allein hier?!« Ich blieb lässig vor ihr stehen. Eine Hand in der Hosentasche, in der anderen mein Glas. Ich trank einen Schluck, während ich auf ihre Antwort wartete.

Sie hingegen starrte mich nur mit großen Augen an. »Ganz schön viel Rot!«, rückte sie endlich heraus.

»Was?!«

»Das Hemd!«

»Ach so!« Ich blickte an mir runter. »Ja, das können nicht alle tragen!«

»Das stimmt. Ich habe bisher in meinem Leben noch niemanden gesehen.«

Das war deutlich genug für mich, und ich tänzelte weiter. Ich kam mir vor, als wäre ich auf Patrouille. Langsam gingen die Frauen aus. Ich sah zu Michaela hinüber. Sie winkte. Ich winkte zurück. Eine Bedienung hielt das für eine Aufforderung und kam zu mir herüber. Um Erklärungen zu vermeiden, bestellte ich noch ein Pils. Bei Michaela waren mittlerweile schon wieder neue Typen gelandet und schraubten an ihr herum. Ohne Anfassen natürlich. Irgendwie passte mir das nicht. Schließlich war ich mit ihr hier. Es fühlte sich an, als ob ich mit Michaela in einem Wettstreit wäre.

Ich trank von meinem frischen Pils und sah mich weiter um. Mittlerweile war es nach dreiundzwanzig Uhr, und der Laden füllte sich immer mehr. Als ich zur Bar blickte, konnte ich Michaela nicht mehr sehen. Dafür saß dort eine Blondine, die verträumt mit einem Strohhalm in ihrem Cocktail herumrührte. Neben ihr war noch ein Plätzchen frei. Das war meine Chance. Vielleicht quatschte es sich leichter an der Bar als an irgendeiner Säule inmitten dieses Schuppens.

»Ist hier noch frei?!«

»Wenn du dich setzt, nicht mehr.«

Na, die war ja unfreundlich.

Aber ich gab nicht gleich auf, lächelte kurz und setzte mich neben sie.

»Was trinkst du da?!«

»Einen Cocktail!« Ohne mich anzusehen, rührte sie weiter.

Es gab nur zwei Möglichkeiten für ihre Stimmung. Entweder wurde sie gerade verlassen, oder sie wurde versetzt. Du meine Güte! Ich war schon wie Michaela. Die analysiert alles und jeden. Was konnte ich nun für eine Taktik anwenden, damit sie mich wahrnahm?

»Bist du oft hier?!«

»Du, sei mir bitte nicht böse, aber ich habe echt kein Interesse!« Nun sah sie mich zum ersten Mal an. »Scheiße, wer hat dir denn das Hemd angedreht?« Sie richtete ihren Blick wieder auf ihr Glas.

»Was?«

»Sorry! Die Frage sollte eher lauten, wann wurde dir denn dieses Hemd angedreht? Hast du hier einen Auftritt oder was?«

»Nö! Wieso?«

»Ich dachte, vielleicht zersägst du gleich eine Jungfrau auf der Tanzfläche oder zauberst uns sonst was vor!«

Langsam wurde sie unverschämt.

»Du hast es erkannt! Es ist nämlich so, meine Assistentin ist ausgefallen. Jetzt wollte ich fragen, ob ich vielleicht dich zersägen könnte!«

Wegen der lauten Musik dauerte es eine Weile, bis meine Worte bei ihr ankamen. An ihren runtergezogenen Mundwinkeln konnte ich erkennen, dass sie mich verstanden hatte. Sie drehte den Kopf zu mir.

»Was soll das denn heißen?«

»Du, ich muss. Mir ist da ein Kaninchen abhandengekommen.« Ich klopfte zweimal auf den Tresen und steuerte die Tanzfläche an. Sollte die Kuh doch ihren Frust an jemand anderem auslassen. Ich suchte Michaela. Mitten auf dem Parkett sah ich sie, umringt von vier Typen, die um die Wette balzten. Das passte mir irgendwie überhaupt nicht. Meine Begleitung aalte sich geradezu in diesem Spannungsfeld. Um in der Tanzmenge nicht aufzufallen, bewegte ich rhythmisch den Kopf, tänzelte in Michaelas Richtung und reihte mich in die Runde der vier Herren ein.

»Hey, Micha, hab dich schon gesucht!«

Sie hörte mich nicht. Stattdessen bellte mich ein Typ von links an. »Hey, zieh dir ’ne Nummer und stell dich hinten an, du Clown!«

Super! Erst war ich ein Zauberer, dann ein Clown. Ich sollte in Erwägung ziehen, die Branche zu wechseln.

»Ich darf doch mal!« Ich tänzelte an dem testosterongeschwängerten Primaten vorbei zu Michaela.

»Hey, Alex, da bist du ja endlich. Jungs, danke für den Tanz, viel Spaß noch.« Sie hakte sich bei mir ein, und wir steuerten den Tresen an.

Die Männer starrten mich verwundert an. Besonders der,

der mich einen Clown genannt hatte. Ich klopfte ihm auf die Schulter.

»Sorry, Alter. Clowns haben nicht nur große Schuhe!«

Er war ganz offensichtlich kurz davor, mir eins auf meine Murmel zu geben. Deshalb war es besser, das Terrain zu verlassen.

Am Tresen bestellte ich für Michaela noch einen Prosecco und für mich ein frisches Pils.

»Na, da war ganz schön was los bei dir!«

»Hör mir bloß auf! Die vier haben gebaggert, als ob ich Freiwild wäre. Eins schwöre ich dir, ohne Verhütung brauchst du heutzutage gar nicht mehr auf die Tanzfläche zu gehen. Die Typen kennen überhaupt keine Distanz.«

»Na, so schlimm wird's nicht gewesen sein. Hier dein Sekt.«

»Alexander, ich sage es dir: Es kann dir als Frau passieren, dass du die Tanzfläche verlässt und im dritten Monat schwanger bist. Sofort!«

»Na, nun übertreib mal nicht. Prost.«

Michaela nippte kurz und stellte kopfschüttelnd ihr Glas ab.

»Du, Alex, die gehören alle auf meine Couch. Das würde mich mal interessieren, wie die ticken. Vielleicht mache ich eine Studie!«

»Einladen kannst du die schon auf deine Couch. Aber reden wollen die dort nicht.«

So, mir reichte es. Ich entschied, dass wir gingen. Nicht, dass Michaela am Ende noch Visitenkarten verteilte.

Die Nacht war zu schön, um ein Taxi zu nehmen. Besonders nach dem Lärm und der Hitze in dem Klub war so ein Spaziergang genau das Richtige. Es waren höchstens fünfundvierzig Minuten nach Hause. Nach etwa vierhundert Metern an der frischen Luft beruhigten sich unsere Ohren wieder, und wir schrien uns nicht mehr an.

»Wie war es denn bei dir, Alexander? Warst du erfolgreich?«

»Du, das war einfach nicht mein Publikum da drinnen. Ich hätte bei fast der Hälfte der Mädels der Vater sein können.«

Michaela schmunzelte und verlangsamte ihre Schritte.

»Ein bisschen habe ich dich beobachtet, bis diese Typen über mich hergefallen sind. Sahst schon ein wenig unbeholfen aus.«

»Was soll denn das heißen? Unbeholfen! Ich bin ganz lässig von Blume zu Blume geflogen und habe meinen Charme versprüht.«

»Für mich sah es eher so aus, als wärst du spät dran gewesen und wolltest nach dem Weg fragen. Ich möchte gar nicht wissen, was du zu denen gesagt hast.«

»Du hast gut reden. Frauen haben es immer leichter. Ihr braucht euch bloß irgendwo hinzusetzen und gut auszusehen. Schon kreisen die Männer um euch herum wie die Fliegen.«

»So einfach ist das nicht, Alexander. Du hast die zwei Stunden im Badezimmer vergessen, bevor es auf die Piste geht. Das ist immerhin harte Arbeit.«

Wir lachten und unterhielten uns angeregt, während wir gemütlich nach Hause schlenderten. Ich brachte Michaela zu ihrer Wohnung und ging den Rest des Weges alleine. Im Grunde war dieser Spaziergang das Schönste an dem ganzen Abend. In die Disco zu gehen und dort verzweifelt herumzugraben war einfach nicht mehr meine Welt. Auch, wenn man heute Klub dazu sagte.

ROLLENSPIELE

Die Nacht war lang gewesen. Dementsprechend blieb ich an diesem Sonntagmorgen ein bisschen länger liegen. Material für einen neuen Roman hatte ich noch nicht sammeln können. Außer, ich würde doch einen Krimi schreiben.

Ich wäre das Opfer, und es gäbe vier Hauptverdächtige. Nämlich die vier von der Tanzfläche, weil sie in ihrem Ego gekränkt waren. Oder die Tante am Tresen, die ich als Jungfrau bezichtigt hatte. Kommissar Hinteregger ermittelt. Am Ende war es der Taxifahrer, weil ich ihm zu wenig Trinkgeld gegeben hatte. Oder so ähnlich.

Ich hatte mich nach einer ausgiebigen Dusche gerade angezogen und wollte ins Café gegenüber gehen, als es klingelte. Michaela kam vorbei. Das freute mich natürlich. Denn dieser Tag ist es, der mich als Single am meisten aufregt. Sonntag! Die Geschäfte sind geschlossen, Pärchen flanieren herum, und überall ist Brunch. Das ging mir schon zu Heikes Zeiten auf die Eier. Dieses verdammte sonntägliche Brunchen. Mit so einem Schickimickipärchen aus Heikes Klinik. Mit umgehängtem Kaschmirpullover. Erst mal ein Sektchen, dann mit abgezupftem Croissant in den Kaffee stippen und später zu den warmen Speisen übergehen. Ein bisschen hiervon, ein wenig davon. Ehe man sich's versah, hatte man den halben Tag nur gefressen. Aber egal. Am Abend traf man sich auf einen netten Waldlauf für 'ne kleine Runde, weil dann die Ozonwerte nicht mehr zu hoch sind. Unter kleiner Runde verstand Heike immer mindestens zehn Kilometer. Was war ich froh, dass dieser Kelch nun endgültig an mir vorübergegangen war.

»Das ist ja eine Überraschung! Komm rein. Schon ausgeschlafen?«

»Klar. Hab schließlich kaum was getrunken. Schau, ich hab uns was mitgebracht.« Michaela hielt eine duftende Tüte mit Semmeln und Croissants vor meine Nase. »Ich hoffe, du hast noch nichts gefrühstückt.«

»Nö. Wollte mich gerade auf den Weg machen. Was verschafft mir denn die Ehre an diesem Sonntagmorgen?«

Michela streifte wie üblich ihre Schuhe mitten im Raum ab und schmiss sich erst einmal aufs Sofa.

»Du, ich habe die ganze Nacht den Abend Revue passieren lassen. Da bin ich zu dem Entschluss gekommen, dass du dringend ein Coaching benötigst.«

»Ein Coaching? In was?«

»Na, eine Rundumversorgung. Wie beim Auto. Waschen, wachsen und Unterbodenschutz. Einmal das volle Programm.«

»Ich bin frisch geduscht!« Ich ging in die Küche, um alles für das Frühstück zu richten.

»Ich meine das nur bildlich!«, rief sie mir hinterher.

Ich streckte meinen Kopf aus der Küche. »Und wer sollte solch ein Coaching durchführen?«

»Na, ich!«

»Du? Michaela, du bist genauso alt wie ich und Single. Was, bitte schön, möchtest du mir beibringen?«

Michaela richtete sich auf, legte den Kopf schief und zog die Augenbrauen nach oben. »Ich habe die weibliche Intuition. Ich bin das andere Geschlecht. Du bekommst ungefiltert einen Einblick ins feindliche Lager. Und, um das wieder einmal erwähnt zu haben, ich bin Psychologin.«

Zugegeben, das waren prima Argumente. Dennoch wollte

ich gerade vor Micha einen Seelenstriptease vermeiden. Bisher war mir das wunderbar gelungen.

»Michaela, ich weiß nicht so recht. Ich meine, wie stellst du dir das denn vor. Willst du Rollenspiele veranstalten oder was?«

»Ich will sehen, auf welchem Stand du bist. Ich spiele dein Date, und du tust, was du in solchen Situationen so tust. Dann sage ich dir, ob ich auf deinen weißen Schimmel aufsteige.«

»Ach, Micha, ich …«

»Bitte, bitte, Alexander, lass mich ein bisschen an dir rumschrauben.« Sie klatschte in die Hände und hüpfte im Sitzen auf dem Sofa herum, als sei sie ein Kleinkind und wolle unbedingt in den Zoo.

»Na gut. Du gibst sonst doch keine Ruhe. Aber erst wird gefrühstückt.«

»Einverstanden. Übrigens müssen wir deine Klamottenauswahl nochmals überarbeiten.«

»Übertreib es nicht, meine Liebe!«

***

»Hallo. Na, so alleine hier?«

Fast empört sah mich Michaela an. »Alexander, so geht das nicht!« Sie erhob sich vom Esstisch und baute sich vor mir auf. »Was glaubt ihr Männer denn immer? Als würden wir trüben Tassen ganz alleine rumsitzen und nur darauf warten, dass ihr uns endlich ansprecht? Wenn ich dir schon seit einer Weile aufgefallen bin, weißt du, ob ich alleine da bin oder nicht. Was soll also die blöde Frage?«

»Hey, geh nicht so streng mit mir ins Gericht.«

»Also noch mal. Probier es doch einfach einmal mit einem Kompliment!«

Kompliment, Kompliment. Das sagte sich leicht. Ich verließ wieder das Wohnzimmer und drehte eine Runde im Flur.

Das Wohnzimmer war der Klub und der Esstisch der Tresen. Mit meiner Kaffeetasse bewaffnet schlenderte ich wieder in den Raum. Michaela saß verträumt an der Bar und rührte in ihrer Tasse.

»Hallo.«

»Hallo.«

»Darf ich mich zu dir setzen?«

»Klar, ist ein freies Land!«

»Also, Michaela, weißt du, ich ...«

»Was denn? Ich will es dir einfach nicht zu leicht machen. Aber das war schon sehr gut! Okay, meinetwegen.«

Ich sammelte mich kurz, räusperte und machte weiter.

»Was trinkst du denn da?«

»Einen Coconut Kiss!« Sie sah mich an.

»Oh, wie ich sehe, ist dein Vater ein Dieb!«

»Echt jetzt?« Sie stand auf. »Alex, du kommst mir bitte nicht mit dem Scheiß mit den Sternen vom Himmel und den Augen!«

»Warum? Das ist doch nett und lockert das Gespräch ein wenig auf.«

»Du, der war schon abgedroschen, als das Rad erfunden wurde. Wen willst du denn damit beeindrucken?«

»Aber das hat früher schon hin und wieder funktioniert.«

»Ja, aber nur bei Vorstadttussis, die dachten, Schwabing sei Paris.«

Michaela war regelrecht in Rage. Als ob es für sie um etwas ginge. Sie nahm diese Sache wirklich sehr ernst.

»Jetzt beruhige dich wieder. Komm, setz dich. Ich probiere etwas anderes.«

Sie tat es und drehte sich zu mir. Nach diesem Anschiss sammelte ich mich kurz, überlegte und setzte von Neuem an.

»Hey, du hast ja einen Augenfehler.«

»Boa, bist du schlecht. Augenfehler! Weil eins schöner ist

als das andere oder was? Wo hast du denn dieses Zeug her? Ich meine, wer sagt dir so etwas?«

»Das liest man.«

»Wo denn? Auf den Fliesen in der Bahnhofstoilette? Alex, Alex. Mir war schon klar, dass es ein bisschen Arbeit werden würde. Aber dass wir wirklich bei null anfangen müssen? Wie hast du denn damals die Heike rumgekriegt?«

»Überhaupt nicht. Sie hat mich in der Klinik behandelt und für das erste Date zu Hause abgeholt.«

Es klingelte an der Tür.

»Super!«, sagte ich. »Wenn man vom Teufel spricht!«

»Wer ist das?«

»Heike. Sie bringt Leo zurück.«

»Ach, wie schön. Der kleine Racker erheitert mich immer so. Außerdem ist er der Einzige, der mich versteht. Er ist ein Traum.«

Mir kam eine Idee.

»Ich bin gleich wieder da. Spiel dann einfach mit und sag so wenig wie möglich, ja?«

Ich lief schnell in den Hausflur und klingelte bei Mandy. Glücklicherweise war sie da.

»Hallo, Mandy. Wie geht's? Du, ich habe gerade meine beste Freundin bei mir und schwärme ihr die ganze Zeit schon von deinem Finn vor. Meinst du, er darf uns kurz für fünf Minuten besuchen?«

»Klar. Von mir aus zehn. Er ist sowieso gerade von seinem Schläfchen aufgewacht.«

»Super. Ich bringe ihn dir nachher wieder.«

Sie holte den Kleinen und gab ihn mir auf den Arm.

»Na, mein Kleiner? Jetzt kommt der Leo. Fein!«

Ich ging zurück in meine Wohnung und drückte den Öffner für die Haustür. Dann wartete ich voller Freude auf meinem Fußabtreter, bis Heike mit Leo oben war.

»Ja, Leo, mein Bester! Da isser ja wieder. Ja, brav ist er. Hallo, Heike!«

»Dauert das jetzt immer so lange, bis du öffnest?«

»Du, sorry. Ich habe gerade den kleinen Schatz hier gewickelt. Er hat nämlich ein feines Stinki gemacht.« Ich kniff ihm in die Wange.

Heike setzte Leo auf den Boden. Sie war knallrot im Gesicht und wurde noch röter, als Michaela zu mir kam und ganz überrascht tat. Sie mochte Heike noch nie leiden.

»Ach, da seid ihr«, sagte sie. »Ich hab euch schon gesucht. Ah, hallo, Heike. Ich habe dich gar nicht gehört. Ja, hallo, Leo, mein Schatz. Na?«

Leo hob nur den Kopf, sah uns mit trüben Augen an, nieste kurz und schlich sich danach mit eingezogenem Schwanz in die Wohnung. Wir alle, einschließlich Finn, schauten ihm hinterher, als er ins Wohnzimmer bog.

»Was hat er denn?«

»Das kommt bestimmt von deiner Ernährung hier. Immer die Wurst und das viele Fleisch.« Heike redete sich in Rage. »Ist doch klar, dass ich ihn immer wieder entgiften muss. Ich habe wenigstens Verantwortungsgefühl.«

Michaela lächelte mich an. »Komm, ich nehme dir den Kleinen ab!« Sie ging mit Finn in die Wohnung zurück.

Heike sah ihr hinterher und dann mit zusammengekniffenen Augen mich an.

»So ist das also. Die glückliche Familie.«

»Ach, ein bisschen fehlt uns noch zu unserem Glück. Wir holen uns vielleicht eine Katze!«

»Drehst du jetzt völlig durch? Eine Katze? Hast du das schon mit dem Leo besprochen?«

»Klar. Mit dem Schwanz hat er gewedelt.«

»Mir wird das alles zu viel hier.« Sie drehte sich um und stapfte die Treppe hinunter, blieb dann kurz stehen und wandte sich noch mal zu mir um. »Und hör auf, ihm immer Fleisch zu geben!«

»Er hat ja erst zwei Zähne. Momentan bekommt er nur Milch!«

»Ich meinte den Leo!«

Sie war wirklich sehr aufgebracht und schimpfte vor sich hin.

Erst als sie aus dem Haus war, konnte ich sie nicht mehr hören. Eine himmlische Ruhe. Als ich meine Tür schloss und mich umdrehte, stand Michaela mit Finn im Flur. Wir sahen uns an und fingen gleichzeitig an, uns vor Lachen auszuschütten. Anscheinend war das für Michaela ein Heidenspaß, Heike auf den Arm zu nehmen. Wir gingen zusammen ins Wohnzimmer zu Leo, um uns einen Überblick zu verschaffen, in welchem Zustand er sich befand.

»Hey, Leo, da bist du ja wieder, alter Kämpfer!«

Michaela gab mir Finn zurück und kniete sich neben das Körbchen. »Er sieht sehr erschöpft aus. Gell, Leo? Da hast du ein stressiges Wochenende gehabt.« Michaela streichelte ihn und sah zu mir hoch. »Und wer ist der kleine Racker da?«, fragte sie.

»Das ist Finn, kannst aber Max zu ihm sagen. Der wohnt nebenan mit seiner Mama, der Mandy. Wir sind ganz dicke miteinander. Haben sogar schon zusammen das eine oder andere Fläschchen getrunken.«

»Mit der Mandy?«

»Nein. Mit Max, also Finn.«

»Du hast mir noch überhaupt nichts von dieser Mandy erzählt.« Micha bohrte.

»Du, die ist erst vor ein paar Tagen hier eingezogen.«

»Und da gibt sie dir schon ihr Kind? Na, die hat ein Gottvertrauen, das muss ich schon sagen.«

»Du, aus der Not heraus. Lange Geschichte.«

Leo knurrte.

»Eifert Leo?«, flüsterte Michaela.

»Ein bisschen. Deshalb bringe ich den Kleinen schnell wieder zurück. Mission erfüllt. Nicht wahr, Finn? Sag ›pfiat di‹ zu den zweien.« Ich nahm Finns Ärmchen und winkte. Michaela tat es ihm gleich, und Leo, tja, Leo schaute nur.

* * *

»Meinst du, er mag ein bisschen Leberwurst?«

»Leo, magst du eine Leberwurst?« Michaela kraulte ihn unter dem Kinn. Irgendwas schien ihm quer zu liegen. Normalerweise stand er bei dem Wort »Leberwurst« zwei Sekunden später vor dem Kühlschrank und wedelte mit dem Schwanz.

»Vielleicht braucht er ein wenig Stadtluft?«

Wir versuchten unser Glück, gingen mit Leo nach unten und setzten uns in den Biergarten vom Hofbräukeller. Es war besser, nicht zu sehr an Leo herumzudoktern. Er sollte erst einmal wieder hier bei mir ankommen.

Plötzlich, Michaela und ich stießen gerade miteinander an, stellte sich Leo hin, würgte ein paarmal und reiherte voller Inbrunst auf den Biergartenkies. Glücklicherweise waren die umliegenden Gäste so sehr mit sich selbst beschäftigt, dass niemand dieses Schauspiel mitbekam. Als Leo fertig war, nieste er zweimal, leckte sich das Maul und fing an, mit dem Schwanz zu wedeln.

Ich schob mit meinem Schuh den Kies ein wenig zusammen, um das Malheur zu überdecken. Freudig machte Leo Anstalten, zu mir auf den Arm zu kommen. Natürlich nahm ich ihn hoch. Als er mich allerdings anhauchte, war ich kurz davor, mich selbst gleich hier im Biergarten zu übergeben. Schnell setzte ich ihn wieder ab und vertröstete ihn auf später.

»Meinst du, er hat einen Virus erwischt?«, fragte Michaela und trank von ihrem Radler.

»Ach, woher denn. Das ist das ayurvedische Zeug, das ihm die Heike ständig verabreicht. Das verträgt der Leo nicht. Das stößt sein Körper ab!«

»Also ich mag das zwischendurch ganz gerne.«

»Tja, Michaela, du bist eben kein bayerischer Hund. Der braucht Leberwurst, hin und wieder einen Schluck Bier und einmal im Jahr eine fesche Pudeldame. Nicht wahr, Leo?«

»WUFF!«

Michaela verabschiedete sich von uns. Sie traf sich noch mit einer Freundin. Leo und ich gingen, nachdem ich ausgetrunken hatte, wieder nach oben. Gassi ließ ich für diesen Tag ausfallen. Leo hatte bestimmt am Wochenende genug Bewegung gehabt.

Kaum waren wir in der Wohnung, lief er schnurstracks zum Kühlschrank und bellte. Selbstverständlich bekam er eine ordentliche Portion seiner Leibspeise. Danach würde sein Verdauungstrakt bestimmt wieder rund laufen.

Wir lagen noch lange auf dem Balkon und lauschten dem Geklirre der Gläser und Krüge vom Biergarten und dem Gemurmel der Leute. Auf meiner Liege hatten wir es uns bequem gemacht. Leo lag auf meinem Bauch, neben ihm Speedy. Der Männerhaushalt war wieder vereint. Tausend Dinge gingen mir durch den Kopf. Das war ein gutes Zeichen. Für einen Autor in jedem Fall besser als gähnende Leere im Hirn.

PATHOLOGEN MÜSSEN ESSEN

Am nächsten Morgen drehte ich mit Leo eine kleine Runde. Er war einfach kein Hund für die Natur. Er mochte unsere Spaziergänge durch die Stadt, liebte die Gerüche, die sie für seine Nase bereithielt. München am Morgen. Zähfließender Verkehr durch die Innenstadt, jeder kämpfte sich zu seinem Arbeitsplatz. Nur Leo und ich trotteten gemächlich auf dem Bürgersteig und ließen uns von der Hektik nicht anstecken.

Wir hätten zur Isar hinuntergehen können. Da aber Leos Vorrat an Leberwurst zur Neige ging, spazierten wir die lange Ismaninger Straße über den Max-Weber-Platz hinauf zur Prinzregentenstraße. Leo kannte diese Strecke wie seine Westentasche. Vor dem *Feinkost Käfer* leinte ich ihn an, spurtete schnell an die Fleischtheke und holte ihm seine Wurst. Brav wartete er vor dem Laden, bis ich wiederkam. Das erste Stück bekam er wie immer sofort. Es wäre eine Qual für ihn, mit dem feinen Geruch, der aus der Tüte kam, bis nach Hause laufen zu müssen. Wir drehten noch eine Extrarunde um den Friedensengel und machten uns wieder auf den Heimweg. Da konnte sich mein Hund stets auf mich verlassen. Übertrieben haben wir es bei unseren Gassitouren noch nie.

Von Weitem sah ich schon Carsten, der wiederholt auf meine Klingel drückte. Ich pfiff ihm zu, und Leo bellte. Carsten winkte.

»Hey, bist du schon auf?«, begrüßte ich meinen Agenten.

»Du bist gut. Es ist Montag, und die Woche läuft. Wir müssen nochmals reden.«

Da war ich gespannt. Wir betraten den Hausflur und gingen die Treppe hinauf. Oben angekommen, setzte ich Leo ab und sperrte die Wohnung auf.

»Magst einen Kaffee?«

»Klar. Bin eh noch nicht so richtig wach. Ich war gestern im *P1*, und ich glaube, der letzte Wodka war schlecht!«

»Darfst du überhaupt schon fahren, oder sehe ich da noch Restalkohol in deinen trüben Augen? Der Leo hat gestern genauso ausgeschaut wie du heute.«

Carsten beugte sich zu Leo hinunter und streichelte ihn. Der ließ sich das natürlich gerne gefallen.

»Ach, stimmt. War ja Mamawochenende. Und Leo? War's schlimm?«

»WUFF!«

»Du, Alexander, manchmal habe ich das Gefühl, der versteht uns wirklich.«

»Klar versteht der uns. Das ist kein Hund, sondern ein Dackel. Das ist ein großer Unterschied.«

»Ich hab ihm ein paar Leckerlis mitgebracht. Darf ich?«

»Frag ihn!«, sagte ich und stellte die Kaffeemaschine an.

»Leo! Magst was Feines?«

»WUFF!«

Klar! Was für eine Frage. Kein Hund der Welt würde ein solches Angebot ausschlagen.

»Und, Carsten? Was wolltest du jetzt mit mir bereden?«

Carsten setzte sich an den Küchentisch und gab Zucker in seinen Kaffee. Ich blieb an der Anrichte stehen und pustete in meine Tasse.

»Zwei Sachen müssen wir besprechen. Die vom Verlag haben sich gleich heute Morgen bei mir gemeldet. Ich habe denen dein Manuskript am Wochenende geschickt. Die hätten wieder was für dich.«

Ich verschluckte mich fast. »Niemals. Mache ich nicht mehr.«

»Bringt aber Kohle in die Kasse.«

»Das mag schon sein. Bringt aber auch Müll in mein Hirn. Wenn ich noch mal so einen Scheiß schreiben muss, hänge ich mich auf.«

»Das lässt du schön bleiben, das bringt keinem was. Fakt ist aber, dass denen deine erotischen Ergüsse sehr gut gefallen. So gut, dass die eine ganze Serie daraus machen wollen.«

»Carsten, glaub mir: Wenn ich jemals wieder Sex in meinem Leben haben möchte, muss ich umgehend aufhören, diesen Mist zu schreiben. Mit jeder Zeile schrumpfen meine Murmeln auf Erbsengröße.«

Carsten blickte mich an, schlürfte von seinem Kaffee und stellte die Tasse ab. »Also nein!«

»Bingo!«

»Okay, dann sage ich denen ab. Dir ist klar, dass die danach nie wieder auf uns zukommen werden?«

»Sonnenklar!«

»Ich wollte es nur gesagt haben.«

Ich setzte mich zu ihm an den Tisch, Leo legte sich neben meinen Stuhl.

»Und das Zweite?«

»Dieser Regisseur hat sich noch mal gemeldet und will unbedingt dein Buch verfilmen.«

»Du weißt, wie ich darüber denke?«

»Ja, und ich habe schon mit ihm gesprochen. Er würde die Kamera ganz ruhig halten und gleich mit dem Mord beginnen, somit würde der Film nicht mit einer Bettszene starten. Allerdings lässt er bei einer Sache nicht mit sich reden.«

»Und die wäre?«

»Er sagt, dass Ermittler und Pathologen essen müssen. Die Leute wollen das sehen. Außerdem könne er so mehr Persönlichkeit und Normalität in die Szenen bringen. Und auf diese Weise ließen sich wunderbar Produkte platzieren, was wiederum Geld durch Sponsoren in die Kasse spült.«

»So ein Schmarrn. Bist du etwa schon einmal nachts an die Tanke gegangen, weil ein Polizist in einem Film einen Schokoriegel gegessen hatte?«

»Nein, ich nicht, aber die Sponsoren glauben fest daran, und heutzutage lassen sich durch die hohen Produktionskosten Filme nur durch solche Gelder finanzieren. So! Was sagst du?«

»Muss ich das sofort entscheiden?«

»Nicht jetzt gleich, aber im Laufe der Woche. Und denk verdammt noch mal an die Kohle. Tu nicht so, als hättest du ein einmaliges Bild in Öl gemalt. Dein Buch wird sich in absehbarer Zeit nicht mehr so gut verkaufen wie am Anfang. Also, nimm die Kohle mit. Und denk vielleicht auch mal ein bisschen an mich.«

»Ja, ist ja gut. Ich sag Bescheid.«

»Okay, dann mach ich mich vom Acker. Hab noch Termine. An was schreibst du jetzt?«

»Na, die Satire über den Langzeitsingle.«

»Verrenn dich da bitte nicht und zieh rechtzeitig die Notbremse. Du bist bei deinen Lesern schneller vergessen, als du ›Langzeitsingle‹ sagen kannst.«

Carsten verabschiedete sich von Leo und mir und ging.

Ich war erleichtert. »Gell, Leo. Das machen wir nicht mehr. Diese peinlichen Romane schreiben.«

»WUFF!«

* * *

Ich wollte gerade meinen Müll in die Tonne hinter dem Haus werfen, als mir im Treppenhaus auf halbem Weg Mandy mit Finn im Maxi-Cosi entgegenkam. Gentleman, der ich bin, stellte ich meine Mülltüte auf den Boden und nahm ihr Finn ab.

»Na, erster Arbeitstag?«

»Ja«, antwortete Mandy, »ich bin völlig erledigt.«

»Warum? Hat es dir nicht gefallen?«

»Ganz im Gegenteil. Die sind alle total nett. Aber die haben mich heute völlig ins kalte Wasser geworfen. Kaum war ich da, musste ich gleich ran und habe zwanzig Leute geschminkt. Ich hatte nicht einmal Zeit für ein Zigarettchen.«

»Du rauchst?«

»Ja. Aber natürlich nicht vor dem Kleinen!«

Wir sahen beide in den Maxi-Cosi.

»Und, Finn? Wie hat es dir gefallen?«

Er sah mich nur mit großen Augen an und nuckelte schneller an seinem Schnuller. Auch er schien völlig erledigt.

»Die sind total nett dort in der Krippe. Ich glaube, es hat ihm gefallen«, sagte Mandy und nahm mir ihren Junior wieder ab, als wir auf unserer Etage angekommen waren.

»Na, dann leg mal die Beine hoch und lass den Abend schön ausklingen.«

»Ach, das werde ich machen. Sobald der Kleine schläft, lass ich mir ein Bad ein.«

»Schwimm nicht zu weit raus und bleib im Bojenbereich. Wenn du mich suchst, ich bin auf Turm 25!«

»Wohl zu lange Baywatch geguckt, was?«

»Das kennst du noch?«

»Meine Mutter hatte alle Folgen auf VHS. Übrigens, meine Oma hatte wirklich recht.«

»Mit was?«, fragte ich Mandy.

»Damit, dass du echt ein Netter bist. Der Finn mag dich auch. Ich glaube, du wärst ein toller Papa.«

»Ich, na, ich weiß nicht. Die Verantwortung und …«

»Doch, glaub mir. Eine Mutter merkt so etwas.«

»Ah, dann. Also tschüss.«

»Tschüss.«

Wir verschwanden beide in unseren Wohnungen. Verdammt, ich hatte schon wieder Tschüss gesagt. Zwanzig Kilometer südlich von München wurde man dafür ganz schnell aus der Ortschaft gejagt. Ich musste mir wirklich wieder angewöhnen, auf Bayrisch zu grüßen. Da waren nur der Carsten und die Michaela daran schuld.

Als ich in mein Wohnzimmer ging, kam mir Mandy wieder in den Sinn. Schön wäre es jetzt gewesen, wenn eine Frau wie sie zu mir nach Hause gekommen wäre. Klar war sie viel zu jung für mich. Obwohl, da gab es ältere Semester, die mit Frauen in Mandys Alter durch Schwabing flanierten. Auch an Finn hätte ich mich gewöhnen können. Für Leo wäre es halt schwer geworden. Immerhin war er bis dato ein Einzelkind. Der hätte den ganzen Tag Panik, dass ihm jemand seine Wurst aus dem Kühlschrank klaut oder am Ende noch mit Speedy spielt.

Sexy hat sie wieder ausgesehen. Vielleicht sollte mal ich sie zum Essen einladen. Oder mit ihr in die Badewanne … Nein, zu früh. Ich träumte weiter. Davon, wie es wäre, wenn sie abends von der Arbeit kam und ich schon etwas gekocht hätte. Wir würden mit Leo und Speedy auf dem Balkon sitzen, Wein trinken, Mandy würde rauchen …

Nein. Ich verwarf den Gedanken wieder. Immerhin wusste sie bisher noch immer nicht, wer der Vater des Kindes war. Was sollte ich mit solch einer Frau? Ich war eher der bodenständige Typ. Oder stand ich mir zu sehr selbst im Weg? Was, wenn ich ewig auf die perfekte Frau wartete? Wenn es die perfekte Frau am Ende gar nicht gab? Vielleicht sollte ich einfach mal etwas wagen? Mich auf Neues einlassen? Es könnte doch sein, dass man sich im Laufe der Zeit in einer Partnerschaft einander anpasst. Ich schüttelte unwillkürlich den Kopf. Das wäre mit Heike niemals gegangen. Wenn überhaupt, dann hätte sie so lange an mir herumgebogen, bis ich zu ihr gepasst hätte. Sie war schließlich, für sich gesehen, schon perfekt. Aber Mandy würde es vielleicht toll finden, mit mir zu leben. Immerhin hatte sie mir blind ihren Finn anvertraut. Gut, der Grund dafür hätte sein können, dass sie in mir eine Vaterfigur sah. Wäre mir aber wahrscheinlich letztendlich egal gewesen. Durch sie hätte ich vielleicht ganz neue Möglichkeiten als Autor. Immerhin arbeitete sie nun bei der *Bavaria Filmstadt*. Da würden sich doch Kontakte knüpfen lassen. Außerdem wäre es wieder einmal schön, mit einer Frau … es klingelte.

Ich drückte den Öffner und ging ins Treppenhaus hinaus. Michaela trabte die Stufen zu mir herauf. Tja, wenn ich auf einmal wieder eine Frau an meiner Seite hätte, wohin dann mit Michaela? Die wäre völlig aufgeschmissen ohne mich. Eine neue Frau würde das wahrscheinlich nicht lange mitmachen.

»Sag mal, wer stellt neuerdings bei euch im Treppenhaus einfach den Müll im Hausflur ab? Der steht da mitten auf der Treppe rum.«

Den Müll hatte ich völlig vergessen!

»Du, Michaela, das weiß ich nicht. Vielleicht die Mandy«, flüsterte ich. »Die ist völlig überfordert mit dem Kleinen. Ich geh runter und mach das schnell. Geh du schon mal rein. Leo ist im Wohnzimmer.«

»Ein wahrer Gentleman, was?«, rief sie mir noch hinterher.

»Tja!«

SCHNELLE DATES UND LEDERTANGAS

Als ich wieder in mein Wohnzimmer kam, lag Michaela bereits auf dem Sofa und klagte Leo ihr Leid. Der lag am anderen Ende auf dem Rücken und jaulte in regelmäßigen Abständen. Ihre Schuhe waren, wie gewohnt, mitten im Raum liegen geblieben.

»Na, Micha? Schwierigen Tag gehabt?«

»Du machst dir überhaupt keine Vorstellung. Ich weiß nicht, wie ich das bis zur Rente schaffen soll! Gut, dass ich mich dem Leo anvertrauen kann.«

»Wieso, was war denn wieder?«

»Du darfst das aber nie weitererzählen oder darüber schreiben, hörst du!«

»Micha, die abgedrehten Sachen, die du mir ständig erzählst, nimmt mir keiner ab. Weißt du, was da ein Verlag sagen würde? ›Das ist total unrealistisch. Das lässt sich nicht verkaufen!‹«

Michaela richtete sich wieder auf und kraulte Leo die Wampe.

»Da war heute eine bei mir, die täglich in einen Supermarkt geht und die Waren umräumt.«

»Sag ich ja, total unrealistisch. Isst du mit?«

»Nein, danke. Ich muss auf meine Figur achten. War heute Mittag schon beim Italiener.«

Ich holte Fleisch, Zwiebeln, Paprika und ein Schneidebrett aus der Küche und setzte mich ins Wohnzimmer an den Esstisch.

»Und warum macht die Tante das im Supermarkt?«, wollte ich wissen und begann, die Paprika zu schneiden.

»Sie meint, dass es für sie besser ist, wenn die Waren, die sie benötigt, alle in einem Regal stehen. Kannst du dir das vorstellen?«

»Und, was sagst du zu so einer?«

»Natürlich kann ich nicht einfach zu ihr sagen, dass sie damit aufhören soll! Da muss ich ergründen, warum sie das tut.«

»Das hat sie dir doch gesagt. Für mich klingt das plausibel.«

»Ja, weil du ein kleiner Spinner bist. Was kochst du da?«

»Ach, ich schmeiß heute nur ein paar Sachen in den Wok!«

»Ein bisschen was kann ich vielleicht mitessen. Aber nur ein, zwei Löffel. Du weißt ja.«

»Ja, du musst auf deine Figur achten. Ich weiß!«

Michaela stand auf und ging zu ihrer Tasche, die sie im Flur geparkt hatte. Mit einer Zeitung bewaffnet kam sie zurück und setzte sich zu mir.

»Übrigens, wir beiden Hübschen gehen morgen Abend aus.«

»Ja? Wo gehen wir denn hin?«

Leo stand plötzlich schwanzwedelnd neben uns und hörte aufmerksam zu.

»Wir gehen in ein Hotel, hier ganz in der Nähe.«

»Denkst du, wir sind schon so weit, Michaela? Immerhin ist dies heute erst unser zweites Date.«

»Du bist ein Quatschkopf. Warum tue ich mir das mit dir nur an?«

»Weil ich unwiderstehlich bin«, frotzelte ich. »Wo gehen wir denn hin?«

»Wir gehen morgen zu einem Speeddating.«

Ich unterbrach meine Schneidetätigkeiten und sah meine Freundin ratlos an.

»Ein bitte was?«

»Zu einem Speeddating. Da lernst du innerhalb kürzester Zeit eine Menge Frauen kennen, und mit ein wenig Glück bleibt eine bei dir hängen. Na, was sagst du?«

Sie grinste mich so stolz an, als ob sie gerade das Rad erfunden hätte.

»Hört sich nach Swingerklub an. Du, das ist nicht meins. Da sind so komische Typen mit Netzunterhemden und Ledertangas. Kennt man doch aus der Glotze. Dann stehen die da halbnackt an einem Büfett und essen noch ein paar Schnittchen, bevor sie mit einem Sekt bewaffnet auf die Matratze gehen. Du, Michaela, sei mir nicht böse, aber das ist nicht meine Welt.« Ich machte mich an das Fleisch.

»Was guckst du dir denn für ein Zeug an, sag mal? Du bist wirklich von gestern. Da geht es ganz gesittet zu. Männer und Frauen sitzen an kleinen Tischen, und wenn eine Glocke ertönt, geht es weiter an den nächsten Tisch. Man stellt sich kurz vor und quatscht ein bisschen miteinander. Bei Interesse kann man sich zu einem zweiten Treffen verabreden. Na, ist das was?« Wieder grinste sie.

Mir schien, als ob sie selbst unbedingt dorthin wollte, sich aber alleine nicht traute. Andererseits wäre die Sache vielleicht wirklich hilfreich für meinen Roman. Immerhin würde ich eine Menge verschiedener Charaktere kennenlernen und könnte nebenbei meine Nebenbuhler beobachten. Zu Recherchezwecken sicherlich nicht einmal so eine dumme Idee.

»Und wir sind da die ganze Zeit angezogen?«

»Ehrenwort.«

»Na, wenn es denn sein muss.«

»Ja, es muss, mein Guter. Immerhin kannst du da prima üben. Und untersteh dich und komm den Frauen schräg.«

»Was meinst du denn damit?«

»Na, mit deinen Anmachsprüchen von neulich. Da stehen

die Mädels nämlich auf und läuten selbst mit dem Glöckchen, damit es weitergeht.«

»Ja, hab's kapiert.«

Ich nahm mein Brett und ging in die Küche, während Michaela den Tisch deckte. Schlussendlich kam es so, dass sie mehr als die Hälfte meines Abendessens für sich beanspruchte. Dies führte dazu, dass ich mir, als sie weg war, noch ein Brot schmierte. Leo war das egal. Er bekam seine Extrawurst.

* * *

Claire hatte Ben bei diesem Abendessen verzaubert. So angeregt hatte er sich schon lange nicht mehr unterhalten. Seine Probleme waren wie weggeblasen, wenn sie in seiner Nähe war. In der Tat war Claire ebenso von Ben angetan. Bisher hatte sie sich nach den ersten Dates immer ein Taxi kommen lassen. Nicht so an diesem Abend. Sie ließ es zu, dass Ben sie nach Hause brachte. Da es regnete, teilten sie sich einen Schirm. Auf diese Weise konnte er seiner Begleitung ein wenig näherkommen. Claire schien das nichts auszumachen. Sie hakte sich bei ihm ein. Völlig vertieft in ein Gespräch über Winterreifen, vergaßen beide die Zeit und liefen …

Verdammt. Und schon war ich wieder bei den Groschenromanen. Wie es schien, hatte ich mir mein Autorenhirn mit dem Zeug wirklich total vernebelt. Carsten würde ausrasten, wenn ich ihm ein solches Manuskript aushändigte. Obwohl, er war ja schließlich schuld an dem Dilemma. Hätte er mir nicht diesen Auftrag untergejubelt, dann wäre ich vielleicht klarer im Kopf. Aber ich wollte nicht undankbar sein. Schließlich wurde der Mist gut bezahlt.

Sollte ich Carsten entgegenkommen und mich doch an einem neuen Krimi versuchen? Eigentlich wollte ich neue Wege gehen. Klar, er hatte schon recht. Wie glaubwürdig ist eine

Satire eines Autors, der bisher nur Krimis fabriziert hatte? Noch dazu einen Bestseller! Ich könnte meine Satire allerdings unter einem neuen Pseudonym veröffentlichen. Oder sollte ich doch wieder einen Krimi schreiben?

Ben hatte den Abend mit Claire sehr genossen. Diese Frau hatte ihn beim Abendessen verzaubert. Claire vertraute ihm und ließ sich von ihm nach Hause bringen. Der Regen wurde immer stärker, und sie schmiegte sich enger an Ben, um noch mehr Schutz unter dem Schirm zu finden. Zu diesem Zeitpunkt wusste sie nicht, dass sie nur noch für ein paar Atemzüge leben würde.

Als Inspektor Cooper am Tatort eintraf, waren die meisten Spuren durch den Regen beseitigt worden. Nur ein nicht enden wollendes rotes Rinnsal bahnte sich einen Weg aus dem Körper der jungen Frau, um nach ein paar Metern in der Kanalisation zu verschwinden. Da die Leiche noch nicht bewegt worden war, zählte die Spurensicherung vorerst die zwölf sichtbaren Einstiche. Wie viele es letztendlich sein sollten, würde Cooper später von der Pathologie erfahren. Er ging zu seinen Kollegen, die sich neben dem Einsatzwagen versammelt hatten. Ein Officer feierte seinen Einstand in der Abteilung und hatte für die gesamte Mannschaft Donuts besorgt. In einem nahe gelegenen Diner organisierte er außerdem Kaffee für alle. Cooper hatte zu Donuts noch nie Nein sagen können und griff beherzt …

Verdammt! Jetzt fing ich ebenfalls schon mit der ewigen Fresserei am Tatort an. Vielleicht könnte ich der Erste sein, dem es gelang, alles in einer Szene unterbringen: Ich könnte meinen Roman damit beginnen lassen, dass Ben und Claire miteinander schlafen. Währenddessen essen beide. Sagen wir Geschnetzeltes mit Reis. Und dann könnte Ben von einem Glas Chardonnay trinken, während er ihr sein Messer zwischen die Rippen treibt.

Danach kommt der Inspektor bereits essend ins Zimmer und findet die Spurensicherung vor, die gerade die Reste von dem Geschnetzelten vertilgt. Schließlich war das Essen noch ein wenig warm, aber die Frau schon kalt. Und bei einer möglichen Verfilmung könnte dann der Kameramann während der Aufnahme auf einem Trampolin hüpfen.

Leo stand plötzlich mit seiner Leine im Maul neben mir. Wir waren zwar schon kurz unten gewesen, aber nur für seine erste Notdurft des Tages. Ich hatte vor einem halben Jahr versucht, ihn dahin gehend zu dressieren, dass er vom Balkon pieselte, während ich ihn hielt. Klappte aber nicht, weil Leo nicht kann, wenn einer guckt. Wegsehen brachte leider auch nichts.

Als ich vor meinem Kleiderschrank stand, um mir etwas für unsere Runde zu suchen, kam mir das bevorstehende Speeddating in den Sinn. Ich scannte meine Textilien im Schnelldurchlauf ab und musste feststellen, dass ich für diesen Abend nichts zum Anziehen hatte. Nein, ich muss mich korrigieren. Ich hatte nichts, für das ich von Michaela ein »Okay« bekommen würde. Bestimmt hätte sie an meinen gestreiften Hemden etwas zu nörgeln, und ich würde für den Rest des Abends total verunsichert in der Gegend herumstehen. Dem musste ich entgegenwirken.

»Leo! Auf geht's! Wir machen heute ein großes Gassi. Wir gehen in die Innenstadt. Da kriegt das Herrchen fesche Sachen.«

Leopold wedelte weiter mit dem Schwanz und tippelte vorsichtshalber schon mal zur Wohnungstüre. Die Leine zog er hinter sich her.

Die Innenstadt wurde um diese Uhrzeit bereits von unzähligen Touristen mit ihren Kameras und Fotohandys abgelichtet. Früher war ich stets stehen geblieben, damit ich nicht ins Bild lief. Das hatte ich mir aber schnell wieder abgewöhnt. Ich stand mehr, als ich ging.

Leo und ich liefen durch die Kaufingerstraße vor bis zum Stachus und gingen in ein Kaufhaus. Ich wäre mit dem Aufzug in die dritte Etage gefahren, Leo hatte aber andere Pläne. Er liebt nichts mehr, als Rolltreppe zu fahren. Ihm zuliebe fuhren wir zuerst in die fünfte Etage und danach wieder zwei nach unten. Die Herrenabteilung war fast leer. Das war gut so. Kleidung zu kaufen ist für mich eine absolute Qual. Wenn dann noch Hektik in der Luft liegt, ist meine gesamte Motivation dahin.

»Kann ich Ihnen helfen?« Ein Verkäufer, der gerade Anzüge nach Größen sortierte, hatte mich entdeckt.

»Ich suche etwas zum Anziehen!«

»Na, da sind sie hier richtig. Was suchen sie denn?«

»Ich habe heute Abend ein Date. Meinen Sie, ein Anzug wäre zu steif?«

»Ach wo. Ein schicker Anzug geht immer. Welche Größe haben Sie denn?«

»Eine 52. Manchmal aber eine 54.«

»Das hätte ich jetzt genauso getippt.«

Klugscheißer. Warum fragte er dann?

Er spurtete los und kam mit fünf Anzügen zurück.

»Hier haben wir eine schöne Auswahl, und dort drüben sind die Kabinen. Rufen Sie einfach, wenn Sie etwas brauchen.«

Ich setzte Leo in einen Sessel und zog den Vorhang zu. Für uns beide wäre es in der Umkleidekabine zu eng gewesen. Außerdem konnte er auf diese Weise das Ergebnis besser beurteilen. Wenn jemand einen guten Kleidergeschmack hatte, dann Leo. Zumindest war er besser als meiner. Ich probierte den ersten Anzug.

»Und, Leo, was sagst du zu dem Teil hier?« Ich stand in Socken vor dem Spiegel und begutachtete mich. War ich wirklich der Typ für einen weißen Anzug?

Leo jaulte drauflos, als wäre man ihm auf die Pfote gestiegen. Das war eindeutig. Nächster Versuch. Vorhang auf. Leo drehte sich demonstrativ zur Seite. Er hatte recht. In dem lila Teil sah ich aus, als wollte ich eine Talkshow moderieren.

»Sagen Sie mal!«, rief ich quer durch die Abteilung dem Verkäufer zu, »haben Sie vielleicht gedecktere Farben?«

»Gefallen Ihnen die Farben nicht?«

»Na ja, ich sehe aus, als wäre ich ein Schlagerstar aus den Siebzigern.«

»Das sind die Farben des Sommers!«

»Schon klar, aber aus welchem Jahr? Mein Hund ist, genau wie ich, nicht sonderlich überzeugt.« Er starrte ungläubig zu Leo. Der bellte einmal. »Haben Sie nichts in Schwarz?«

»Aber Sie wollen doch nicht auf eine Beerdigung.«

»Also gut, dann einigen wir uns auf ein frisches Anthrazit!«

Er zog ab und machte sich auf die Suche. Fast wirkte er beleidigt.

Vorhang auf.

»So. Das sieht doch gleich viel besser aus. Was meinst du, Leo?« Ich poste wiederum vor dem Spiegel und drehte mich zur Seite.

»Wuff!«

Na bitte. Das ging ja schnell.

»Na? Was sagen Sie? Der passt doch, oder?«

Der Verkäufer stand neben mir, sah mich im Spiegel an und nickte bejahend. Dennoch wirkte er beleidigt, weil ich ihm nicht die Auswahl überlassen hatte. Der war ja schräg.

»Können Sie mir das Teil an der Kasse hinterlegen, ich brauche noch was für unter das Sakko.«

Er nickte und wies mir den Weg zur Oberbekleidung. Leo lief neben mir her und sah sich die Ware an. Man mochte meinen, dass er etwas für sich suchte.

»Guten Tag. Ihr Kollege meinte, hier bin ich richtig. Ich habe gerade einen Anzug erstanden und suche noch etwas für drunter!«

Die Verkäuferin unterbrach das Zusammenlegen von Pullovern und sah zu mir auf. »Unterwäsche gibt's ein Stockwerk höher!«

»Nein. Ich suche ein Hemd oder T-Shirt.«

»Dann sind Sie bei mir richtig. Welche Größe?«

»52 oder 54.«

»Das hätte ich ebenfalls getippt!«

Pah.

»Wie wäre es denn mit einem T-Shirt mit V-Ausschnitt?«, fragte ich die Dame und lobte mich innerlich selbst für diesen modischen Mut.

»Das wäre eine gute Idee, wenn Sie Sunny Crocket wären.«

»Sunny wer?«

»Crocket. *Miami Vice*! Kennen Sie nicht?« Die war mir fast ein wenig zu schnippisch. »Ich würde ein schlichtes weißes Hemd vorschlagen. Das passt immer.«

Also, langsam, aber sicher beschlich mich das Gefühl, dass ich das selbst gekonnt hätte.

»Wenn Sie meinen. Welche Krawatte?«

»Gehen Sie zu einer Konfirmation?«

»Nein.«

»Beerdigung?«

»Nein.«

»Hochzeit?«

»Ist das nicht das Gleiche?«

»Lassen Sie einfach den obersten Knopf offen. Das kommt immer gut.«

Gut. Geschäftstüchtig war die schon mal nicht. Aber wenigstens ehrlich. Um diesen Tipp war ich froh. Erstens konnte ich keinen Windsorknoten, und zweitens musste ich mit so einem Teil an der Gurgel ständig schlucken.

Nachdem ich an der Kasse alles gezahlt hatte, machten Leo und ich uns auf den Weg nach Hause. Je näher der Abend rückte, desto nervöser wurde ich. Vielleicht wartete heute meine Traumfrau auf mich. Was, wenn ich sie erkannte, sie aber nichts von mir wissen wollte? Vielleicht waren aber auch nur durchgeknallte Damen am Start? Oder, noch viel schlimmer, lauter heiße Typen, die mich alt aussehen ließen. Vielleicht wäre es hilfreich gewesen, meinen hundertprozentigen Joker mitzunehmen. Nein, nicht Leo. Der wäre allein imstande, eine abzuschleppen. Nein, ich meinte Finn. Ich bräuchte mich nur in eine Ecke zu setzen und den Kleinen zu wickeln. Schon würden sie anstehen. Da könnte der Veranstalter mit seinem Glöckchen läuten, wie er wollte. Alle würden sie an dem Kleinen mal riechen wollen und dann an mir. Scheiße. Eau de Toilette benötigte ich außerdem noch.

FÜR EINE HANDVOLL GUMMIS

Pünktlich um neunzehn Uhr klingelte es, und Leo spurtete sofort neugierig in den Flur. Nachdem ich ihm geöffnet hatte, tippelte er ins Treppenhaus und wartete an der obersten Stufe. Als er Michaela entdeckte, bellte er kurz, rannte zurück ins Wohnzimmer und legte sich auf die Couch.

»Hallo, Michaela. Komm rein, ich bin gleich so weit. Gut schaust du aus.«

Meist hatte sie irgendeine Strickjacke an oder einen gemütlichen Pulli. Heute trug sie ein auffälliges rotes Kleid, am Dekolleté tief ausgeschnitten. Hochhackige schwarze Schuhe mit Absätzen, die sie sicherlich mehr als zehn Zentimeter größer erscheinen ließen. Um den Hals trug sie eine Goldkette, an ihren Ohrläppchen die passenden Kreolen. Über dem Arm hing eine kleine Strickjacke, und in der anderen Hand trug sie eine schwarze Handtasche. Ich sah Michaela an diesem Abend in einem völlig neuen Licht.

»Oh, sieh einer an. Der Herr im Anzug!«

»Ach, das alte Ding«, log ich. »Aber er passt noch.«

»Ein Wunder ist, dass du ihn die ganzen Jahre über getragen und nicht gemerkt hast, dass am linken Ärmel ein Preisschild baumelt.«

Ich hob meinen Arm. Tatsächlich. Verdammt.

»Erwischt. Habe ich heute erstanden. Gefällt er dir?« Mit einem Ruck riss ich das Preisschild ab.

»Nicht schlecht. Wenn du jetzt noch das Schildchen vom

Designer entfernst, das auf dem anderen Ärmel angenäht ist, dann wäre er perfekt.«

»Aber dann sieht doch keiner, dass das ein Markenanzug ist.«

»Glaub mir, eine Frau erkennt, ob ein Anzug teuer ist. Außerdem ist das äußerst peinlich.« Ich gab ihr eine Nagelschere und hielt ihr den Ärmel hin. »Was sind denn das für Schuhe?«, wollte sie wissen.

»Das sind meine Tanzschuhe. Passen doch super zum Anzug.«

»Ja, wenn du in einem Heinz-Rühmann-Film mitspielen würdest. Wer trägt denn bitte Lackschuhe? Hast du nichts anderes?«

»Ich hätte Sneakers.«

»Besser. Die wirken wenigstens nicht so spießig.«

Bevor wir uns auf den Weg machten, legte ich Leo noch seine Lieblings-DVD ein. *Kommissar Rex*. Die schaute er am liebsten. Manchmal träumte er davon, aber ich dachte mir, dass ein bisschen Aufregung einem Dackel nicht schaden kann. Ich bildete mir ein, dass Leo an einem Tag nach einem *Rex*-Marathon ganz anders durch München ging. So, als könne ihm niemand etwas anhaben. Sehr breitbeinig.

Michaela bestand darauf, ein Taxi zu nehmen. Ihre Schuhe waren definitiv nur zum Sitzen zu gebrauchen. Vor dem Hotel standen ein paar einsame Herzen und versuchten, sich ihre Nervosität wegzurauchen. Mir wurde ganz mulmig zumute. Ich hätte in diesem Moment ebenfalls eine Zigarette vertragen können. Außerdem würde man auf diesem Weg vielleicht schon einmal den einen oder anderen Kontakt knüpfen können. Beim Betreten der Lobby traute ich meinen Augen nicht. Dieses Event war alles andere als diskret. Man konnte annehmen, dass es die meisten Teilnehmer ohnehin schon ein wenig Überwindung kostete, an diesem Spektakel teilzunehmen. Darum fand ich es übertrieben, mit einem übergroßen Banner vor Ort auf diese Veranstaltung hinzuweisen. Darauf stand:

SPEEDDATING HEUTE 1. STOCK.
Allein sein war gestern
Sponsored by PRIVATE EMOTIONS

Klasse! Die ganze Aktion war ein Werbegag einer Kondomfirma. Wie peinlich. Michaela wirkte ein bisschen verwirrt. Wir nahmen die große Treppe nach oben, die direkt neben der Rezeption war. Unten drückten uns zwei halb nackte Mädels mit Netzstrümpfen und Hasenohren ein paar Probepackungen Kondome in die Hand. Ich nahm sie an und lächelte gequält. Hätte ich sagen sollen: Danke, ich hab schon? Direkt ablehnen wäre dumm gekommen und hätte Verantwortungslosigkeit suggeriert. Also ab damit in die Hosentasche. Andere Hotelgäste blickten uns an, als kämen wir mit einer braunen Tüte aus einem Sexshop. Genauso fühlte ich mich auch. Überall standen Gefäße mit Kondompröbchen. An den Wänden und am Geländer waren Worte wie »gefühlsecht« und »luststeigernd« zu lesen.

»Michaela, hier wird aber nur geredet, oder? Oder finden wir uns in einer Minute auf einem Matratzenlager wieder?«

Sie räusperte sich verlegen. »Also, so sicher bin ich mir mittlerweile nicht mehr.«

Am Eingang des Saales wurden wir wiederum von ein paar Bunnys begrüßt und abermals reichlich mit Gummis beschenkt. Hätte ich das gewusst, hätte ich einen Trolley mitgebracht. Wenn das so weiterging, würden mir die Taschen ausgehen. Wie lange sind Präservative eigentlich haltbar? Nicht, dass das hier am Ende eine »Alles-muss-raus-Aktion« war.

Im Saal war alles so, wie ich es mir vorgestellt hatte oder aus Filmen kannte: Kleine Tische waren in einer Reihe aufgebaut und je zwei Stühle gegenüber daran platziert. Überall saßen sich bereits Männer und Frauen gegenüber. Eine Dame, die an einem Pult stand, machte auf sich aufmerksam.

»Komm, Michaela, ich glaube, die Domina da drüben meint uns.«

»Schau mal, Alex, was die für Absätze hat. Dagegen sind meine Schuhe ja die reinsten Ballerinas.«

Tatsächlich. Niemals ist die zu Fuß hier hereingekommen. Wahrscheinlich hat man sie mit einer Sackkarre hochgefahren und genau dort abgestellt.

»Hallo. Ich bin Angie! Seid ihr das erste Mal bei einem Speeddating?«

Wir bejahten beide diese Frage.

»So. Dann passt mal auf. Ich klebe euch 'ne Nummer an die Brust. Dann bekommt ihr hier so Zettel, da könnt ihr euch zu den anderen Kandidaten ein paar Notizen machen. Wenn's klingelt, rücken die Herren einen Tisch weiter, die Mädels bleiben sitzen. Ihr seid in der ersten Gruppe. Fragen?«

Kopfschüttelnd nahmen wir die Zettel und einen Kuli entgegen.

»Habt ihr schon Kondome gekriegt?«

Michaela nickte, ich verneinte. Warum, weiß ich nicht. Wahrscheinlich vor lauter Aufregung. Angie griff in eine Vase neben sich, holte eine Handvoll Gummis heraus und drückte sie mir in die Hand.

»Hier. Das sind die genoppten. Wenn du die auf links drehst, hast du ebenfalls was davon!« Dann lachte sie dreckig, und ich drückte mir ein gequältes »Danke« durch die Zähne.

»Was willst du denn mit den ganzen Dingern?«, flüsterte Michaela mir zu.

»Ja, sorry. Die hat mich jetzt total überrumpelt.«

Endlich ging es los. Michaela nahm an Tisch 7 Platz. Mir wurde Tisch 4 zugewiesen. Das Ganze sah aus wie »Reise nach

Jerusalem« für Erwachsene. Nur eben mit Tischen. Mir gegenüber saß eine wirklich süße Enddreißigerin. Der Gong ertönte. Auf in den Kampf.

»Hallo, ich bin der Alexander und bin hier aus München.«

»Ich bin die Lisa. Ich bin auch aus München.«

»Ist ja super.«

»Was für ein Zufall.«

Ich wusste nicht, was ich sagen sollte. Mit dem Wetter wollte ich nicht anfangen.

»Was machst du so, Alexander?«

»Ich bin Autor.«

»Ach, das ist ja interessant. Ich habe auch schon mal was geschrieben.«

»Ehrlich?«

»Ja!«

»Toll!«

Schon ertönte der Gong. Das war ja mies. Und die Zeit verging wie im Flug. Wahrscheinlich hieß es deshalb *Speed*-dating. Das musste ich doch besser hinkriegen? Ich ging einen Tisch weiter.

Dort saß so überhaupt nicht mein Fall. Eine richtige Tussi. Kaute mit offenem Mund Kaugummi oder was anderes. Vielleicht würde sie gleich eine Blase machen. Wenn die genoppt ist, wäre die Frage, auf was sie kaute, geklärt.

»Hi, ich bin die Cindy. Wer bist du?«

»Ich bin der Alex.«

»Was machst du so?«

»Ich bin Autor.«

»Was schreibst du denn? Telefonbücher?«

Sie war dermaßen gelangweilt, dass ich mich fragte, was die hier wollte. Ich ging nicht darauf ein.

»Was machst du so?«

»Ich bin Schauspielerin.«

»Ach ja? Was für Filme? Pornos?« Ich war stolz auf diesen Konter. Leider war es keiner, wie sich herausstellte.

»Bingo. Bist ein Blitzmerker. Vielleicht kennst du einen Film mit mir.«

»Ach, ich schau eher Filme mit Dialogen.«

»Dann passt es. Hin und wieder sag ich was.«

Endlich, der rettende Gong. Die war ja schräg. Die dachte wahrscheinlich, das sei ein Casting. Wie der Blitz stand ich auf und drückte fast meinen Nebenmann vom nächsten Stuhl. Ich sammelte mich noch kurz und blickte daraufhin meine nächste Kandidatin an.

»Linda?«

»Alex?«

»Mensch, du bist es wirklich. Lange nicht mehr gesehen. Ich glaube, bestimmt fünf Jahre nicht mehr.«

»Ja, stimmt. Was machst du hier? Du bist doch verheiratet.«

»Nicht mehr. Ich bin geschieden. Lebe jetzt mit einem Hund zusammen.«

Linda war eine Schulfreundin, mit der ich früher mal was hatte. Sie sah hübsch aus. Gebräunte Haut, dunkle Haare, klasse Figur. Selbst beim Sitzen. Peter aus der Parallelklasse hatte sie mir damals ausgespannt. Der Depp. Das hätte etwas werden können. Später wollte sie es noch mal wagen, dafür war ich mir aber zu schade. Sie hatte ihre Chance.

»Schreibst du noch?«

»Klar. Ist quasi mein Beruf.«

»Ich hab dein Buch gelesen. Wie hieß es noch gleich?«

»Tote schreien lauter.«

»Stimmt. War nicht schlecht.«

»Ist ein Bestseller.«

»Schön. Lass uns doch mal Nummern austauschen.«

»Ja, können wir machen. Und du suchst hier einen Lover?«

»Ach, einfach mal probieren. Kostet ja nichts. Und Kondome gibt's gratis.« Sie lachte. »Und du?«

»Recherche. Sag aber nichts.«

»Ja, genau. Recherche. Und früher haben wir alle nicht die *BRAVO* gelesen.«

»Doch, glaub mir. Mich würden doch keine zehn …« Da war er wieder, der Gong. Linda zwinkerte mir noch zu und begrüßte schon den Typen, der nach mir dran war. Verdammt. Da konnte man nicht einmal in diesem riesigen München zu einem Speeddating gehen, ohne eine Verflossene zu treffen. Ich meine, wie groß war die Chance, dort ein bekanntes Gesicht anzutreffen?

Glücklicherweise war mein nächstes Date Michaela, und ich konnte ein wenig verschnaufen.

»Na, Alex? Wie läuft es?«

»Das ist der reinste Horror. Beschissen. Und bei dir?«

»Du, da sind schon ein paar Schnittchen dabei. Ich habe schon viele Komplimente bekommen.«

»Cindy da vorne dreht Pornos.«

»Habe ich mir fast gedacht. Und? Die wär doch was für dich. Der Leo würde vielleicht Augen machen.«

»Mit dem Schwanz wedeln würde der!«

Wir kicherten, und die umliegenden einsamen Herzen schauten uns an. Als ob wir bei diesen geistreichen Ergüssen im Fünfminutentakt stören würden! »Ich weiß überhaupt nicht, was ich mit denen reden soll.«

»Alex, Alex. Das überlegt man sich einfach vorher. Du wirst doch wohl fünf Minuten Small Talk hinbekommen!«

»Und wie soll das aussehen? Du hast mich letztens völlig verunsichert!«

»Na, was weiß ich. Erzähl einfach so wenig wie möglich von dir und zeig ein wenig Interesse.«

»Du bist gut. Interesse zeigen in den paar Minuten.«

»Du stellst dich aber an. Sei ein wenig kreativ. Sag ihnen, dass sie etwas Tolles anhaben. Frag sie nach ihrem Lieblingsfilm, was sie am liebsten essen, wo sie zuletzt im Urlaub waren.«

Das sprudelte ja nur so aus ihr heraus. Langsam fragte ich mich, ob sie wirklich zum ersten Mal solch eine Veranstaltung besuchte.

»Na, das sagst du so leicht. Als Frau sitzt du hier und musst nur schön sein. Die ganze Arbeit liegt bei uns.«

»Ich musste mich immerhin schminken. Hätte aber schon zwei Interessenten. Der eine wollte mich sogar kommendes Wochenende nach Sylt entführen. Ist das nicht klasse?«

»Wenn er nicht zufällig ein Serienkiller ist und du nicht sein nächstes Opfer, dann ist das durchaus eine tolle Sache.«

Das schmeckte mir überhaupt nicht. Immerhin trug ich für Michaela so eine Art brüderliche Verantwortung. Sie hatte schließlich nur mich. Da konnte doch nicht so ein dahergelaufener Hallodri kommen und einfach … Es läutete.

»Also, Alex. Mach mich stolz. Hau deinen ganzen Charme raus. Lass aber die Geschichte mit den Sternen und den Augen stecken.«

Also schön. Dann eben kreativ. Immerhin war ich Autor. Kreativität war sozusagen mein Beruf! Ich rückte weiter. Eine zierliche blonde Person saß mir gegenüber. Wirkte ein wenig scheu. Vielleicht sollte ich behutsam mit ihr umgehen. Wahrscheinlich war es ihr erstes Mal hier.

»Hallo. Ich heiße Alexander. Ich wollte zu einem Casting. Ich soll den neuen Bond spielen. Tja, da bin ich wohl falsch abgebogen!«, witzelte ich und sah aus den Augenwinkeln, wie Michaela die Augen verdrehte.

»Ja, der ist gut. Ich bin die Heidi. Jetzt bist du ja hier. Bock auf Vögeln?«

* * *

Außer mit Kondomen vollgestopfte Taschen hatte ich von diesem Abend nichts mitgenommen. Bei Michaela hingegen lief es erste Sahne. Jeder Zweite hatte Interesse an ihr gezeigt, sagte sie zu mir, als wir die laue Nacht nutzten und zu Fuß nach Hause gingen. Ich mit meinem Sakko geschultert und Michaela barfuß mit ihren Schuhen in der Hand. Ich wollte ihr nicht zu nahe treten, aber meine Mitstreiter wirkten schon sehr verzweifelt. Bis auf zwei Typen war da keiner dabei gewesen, der große Ansprüche stellen konnte. Rein optisch spielte ich jedenfalls im oberen Drittel mit. Einer war sogar mit Birkenstocks gekommen. Also, wenn der jemals eine abbekommt, dann ist das Liebe. Damit möchte ich nicht sagen, dass Michaela nicht attraktiv war. Ganz im Gegenteil, besonders an diesem Abend. Aber bei solch einer Veranstaltung einen Typen abzuschleppen ist nun wirklich nicht so, als könne man Atome spalten. Sie versicherte mir jedenfalls, dass sie diesen Angeboten nicht weiter nachgehen wollte. Nicht, dass mich das was anginge, aber ich war dennoch beruhigt.

»Leo! Ich bin wieder zu Hause!« Komisch. Sonst stand er immer schon an der Wohnungstür, bevor ich den Schlüssel drehen konnte. »Leo?«

Ich warf meinen Schlüsselbund in die Schüssel auf der Flurkommode und streifte meine Sneakers ab. Im Wohnzimmer entdeckte ich ihn. Er lag seitlich vor dem Fernseher, vor ihm ein paar Leckerlis auf dem Boden verstreut, und schnarchte. Im Fernseher liefen auf dem Sportkanal Clips von Frauen, die sich lasziv an Stangen oder sonst was rekelten. Dabei verabschiedeten sie sich von einem Kleidungsstück nach dem anderen. So ein Hund! Da hatte er doch glatt wieder umgeschaltet. Vielleicht war das eine Marktlücke. Erotische Streifen für Hunde. Pudeldamen, wie sie in Zeitlupe durch den Wasserstrahl eines Rasensprengers laufen. Letztendlich war Leo auch nur ein Kerl.

Ich trug ihn vorsichtig auf seine Decke und machte die Glotze aus. Da es ihm sicherlich peinlich gewesen wäre, ließ ich es gut sein und konfrontierte ihn nicht mit der Situation. Immerhin war dies eine Männer-WG. Wenn hier keine schlüpfrigen Filmchen erlaubt waren, wo dann?

SAFETY FIRST

James, wie er sich nannte, nahm seinen Trenchcoat von der Garderobe und verließ kurz nach Mona das Hotel. Es war nicht sein erstes Speeddating gewesen. Für James war es die beste Möglichkeit, seinem nächsten Opfer so nahe wie möglich zu kommen. Er konnte sie riechen, mit ihnen reden und für ein paar Minuten auskundschaften. Zuvor hatte er immer im Park oder im Supermarkt wahllos Frauen ausgewählt. Doch diese Methode hatte ihn schnell nicht mehr befriedigt. Jetzt trieb es ihn fast in den Wahnsinn, seinem Opfer zuvor gegenübersitzen zu können. Mit dem Wissen, dass sie nur noch wenige Stunden zu leben hatte.

Er folgte Mona mit einem Sicherheitsabstand durch die engen Gassen. Der nächtliche Himmel öffnete seine Schleusen. Dies kam ihm nur gelegen, denn bei Regen achteten seine Opfer weniger auf das, was vor und hinter ihnen geschah. Sie wollten dann nur noch eines: nach Hause.

Schnellen Schrittes lief Mona die sechs Stufen in der Gordonstreet zur Haustür hinauf. Das kleine Vordach des Wohnblocks bot ihr Schutz, um in Ruhe den Schlüssel in der Handtasche zu suchen. Sie schloss auf und verschwand im Hausflur. James nutzte die Gelegenheit, rasch die Straße zu überqueren. In Windeseile sprintete er die paar Stufen hoch und schob seinen Stiefel in die Tür. Er blickte sich kurz um und verschwand dann ungesehen im Haus. Schnell lief er die Treppe hoch, um Mona einzuholen. Im ersten Stock sah er sie am Ende des kurzen Flures. Sie schloss gerade ihre Wohnung auf, als sie James bemerkte. Doch zu spät. Er drückte eine Hand auf ihren Mund und drehte den Schlüssel weiter. Dann verschwand er mit Mona in der Wohnung.

Es dauerte nur wenige Sekunden. Er drückte sie zu Boden und nahm eines der Kondome aus der Tasche, das er beim Speeddating bekommen hatte. Schnell nahm er es aus der Verpackung und entrollte es. Als das Kondom die volle Länge erreicht hatte, zog er es mit beiden Händen in die Länge und legte es Mona um den Hals. Sie versuchte noch, die Hände zwischen das Gummi und ihren Hals zu bekommen, doch James war einfach zu schnell. Er zog fest zu. Während Mona um ihr Leben kämpfte, schaute James versonnen auf die Verpackung des Präservativs. »Reißfest« stand darauf. Er hoffte, das Produkt würde dieses Versprechen halten. Erdbeergeruch stieg ihm in die Nase. Immer wieder musste er den Griff neu ansetzen, weil ihm das Kondom aus den Fingern glitt. Dummerweise war es mit einem Gleitfilm versehen, der …

Carsten würde mich mit einem dieser Kondome erwürgen, wenn ich ihm das zu lesen gegeben hätte. Vielleicht war es in dieser Nacht einfach zu spät, mit einem Kriminalroman zu beginnen. Zu viel war in meinem Kopf los. Ich tat es Leo gleich und legte mich schlafen. Kein leichtes Unterfangen bei seinem Schnarchen. Und geträumt hat er. Von was, wollte ich in dieser Nacht sicher nicht wissen.

* * *

Die Nacht war kurz gewesen, da Leo ziemlich früh mit der Leine in seinem Maul neben meinem Bett stand. Ursprünglich hatten wir vereinbart, dass das Schlafzimmer für ihn eine Tabuzone ist. Aber was soll ich sagen: Dackel!

Ich warf mir rasch etwas über und ging mit ihm für das erste Geschäft nach unten zu seinem Stammbusch.

Nach einem ausgiebigen Frühstück auf dem Balkon wollte

ich mit Leo dann auf die Piste gehen. Der gestrige Abend war einfach grauenhaft gewesen. Niemals in meinem Leben würde ich wieder zu einem Speeddating gehen. Das war wie auf dem Viehmarkt. Fehlte nur noch, dass sich jemand mein Gebiss ansehen wollte. Das war etwas für Menschen, die keine Zeit zu verlieren hatten. So verzweifelt war ich noch nicht. Es musste doch möglich sein, im wirklichen Leben einen Partner zu finden. Beim Einkaufen, auf der Straße oder von mir aus in einem Wartezimmer. Wo waren denn all die Frauen, die sich nach Zweisamkeit sehnten? Die wurden doch nicht weggesperrt.

Es blieb mir nur eine Möglichkeit, das herauszufinden: Ich musste selbst raus auf die Straße. Schließlich hatte eine Frau, der es genauso erging wie mir, in den letzten Wochen nicht die Möglichkeit gehabt, mich zu finden. Vielleicht war mein Beruf schuld an meinem Singleleben. Die Chancen, eine Frau zu finden, standen für mich sicherlich besser, wenn ich einen Arbeitsplatz außer Haus hätte. Ja, ich musste es mir eingestehen: Ich suchte längst nicht mehr nur zu Recherchezwecken die Nähe zum anderen Geschlecht. Es war Zeit für eine Veränderung in meinem Leben. Und diese Veränderung galt es nun zu finden.

Wir gingen hinunter in Richtung Isar und machten einen Schwenk zur Maximilianstraße. Psychologisch war es für Leo besser, eine große Runde dort zu beginnen. Dann könnte ich eine längere Tour mit ihm gehen, da hatte er nämlich die Möglichkeit, auf die besondere Art von Pudeldamen zu treffen. Die mit den rasierten Schnauzen. Ich konnte dieser Mode nichts abgewinnen, als würden diesen Hunden überall kleine Bommel wachsen. Furchtbar. Da war mir mein zotteliger Dackel schon lieber. Der hatte wenigstens auch optisch Charakter. Aber Leo schien es zu gefallen. Nur hatte er an diesem Morgen wenig Glück mit seiner bevorzugten Rasse. Außerdem ging der Trend anscheinend immer weiter weg von Mittelklassehunden. Entweder gab es diese riesigen Protzhunde mit Klöten zwischen den Beinen, die selbst mich schon einschüchterten. Oder es waren diese kleinen Minihunde, die komplett aus Leos Blickfeld verschwanden, weil sie in teuren MCM-Täschchen umhergetragen wurden. Sollte sich die Evolution daran anpassen, würden in hundert Jahren diese Minirassen ohne Beine geboren. So viel stand fest.

»Leo, da sieht es ein bisschen mager aus, was meinst du? Wollen wir zur Kaufingerstraße vorgehen?«

»Wuff!«

Damit war alles gesagt.

Der alltägliche Drang nach Konsum hatte bereits begonnen, und Münchens Einkaufsmeile war stark frequentiert. Die Geschäfte an sich hatten für mich seit jeher wenig Flair. Die waren austauschbar. Die Innenstädte Deutschlands glichen sich einander sowieso immer mehr an. Es waren die Stände auf der Straße, die Künstler und Musiker, die mich als Münchner immer wieder gerne hier durchschlendern ließen. Der Geruch am Stand des Gemüsehobelverkäufers. Es roch nach Krautköpfen, Karotten, Gurken und frisch geschnittenen Äpfeln. Gegenüber stand ein Mann, der uns von seiner Weltanschauung überzeugen wollte. Ein paar Meter weiter Studenten einer Musikhochschule, die schon früh am Morgen mit Kontrabass und Geigen angereist waren, nur um sich der Öffentlichkeit zu stellen und Anerkennung für stundenlanges Üben zu ernten. Weiter vorne ein Blumenstand und schräg gegenüber eine kleine Losbude, die vielleicht an diesem Tag das Glück der finanziellen Unabhängigkeit für einen Auserwählten bereithielt. Wie sich eine Minute später herausstellte, war ich es nicht.

Ich liebte mein München. Weil es eine Großstadt ist und doch ein Dorf. Urig, gemütlich und verbindlich.

Es war schönstes Biergartenwetter an diesem Tag. Zeit also,

sich irgendwo niederzulassen und sich einmal mehr die Menschen anzusehen. Ich entschied mich für den Viktualienmarkt. Der liegt zwar direkt neben der Einkaufsmeile, dennoch pulsiert hier das Leben bereits nach ein paar Schritten um einiges langsamer. Hier war Lebensqualität großgeschrieben. Leider ebenso im Preis. Aber man kaufte schließlich nicht jeden Tag hier ein. Zwischen den grünen Buden umherzuschlendern, Obst und Gemüse aus aller Welt zu sehen, Rentner in Lederhosen, die ihre Kontakte bei einer Halben Bier pflegten, das war für mich das Herzstück Münchens. Während auf der einen Seite nach den günstigsten Preisen Ausschau gehalten wurde, schlürfte man nebenan schon die ersten Austern, die mit etwas Champagner besser Richtung Magen rutschten.

In der Nähe des Karl-Valentin-Brunnens fanden wir ein freies Plätzchen. Ich bestellte mir ein Radler und für Leo einen Napf Wasser. Den bekam er prompt zusammen mit ein paar Streicheleinheiten der Bedienung. Schade. Mir stellte sie einfach nur mein Glas hin. Ich sah mich um. Neben mir saßen zwei ältere Damen, die sich bei einer Tasse Kaffee angeregt über ihre Enkelkinder unterhielten. Vor mir saßen zwei jüngere Damen, die, umringt von Einkaufstaschen teurer Designer, an ihrem Hugo nuckelten. Gesprochen haben sie nicht miteinander. Dafür aber mit Menschen, die nicht physisch anwesend waren, also telefoniert. Die Herren hinter mir konnte ich nicht sehen, dafür aber hören. Es ging um eine Fusion zweier Firmen und die damit einhergehende Problematik des Stellenabbaus. Ich bemerkte, dass um mich herum nur Omas, Touris oder geschäftige Menschen kreisten, die unter der Woche nach allem Möglichen auf der Suche waren. Nur nicht nach einer Beziehung. Zumindest nicht tagsüber.

Da saß ich also nun mit meinem Dackel. Inmitten Hunderter Menschen, aber ohne Aussicht auf meine Auserwählte. Hier eine Frau zu finden war unwahrscheinlicher, als an einem der Losstände in der Kaufingerstraße den Jackpot zu ziehen. Wo aber sollte ich sonst hingehen?

Ich musste mir eine neue Strategie überlegen.

»Leo, was meinst, wollen wir noch ein wenig einkaufen, bevor wir heimgehen?«

Eine der älteren Damen neben mir meldete sich zu Wort. »Sie reden jetzt nicht wirklich mit Ihrem Hund, oder?«

»Klar. Er versteht jedes Wort.«

Leo schaute zwischen uns hin und her.

»Ach, junger Mann, das tut den Tieren nicht sonderlich gut, wenn man sie derart vermenschlicht.«

»Das ist kein Tier, sondern ein Dackel. Das ist ein großer Unterschied.« Ich legte der Bedienung zwischenzeitlich Geld für mein Radler auf den Tisch.

Leo knurrte zuerst die Dame an, dann bellte er zweimal.

»Aus, Leo. So was sagt man doch nicht.« Mit erhobenem Zeigefinger ermahnte ich meinen treuen Weggefährten und zwinkerte ihm zu.

Wieder knurrte er.

»Was hat er denn nun gesagt, Ihr Dackel?«

»Das möchte ich Ihnen lieber nicht sagen. Das würde Sie zu sehr verletzen. Haben Sie noch einen schönen Tag.« Ich stand auf und zog kurz an der Leine.

Wie auf Knopfdruck tippelte Leopold los, und wir machten uns vom Acker.

* * *

Weil unser Kühlschrank fast leer war, suchten wir noch den Supermarkt bei uns um die Ecke auf. Eine prima Gelegenheit, das Nützliche mit einer neuen Herausforderung zu verbinden. Vielleicht bot sich die Möglichkeit, neben dem Einkauf erfolgreich ein Date klarzumachen.

Im Supermarkt mussten sie doch sein, die Frauen, die hier ganz in der Nähe ihre Heimat hatten. Kein Tourist würde hier seinen Lebensmitteleinkauf tätigen. Schon gar nicht Menschen, die außerhalb von München wohnten. Also machte ich den Gang der Kühltruhen und Frischetheken zu meinem Jagdrevier. Bei den Joghurts entdeckte ich eine hübsche junge Dame um die dreißig, die völlig vertieft den Text auf einer Verpackung studierte. Nun war guter Rat teuer. Sie sah süß aus mit ihren Espandrillos und der bunten Stoffhose. Jedes Mal, wenn sie sich nach einem anderen Joghurt streckte, blitzte ihr braun gebrannter Rücken unter dem Shirt hervor.

»Der schmeckt lecker!«, sagte ich, als ich mit meinem Wagen neben ihr zum Stehen kam.

»Bitte?«

»Der Joghurt. Der schmeckt lecker!«

»Ach. Ich wollte nur sehen, wie viel Zucker da drin ist.«

Während ich mir meinen nächsten Satz überlegte, sah ich im Einkaufswagen Babynahrung liegen.

»Ach, Sie haben Kinder. Finden Sie nicht auch, dass sie so schnell groß werden?«

»Weiß nicht. Meine Kleine ist drei Monate. Haben Sie Kinder?«

»Nein. Aber ich kann gut mit den kleinen Rackern.«

»Wie mein Mann!«, sagte sie und wendete sich wieder ihrem Joghurt zu.

»Ah! Ich muss dann mal wieder.« Und weg war ich.

Das war ja schon mal nichts. Ich sah mich weiter um und bog in die nächste Regalreihe ab. Völlig verträumt schob hier eine schlanke brünette Frau ihren Wagen vor sich her. Ich erwog kurz, ihr vielleicht in die Hacken zu fahren. Dann könnte ich mich entschuldigen und sie am Abend zum Essen einladen. Quasi als Wiedergutmachung. Vielleicht sollte ich diese Taktik aber nochmals überdenken. Was, wenn dieses

Manöver in der Notaufnahme endete, weil ich der Dame mit meinem kleinen Anmachversuch mal kurz die Achillessehne gekappt hatte? Okay, gefährliche Sache. Aber in ihren Wagen könnte ich ihr reinfahren. Guter Plan. Ich beschleunigte meine Schritte. PENG!

»Oh, sorry. Mein Fehler. Da habe ich wohl rechts vor links nicht beachtet.«

»So passen Sie doch auf!«

»Ist Ihnen etwas zugestoßen?«

Plötzlich tauchte ein Typ mit Muskelshirt auf und mischte sich ein. »Was ist denn los, Tina?«

Woher kannte der denn ihren Namen?

»Na, der ist voll in mich reingefahren!«, fauchte sie ihm zu und stellte die Flaschen in ihrem Einkaufswagen wieder auf.

»Ich sagte doch schon, dass es mir leidtut!«, versuchte ich mich aus der Affäre zu ziehen.

Er aber bekam einen sehr seltsamen Ausdruck in den Augen. »Jetzt pass mal auf, du Kasper. Träum hier nicht rum, dann passiert nichts. Sonst pack ich dich nächstes Mal in deinen Scheißwagen und schieb dich geradewegs in die Konservenpyramide da hinten. Kapiert?«

Ohne einen Ton zu sagen, schob ich meinen Wagen weiter und interessierte mich plötzlich intensiv für die Auswahl an Frischkäse. Sieh einer an, der mit Schnittlauch war im Angebot!

Vorsichtig drehte ich mich um. Weg war er mit seiner Tussi. So ein testosterongeschwängerter Dödel. Der sollte lieber ein paar Hanteln herumschmeißen, statt rechtschaffende Bürger anzupöbeln. »Kasper« hatte er gesagt.

Vielleicht war ich zu feige, weil ich dem Honk nicht gleich eine geschossen hatte. Aber auf dieses Niveau wollte ich mich nicht herablassen. Am Ende hätte ich ihn noch ernsthaft verletzt.

Jedenfalls wollte ich durch diesen Affen nicht mein Ziel aus den Augen verlieren. Ich scannte die Gänge weiter ab. Bei den Hygieneartikeln sah ich sie. Brauner Teint, sportliche Figur, dunkle lange Haare, die zu einem Pferdeschwanz zusammengebunden waren. Sie trug einen knielangen Rock und eine schlichte weiße Bluse. Eine gut aussehende Frau. Sie entschied sich für eine Großpackung Toilettenpapier. Sieh einer an, vierlagig! Sie achtete also auf Sicherheit. Safety First, wie der Bayer sagt. Wie sollte ich es nun anstellen, sie auf mich aufmerksam zu machen? Mir kam eine grandiose Idee: Ich würde so tun, als wäre ihr Wagen meiner. Dann lade ich einfach wahllos Zeug hinein, sie kommt dazu, ich entschuldige mich, wir kommen ins Gespräch, Abendessen, die erste Nacht, fahren in unseren ersten gemeinsamen Urlaub, wir ziehen zusammen …

So dachte ich mir das. Perfekt. Sie ließ ihren Wagen an der Seite stehen und verschwand im Gang für Süßigkeiten. Ich nutzte die Gelegenheit, schnappte mir Taschentücher, weiteres Klopapier, Küchenrollen und vier Dosen Chilieintopf. Ja, mexikanisches Essen und Toilettenpapier. Da schloss sich der Kreis. Schnell warf ich alles in ihren Wagen und stellte mich ein paar Schritte entfernt neben ein Regal, griff mir eine Flasche Chardonnay und studierte das Etikett. Wenn sie die fremde Ware entdeckt, komme ich hinzu.

Sie kam um die Ecke mit einer Packung Brie, legte den Käse in den Wagen und schob weiter. Verdammt, was nun? Sie musste doch merken, dass ihr Wagen um einiges voller war? Ich schnappte mir meinen Boliden und folgte ihr Richtung Kasse. Dort angekommen, sah ich, wie die Dame sämtliche Waren aufs Band legte. Als sie gezahlt hatte, packte sie alles in fünf Tüten. Ging und ward nicht mehr gesehen.

Mir blieb der Mund offen. Warum hatte sie nicht gemerkt, dass sie viel zu viel Klopapier hatte? Mit diesem Vorrat hätte eine Fußballmannschaft eine Salmonellenvergiftung durchstehen können.

Beim Verlassen des Ladens hielt ich fest: Supermärkte sind für mich keine optimalen Singlebörsen. Da war der Kinderspielplatz um einiges besser gewesen. Dafür hätte ich aber wiederum Finn gebraucht. Und die Chancen, dass die Damen dort Singles waren, standen fifty-fifty.

»Komm, Leo. Wir gehen heim. Für heute haben wir genug erlebt.«

»Wuff!«

SORRY, FALSCHER CHAT

Während ich Leo nach oben trug, vibrierte das Handy in meiner Hosentasche. Michaela hatte mir eine WhatsApp geschickt. Sieh einer an. Ist die Zukunft nun endlich bei ihr angekommen. Bisher hatte sie sich strikt geweigert, sich auf diese Weise zu unterhalten. Als Psychologin sei es für sie wichtig, ihren Gesprächspartner zu sehen, hat sie immer gesagt. Telefonieren ginge noch, weil man da wenigstens die Stimme hört.

M: Na? Schon das nächste Date klargemacht?
A: Eins? Hundert!
M: Hast du am Samstag was vor? Sag nein!
A: Was denn nun wieder? Bitte nicht wieder so ein Datingdings.

Darauf hatte ich nun wirklich keine Lust. Ich öffnete die Wohnungstür. Leo schlenderte schnurstracks zu seinem Körbchen und bellte. Das Deckchen warf wieder eine Falte.

M: Wir beide gehen tanzen!
A: Ach nö. Du weißt, wie ich das hasse!
M: Es kommt noch besser. Das Ganze findet auf einem Schick statt!
A: Schick?
M: Ich meinte Schiff. Dämliche Autokorrektur. Ich ruf an.

Das Handy klingelte. »Also gut, jetzt noch mal zum Mitschreiben. Was hast du mit mir vor?«, sagte ich ohne Begrüßung.

»Am Samstag will mein Alex mit mir segeln gehn!«, sang sie. »Also nicht direkt segeln. Ich fang noch mal an.«

»Ja bitte, und schön der Reihe nach.«

»Wir beide gehen am Samstag auf einen Singletreff am Ammersee. Zuerst findet ein Sambakurs auf einem Schiff statt, und danach gibt es ein Candle-Light-Dinner am Ufer mit Blick auf den See. Jetzt darfst du dich freuen!«

»Michaela, du weißt doch, wie ungern ich tanze.«

»Keine Widerrede. Du darfst außerdem deine komischen Lackschuhe anziehen. Vielleicht ist eine Dame im Petticoat an Bord, die deine Schleicher toll findet. Außerdem musst du mit, weil ich uns schon angemeldet habe.«

»Du hast was?«

»Na klar. Was denkst du denn, wie schnell so was ausgebucht ist.«

»Und wenn es regnet?«

»Dann bist du als Einziger im Vorteil, weil der Regen prima von deinen Schuhen abperlt.«

Ich hätte mich noch weiter winden können, Michaela hätte eh nicht lockergelassen.

»Also schön.« Leo stand neben mir und sah zu, wie ich mit einer Hand seine Decke im Körbchen richtete.

»Wir hören uns vorher noch!«, klang es durchs Telefon wie eine Drohung.

»Davon ist auszugehen!«, sagte ich und legte auf.

Meine Güte. Die hatte Hummeln im Hintern. Warum war sie plötzlich so erpicht darauf, eine Singleveranstaltung nach der anderen abzuarbeiten?

Mein Handy signalisierte mir eine eingegangene Nachricht.

M: Ein kleiner Bauch ist nicht schlimm. Im Gegenteil. Der kann kuschlig sein.

Schon wieder Michaela. Wie kam sie denn nun zu meinem Bauch? Ich schrieb zurück:

A: Ich habe keinen kleinen Bauch. Seit diesem Sommer bin ich wieder gut in Form!
M: Sorry! Falscher Chat!

Was hieß hier »Sorry, falscher Chat«? Mit wem hatte sie denn da was am Laufen? Hatte sie doch Kontakt zu so einem schleimigen Typen vom Speeddating aufgenommen? Und warum erzählte sie mir nichts davon? Immerhin war das unser beider Projekt! Was, wenn Michaela vor mir jemanden finden würde? Wer würde sich dann regelmäßig auf meine Couch legen? Wenn überhaupt, müsste ein möglicher Partner von ihr erst einmal bei mir vorsprechen. Immerhin kenne ich sie von allen Personen in ihrem Leben am besten. Falscher Chat! Mit keiner Silbe hatte sie erwähnt, dass es da jemanden gab. Wie es aussah, erzählten wir uns also doch nicht alles. Ob sie sich schon mit dem getroffen hatte? Wohl eher nicht. Sonst würde sie nicht mit mir, sondern mit dem anderen zum Tanzen gehen.

Ich holte mir ein Bier aus dem Kühlschrank und stellte mich auf meinen Balkon. Leo folgte mir und beobachtete die Tauben, die unten auf dem Wiener Platz herumpickten.

Michaela war schon eine Marke. Sie war das genaue Gegenteil meiner Exfrau. Gut, anfangs war es mit Heike schon toll gewesen. Aber mit der Zeit entwickelte sie sich zu einer Person, die ich einfach nicht mehr in meiner Nähe haben wollte. Mit Michaela hätte ich Pferde stehlen können. Sie inspirierte und forderte mich. Sie war so lebendig. Heike hingegen war ein »Traumzerstörer« gewesen. Oder anders ausgedrückt: In einem

Viererbob wäre sie der Bremser gewesen. Oder ein Weidezaun, der die Herde von der saftigen Wiese trennt. Sie war das fleischgewordene Absperrband zu jeglicher Art von Kreativität.

* * *

Bob hatte die sportliche Blondine schon im Visier, seitdem sie den Supermarkt betreten hatte. Mit ihrem kurzen Rock, der weißen Bluse und den hochhackigen Pumps war sie ihm sofort aufgefallen. Sie war die Art von Frau, die einem Mann den Puls in die Höhe treibt.

Er musste sie einfach ansprechen, wusste aber noch nicht, wie. An einem Probierstand blieb sie stehen und interessierte sich für den Käse, der dort beworben wurde. Sie probierte ein Stück und schlenderte mit ihrem Einkaufswagen weiter. Als sie sich nach einer Packung Haferflocken bückte und ihr Rock ein wenig nach oben rutschte, wurde Bob nervös. Er umkreiste sie wie ein Löwe, der eine Antilope am Wasserloch entdeckt hat. Ihre Blicke trafen sich. Sie lächelte kurz. Bob stockte der Atem. Jetzt oder nie. Er musste sie ansprechen. Bei den Weinen würde es geschehen. Als passionierter Weinliebhaber kannte er sich mit edlen Tropfen aus. Sie schob ihren Wagen in seine Nähe zu den Spirituosen und ließ ihn dort stehen. Bob hatte eine Flasche Merlot aus dem Jahr 2005 in der Hand und studierte das Etikett.

»Mögen Sie Rotwein?«, fragte er die Blondine und zeigte auf die Flasche.

»Ich bin eher der Cocktailtyp«, sagte sie und nahm ihm die Flasche aus der Hand. Sie sah ihn an und streichelte dabei den Flaschenhals. So etwas Erotisches hatte er lange nicht gesehen.

Plötzlich riss sie Mund und Augen auf. Sie begann zu röcheln, fasste sich an den Hals. Es schien, als bekäme sie keine Luft. Ihre Pupillen weiteten sich, und sie verlor das Gleichgewicht. Bob stand wie erstarrt da. Sie klammerte sich ans Weinregal, ihre Gesichts-

farbe wechselte von Rot auf Schneeweiß. Ihre linke Hand, die die Weinflasche hielt, öffnete sich, und die Erdanziehung tat ihr Übriges. Endlich war Bob klar im Kopf. Er hechtete in ihre Richtung, um Schlimmeres zu verhindern. Immerhin war es ein 2005er. Doch es war zu spät. Bevor er die Flasche retten konnte, zersprang sie am Supermarktboden, und Wein spritzte in alle Richtungen. Bob blieb reglos neben den Scherben liegen. Während das rote Rinnsal seinen Weg unter die Regale suchte, starrte Bob an die Decke. Warum nur hatte er sich diese Flasche aus der Hand nehmen lassen?

Noch völlig benommen, drehte er sich langsam zur Seite und stand auf. Erst jetzt erkannte er, dass er von anderen Kunden umringt war.

»Alles gut, mir ist nichts passiert«, sagte er und bemerkte, dass das allgemeine Interesse nicht ihm galt.

Er folgte den Blicken der umherstehenden Menschen. Da sah er sie. Die Blondine lag neben den Scherben am Boden und bewegte sich nicht.

»Entschuldigen Sie, ich bin Arzt«, sagte ein Mann, der sich den Weg durch die mittlerweile angewachsene Menschentraube bahnte.

Er kniete sich neben sie und ertastete die Schlagader an ihrem Hals. Sie war tot.

Vielleicht war es der Käse, der …

»Wuff! Wuff!«

Es hatte geklingelt. Die Störung kam mir gerade recht. Vielleicht sollte ich die Idee mit dem Mord im Supermarkt nochmals überdenken. Vielleicht könnte ich über den Muskelprotz von heute Mittag schreiben? Vielleicht machte er ja dunkle Geschäfte mit Wachstumshormonen?

Als ich meine Wohnungstür öffnete, stand Mandy vor mir und hatte Finn auf dem Arm.

»Hallo, Alexander. Störe ich dich gerade?«

»Ach woher. Was gibt's?«

»Ich habe viel zu viel gekocht, und da dachte ich mir, ob du vielleicht rüberkommen möchtest, um mit uns zu essen.«

»Was gibt es denn?«

Autsch, böser Fehler. Wo hatte ich denn meine Manieren. Als ob ich aufgrund der Speise abwägen würde, ob ich komme oder nicht.

»Na, da ist aber einer wählerisch. Es gibt Spaghetti bolognese.«

»Bitte entschuldige. So hatte ich meine Frage nicht gemeint. Es war eher die Neugierde.«

»Oder bist du am Ende Veganer?«

Bei dem Wort »Veganer« fing Leo sofort an zu knurren.

»Ich und Veganer? Ha! Gemüse ist für mich nur Soßenstopper!«

»Und?«

»Klar. Darf Leo mit?«

»Selbstverständlich. Finn ist ja auch da.«

Diese Begründung verstand ich nicht, aber egal. Vielleicht war sie nicht der hellste Stern am Münchner Himmel. Oder aber es war ein Scherz.

»Du, wir kommen in fünf Minuten. Ich fahr nur noch schnell meinen PC runter und lass Leo fressen. Soll ich was mitbringen?«

»Wein wäre nicht schlecht.«

Glücklicherweise hatte ich im Supermarkt einen Merlot gekauft. Einen 2005er. Als ich die Flasche holte, entschied ich mich endgültig dazu, die Supermarktgeschichte nicht weiterzuschreiben. Am besten wirklich keinen Krimi.

Vielleicht sollte ich mich noch ein wenig frisch machen. Jeans und knittriges T-Shirt waren nicht die beste Wahl, um darin einer Esseneinladung zu folgen.

Eine Katzenwäsche musste reichen. Ich schlüpfte in eine Stoffhose und ein frisches Hemd. Im Bad legte ich Aftershave nach. Wenn, dann das ganze Programm. Gott sei Dank sah ich an der Türe nochmals nach unten. Badeschlappen waren nicht optimal. Also mussten meine Sneakers herhalten.

Ob der Merlot zum italienischen Essen passen würde? Wurst. Beim Chinesen trank ich Bier.

»Leo, komm. Jetzt geht's zum Finn.«

Als er um die Ecke bog, hatte er Speedy im Maul. Der musste mit.

TISCHGESPRÄCHE

»Darf ich dir noch etwas nachgießen?«

»Gerne. Ist das ein Chianti?«

»So ähnlich. Und? Hast du dich schon eingelebt?«

»Ja, ist schon nett hier.«

»Und die Arbeit?«

»Macht total Spaß«, sagte sie und saugte eine Nudel in den Mund.

Das Gespräch verlief total oberflächlich. Ich war aber auch nicht gerade das, was man einen Small-Talk-König nennt. Mit meiner Ex war es am Tisch eher still gewesen. Entweder las sie während des Essens irgendwelche klinischen Studien, oder wir sahen fern. Wie jedes Mal, wenn mir meine Ehe in den Sinn kam, war ich in diesem Moment froh, dass dieses Kapitel beendet war.

Während Mandy den Tisch abräumte, warf ich einen Blick zu Leo. Der lag vor Speedy und bewachte ihn. Finn schlief.

»Und? Weißt du schon, wer der Vater von dem Kleinen ist?«, rief ich in die Küche.

Mandy kam wieder an den Esstisch und setzte sich. »Nein. Vom Labor ist noch nichts da. Kann aber nicht mehr lange dauern.«

Wir tranken gleichzeitig.

»Warum bist du denn alleine?«, fragte Mandy.

Diese Frage überraschte mich so, dass ich mich leicht verschluckte und den Merlot in meiner Nase spürte.

»Ach, ich bin geschieden und so.«

»Ja, aber das bedeutet doch nicht, dass du tot bist.«

»Bisher hat sich einfach nichts ergeben. Weißt du, in meinem Alter, da ist das nicht mehr so einfach.«

»Versteh ich nicht.«

»Na, Frauen in meinem Alter, wie soll ich sagen ... meist bringen die ihr Päckchen mit.«

»Klar, die Aussteuer!«

Jetzt war es amtlich. Wirklich nicht der hellste Stern am Himmel.

»Nein. Ich meinte damit, dass die entweder geschieden sind und die Nase voll haben – oder noch verheiratet.«

»Aber nicht alle Frauen in deinem Alter sind verheiratet«, meinte Mandy keck und goss sich noch etwas von dem Roten nach.

»Da stellt sich dann aber die Frage, warum? Das Risiko ist einfach zu groß. Um es kurz zu machen: Es ist kompliziert.«

»Vielleicht machst du es aber nur so kompliziert.« Sie stand auf und kam zu mir herüber, legte eine Hand auf meine Schulter und setzte sich mit Blick zu mir auf meinen Schoß. »Ein Typ wie du kann doch viele Frauen haben, oder?«

Ich schluckte zweimal und kam ein wenig ins Straucheln. »Wie meinst du das?«

Sie nahm mir mein Rotweinglas aus der Hand, trank kurz davon und stellte es auf dem Tisch ab.

»Na, du bist Autor, siehst gut aus, hast eine große Wohnung mitten in München ...« Sie fuhr mit ihren Fingern durch meine Haare.

Ich war erregt.

»Aber ich laufe draußen nicht mit einem Schild auf der Brust umher, auf dem steht: *Bin alleinstehender Autor mit einer schönen Eigentumswohnung in ruhiger Lage!*« Ich redete immer leiser und langsamer. »Es ist nicht so, dass ich nicht gesucht hätte.«

Mandy kam mit ihrem Mund gefährlich nahe an meinen und flüsterte: »Vielleicht hast du aber nur an der falschen Stelle gesucht. Warum in die Ferne schweifen …«

»… wenn das Gute liegt so nah!«, beendete ich den Satz.

Sie küsste mich, und ich erwiderte den Kuss. Ich packte Mandy an den Hüften und zog sie näher an mich heran. Sie wühlte in meinen Haaren und zerstörte endgültig meine Frisur. Egal! Ich hatte ganz andere Gedanken im Kopf. Was, wenn sie in mir nur eine Absicherung sah? Immerhin hatte sie vor einer Minute die Gründe genannt, warum ich für die Frauenwelt interessant sein könnte. Der Gedanke, dass ich auf Beruf und Wohnsituation reduziert werden könnte, gefiel mir überhaupt nicht. Ich wollte mehr sein als nur eine gute Partie. Als Mandy begann, ihren Hintern auf meinem Schoß hin und her zu bewegen, war mir meine Angst, benutzt zu werden, scheißegal. Sie küsste mich immer heftiger, und ich ging mit meinen Händen unter ihrem Shirt auf Wanderschaft.

»Komm, lass uns rübergehen!«, flüsterte sie mir ins Ohr.

»Rüber zu mir?«

»Nein. In mein Schlafzimmer. Wir müssen doch hierbleiben. Wegen Finn.«

»Okay.« Ich schob meine Hände unter ihren Po, um sie in ihr Schlafzimmer zu tragen.

Erstens hatte das eine romantische Note, und zweitens hatte es etwas Männliches. Heike hatte ich nie hochheben dürfen. Der wurde schon auf der Rolltreppe schwindlig.

Dummerweise saß ich ganz hinten an der Lehne des Stuhls, was das gemeinsame Aufstehen erschwerte. Ich versuchte es mit einem Ruck. Keine Chance. Sie küsste weiter in meinem Gesicht herum, während ich hüpfend versuchte, mit ihr auf dem Schoß die Stuhlkante zu erreichen. Ich schaute links an Mandys Kopf vorbei und entdeckte Leo, der mich schief anschaute. Als ob er das mit seinen kurzen Beinchen besser hinbekommen hätte. Mandy erlöste mich aus meiner Schmach und stieg gekonnt von mir ab, als wäre ich ein Westernpferd. Sie nahm meine Hand und zog mich hoch, trank nochmals einen Schluck Roten, stellte das Glas ab und zog mich endlich zu ihrem Schlafzimmer. Leo sah uns nach, ich drehte mich zu ihm um und streckte ihm meinen Daumen entgegen. Er schnappte sich Speedy und sprang auf Mandys Sofa. Das Babyfon auf dem Tisch blieb ruhig. Super. Nun stand einer heißen Nacht mit meiner Nachbarin nichts mehr im Weg. Wäre da nicht wieder mein Kopf gewesen.

»Du, Mandy, ich hüpf schnell rüber in meine Wohnung. Ich habe da ein Kondom.« Ein Kondom war gut. Wir hätten mit meinem Vorrat vom Speeddating zwei Monate in den Bergen eingeschneit sein können.

»Lass nur. Ich hab was da!«

Klar, ich Dödel. Ich war bei Mandy. Der Frau, die ein ganzes Laborteam benötigte, um herauszufinden, wer denn nun Finns Vater ist. Ein Kondomautomat in Mandys Schlafzimmer hätte mich nicht überrascht. Vielleicht hatte sie einen Sponsor? Jetzt kam mir Finn nochmals in den Sinn. Hatte sie zu seinen möglichen Vätern auch gesagt: »Ich hab was da?«

Mandys Bett war belagert von Plüschtieren. Vielleicht waren wir falsch abgebogen und in Finns Zimmer gelandet? Sie drückte mich auf die Matratze. An der Kante blieb ich sitzen und sah ihr dabei zu, wie sie sich auszog. Meine Erregung vertrieb die Dämonen in meinem Kopf, und ich war wieder voll bei der Sache. Toll, so ein Männerhirn. Sobald sich die Durchblutung um andere Regionen des Körpers kümmerte, war die Welt schon wieder ein wenig bunter. Mandy hatte zwischenzeitlich ihren BH ausgezogen und offenbarte mir ihre festen, wohlgeformten Brüste.

»Du darfst sie ruhig anfassen!«, sagte sie zu mir und begann, ihre Hose aufzuknöpfen.

Das ließ ich mir natürlich nicht zweimal sagen. Mandy streifte ihre Hose von den Beinen und stand nur noch in einem kleinen schwarzen Slip vor mir. Jetzt begann sie, mein Hemd aufzuknöpfen. Ich ließ von Mandys Brüsten ab und half ihr dabei. Wichtig war mir, dass ich meine Socken vor meiner Hose auszog. Ein Mann in Unterhosen und Socken, diesen Anblick wollte ich einer Frau unter dreißig ersparen. Was ganz gut kommt, ist die zeitsparende Methode: Hose, Unterwäsche und Socken in einem Rutsch. Das hat zwar wenig Erotisches, aber ich war schließlich nicht hier, um zu strippen. Ich bin kein Mitglied der Chippendales. Selbst wenn ich eines wäre, hätte ich es gelassen. Das Gekreische von Mandy hätte bestimmt Finn aufgeweckt.

Mandy war nun ganz nackt und legte sich aufs Bett. Ich legte mich neben sie und begann, ihren Oberschenkel zu streicheln. Wieder küssten wir uns. Mannomann, das war wie Weihnachten. Ihr Atem wurde schneller, was mir zeigte, dass sie erregt war.

Schemenhaft nahm ich meine Umgebung war, während Mandy gekonnt an mir herumschraubte. Auf einer Kommode stand eine Schischa, daneben eine kleiner Buddha, der mich freudig anlächelte. Mandy gab immer mehr Gas, ich aber konnte mich noch nicht ganz auf die Situation einlassen. Irgendetwas fühlte sich falsch an. War es die Tatsache, dass sie meine Nachbarin war, oder die, dass sie viel jünger war als ich?

Vielleicht störte ich mich an ihrem lockeren Lebensstil. Gut, für dieses Urteil kannte ich sie zu wenig. Dennoch ließ die offene Frage zu Finns möglichem Vater doch einige Rückschlüsse auf ihre Person zu. Was, wenn ich nur zu einem bestimmten Zweck gerade hier lag? Plötzlich sah ich mich in

Gedanken in einem Labor mit einem Wattestäbchen im Mund sitzen, das meine DNA aufsaugte.

Als Mandy sich zur Seite rollte und mich auf sich zog, waren diese Gedanken wie weggeblasen. In diesem Moment war ich einfach nur ein Dackel, dem auf einem Bauernhof einmal im Jahr die Scheune geöffnet wurde. Nur eines durfte ich nicht aus den Augen verlieren: Savety First!

* * *

Mit geschlossenen Augen tastete ich die Umgebung ab. Das war nicht meine Baumwollbettwäsche, die ich an den Fingern spürte. Ich fühlte weiter. Auf dem Satinkopfkissen neben mir bemerkte ich ein Stück Papier. Die Neugierde zwang mich, nun doch das Sonnenlicht, das zwischen den Vorhängen durchschien, an meine Pupillen zu lassen. Mir dämmerte, dass ich mich in Mandys Schlafzimmer befand. Meine Augen stellten sich allmählich scharf. Ich hatte einen dicken Schädel. Bestimmt vom Rotwein. Ich nahm den Zettel und setzte mich auf. Mit zusammengekniffenen Augen versuchte ich, die Nachricht zu entziffern.

Hallo! Wollte Dich nicht wecken.
Bin schon in die Arbeit, Kaffee ist
in der Kanne.
Zieh einfach die Tür zu.
War nett gestern, lass uns keine
große Sache daraus machen.
Danke für den Chianti!

»Das war ein Merlot.«

Von der Kommode aus glotzte mich wieder dieser Buddha an. Ich empfand sein Grinsen an diesem Morgen intensiver als in der vorangegangenen Nacht. Vielleicht lachte er mich aus. Der hatte es nötig mit seinem dicken Bauch.

»LEO?«

»WUFF!«

»Ich komme!«, rief ich und suchte meine Klamotten zusammen. Diese Situation war neu für mich. Wie verlässt man eine fremde Wohnung nach einem One-Night-Stand?

Sollte ich einfach alles so lassen, wie es war? Nein, das wäre ganz schön machomäßig. Allerdings war es ja nicht so, als würden Mandy und ich zusammenleben. Ich war hier Gast, mehr nicht. Gut, bis auf die Tatsache, dass ich mit der Gastgeberin geschlafen hatte. Oder sie mit mir. Zumindest konnte ich die Vorhänge zurückziehen. Kurz lüften schadete sicherlich auch nicht. Als ich die Schlafzimmertüre öffnete, stand Leo schon mit Speedy im Maul bereit, fertig zur Heimreise. Quer über den Hausflur. Er wedelte mit dem Schwanz, was ich als Lob deutete. Auf dem Esstisch im Wohnzimmer sah es aus wie Sau. Mandy hatte ja überhaupt nichts weggeräumt. Eingetrocknetes Essen in den Töpfen, im Nudelsieb in der Spüle zusammengeklebte Nudeln. Vielleicht sollte ich doch noch kurz mit einem Schwamm drübergehen? Ich konnte doch nicht einfach diesen Saustall zurücklassen.

Ich stellte das dreckige Geschirr vom Tisch auf die Küchenzeile. Unter der Spüle fand ich einen Schwamm, mit dem ich den Tisch von den Rotweinrändern befreite. Bei der Gelegenheit konnte ich auch gleich den Herd reinigen und die dreckigen Teller in den Geschirrspüler räumen.

Als ich den Geschirrspüler öffnete, entschied ich mich ganz schnell um. Das Teil war noch nicht einmal ausgeräumt. Mandy, Mandy! Vielleicht sollte ich einfach alles so lassen, wie es war. Einfach mal Macho sein. Dann war ich der Typ von nebenan. Hätte ich ihre Wohnung gewienert, würde ich für alle Zeiten bei ihren Freundinnen der ältere Herr von drüben sein, der so toll und streifenfrei das Ceranfeld reinigen konnte. Der, mit dem sie schläft und der ihr zum Dank die Wohnung putzt. Um Himmels willen, bloß nicht. Schnell packte ich das ganze dreckige Geschirr und parkte es wieder auf dem Esstisch. Sogar die Rotweinränder zauberte ich mit den letzten Tropfen der Flasche wieder auf die Platte. Noch schnell ein paar Brösel aus dem Brotkorb verteilt und fertig. Am Ende hätte ich mich noch in Rage geputzt und das Bett abgezogen oder die Waschmaschine angeschmissen. Ich tat mit Leo das, was auf dem Zettel stand. Wir gingen und zogen einfach hinter uns die Tür zu.

* * *

Nach einer kleinen Gassirunde stellte ich Leo sein Fressen hin und ging unter die Dusche. Irgendwie fühlte sich dieser Morgen danach nicht gut an. Nicht, dass der Sex schlecht gewesen war. Ganz im Gegenteil. Dennoch, ich hätte jetzt lieber gehabt, wenn es irgendjemand gewesen wäre und nicht meine Nachbarin. Wie sollte denn die Zukunft aussehen? Wie grüßt man sich im Treppenhaus? Bleibt man auf einen Small Talk stehen? Wie würde sie über mich denken, wenn ich sie einfach nur grüßte und weiterginge? Würde Mandy nun regelmäßig bei mir klingeln, wenn sie Lust auf ein Schäferstündchen hatte? Was aber sprach dagegen, dass die Mandy mehr wollte? Ich musste zugeben, dass sie mir schon sehr gefiel. Hatte ich mich etwa in sie verliebt? Da lohnte es sich doch, eine Psychotante im Freundeskreis zu haben. Und da mein Freundeskreis nur aus Michaela und Carsten bestand, war diese Tatsache fast wie ein Sechser im Lotto.

»Leo, auf geht's zur Micha!«

Bei »Micha« stellte er sofort die Ohren auf und hüpfte aus seinem Körbchen.

Auf dem Weg zu ihrer Praxis überfielen mich auf einmal

Zweifel, ob ich Michaela überhaupt von letzter Nacht erzählen sollte. Immerhin war ich bisher in ihren Augen nicht der Typ für eine schnelle Nummer. Ich war mir nicht sicher, ob ich dieses Bild, das sie von mir hatte, mit meiner Geschichte zerstören wollte. Wie würde sie künftig von mir denken?

Wir bogen kurz vor ihrer Praxis ab und drehten unsere gewohnte Runde. Vielleicht war es einfach mal an der Zeit, nicht alle Dinge miteinander zu teilen. Immerhin hatte sie mir bis dato auch nichts von dem Typ mit dem Bäuchlein erzählt. Dann waren wir eben nicht die guten Freunde, die sich alles erzählen.

GUT IN SCHUSS

Das Telefon klingelte. Carsten war dran. »Hallo, Alexander. Und? Was macht die Schreiberei? Hältst du noch immer an deiner Idee fest, eine Satire zu schreiben, oder bist du mittlerweile vernünftig geworden?«

»Was heißt hier vernünftig geworden? Ich schreibe die Satire und aus«, log ich.

Schließlich war mir bis dato nichts eingefallen. Ich wollte aber Carsten die Genugtuung nicht gönnen und ihm keinesfalls von meinen letzten Versuchen erzählen, doch einen Krimi zu schreiben. Vielleicht kam wie von Geisterhand bald ein zündender Einfall für eine gute Story. Er sollte sich einfach gedulden.

»Alexander, wir könnten einen Kompromiss eingehen. Du schreibst einfach über einen ermordeten Clown.«

»Wieso denn das?«

»Na, dann bleibst du deinem Genre treu, und dank des Clowns wäre es irgendwie eine Satire.«

»Du spinnst doch, Carsten. Außerdem gibt es genauso traurige Clowns. Zum Beispiel den Vagabunden. Dann wäre es ein Drama.«

»Dann nimm doch einen lustigen Clown!«

»Wenn ich über dich schreiben soll?«, frotzelte ich. »Nein, jetzt im Ernst. Ich kann nicht über einen Clown schreiben. Die waren mir schon als Kind suspekt. Außerdem hast du doch bestimmt nicht angerufen, um mit mir über Clowns zu sprechen, oder?«

»Stimmt! Ich habe noch mal mit dem Filmregisseur gesprochen. Er lässt fragen, ob es für dich okay ist, wenn die Schauspieler in der Pathologie wenigstens einen *Coffee to go* trinken? Eine große Fastfoodkette hat bereits Interesse gezeigt?«

Ich zögerte mit der Antwort. Außerdem hatte ich immer noch die letzte Nacht in der Birne.

»Na, wenn es unbedingt sein muss. Solange sie es in der Pathologie nicht miteinander treiben, während sie sich den Kaffee reinschütten, sollen die machen, was sie wollen.«

»Super! Dann tüte ich das Ding morgen ein. Wirst sehen, das wird ganz groß!« Er legte auf. Wahrscheinlich hatte er Angst, dass ich es mir doch noch anders überlegen könnte.

* * *

»Möchtest du noch etwas Merlot?«, fragte Amber. Sie wartete die Antwort nicht ab und schenkte Bryan nach.

Warum sollte eigentlich immer alles in Amerika oder England geschehen? Neuerdings spielten die richtig düsteren Sachen ausschließlich in skandinavischen Ländern. Als ob es bei uns keine spannenden Morde geben würde. Das musste sich ändern.

»Möchten Sie noch etwas Merlot?«, fragte Barbara. Sie wartete die Antwort nicht ab und schenkte Karl-Heinz nach.

»Danke nochmals für die nette Einladung. Wir wohnen nun schon so lange gegenüber. Auf diese Weise lerne ich Sie endlich näher kennen.«

»Das habe ich doch gerne gemacht. Noch etwas Kalbshirn?«

»Danke, ich habe noch. Aber von den Grünkernbratlingen würde ich noch einen nehmen.«

»Gerne. Freut mich, wenn es Ihnen schmeckt.«

Karl-Heinz war ein Frauenheld, wie er im Buche stand. Bar-

bara blieb durch die nachbarschaftliche Wohnsituation nicht verborgen, dass fast wöchentlich die verschiedensten Damen in den frühen Morgenstunden seine Wohnung verließen. Natürlich hatte Karl-Heinz sofort bei seinem Einzug die Fühler in Richtung Barbara ausgestreckt. Doch bisher hatte sie sich ihm gegenüber eher kalt gezeigt. Bis zu jenem Abend.

Sie gab ihm zwei der Bratlinge auf seinen Teller und goss etwas Soße hinzu, die sie über Stunden aus fast einer ganzen Flasche Rotwein reduziert hatte.

»Schön haben Sie es sich eingerichtet. Leben Sie hier ganz alleine? Ich meine, eine attraktive Frau wie Sie kann doch an jedem Finger zehn Männer haben.«

Karl-Heinz sprach mit vollem Mund, was Barbara anwiderte. Aber als höfliche Gastgeberin wollte sie ihn nicht belehren. Lange würde er sowieso nicht mehr leben. Warum sollte sie ihn zuvor noch zu einem besseren Menschen erziehen?

»Essen Sie keine Soße? Die ist köstlich.«

»Nein, ich muss auf meine Linie achten. Die habe ich nur für Sie gekocht.«

»Ach!«, grölte er. »Sie haben doch eine Topfigur, wenn ich das mal so sagen darf.«

»Danke.«

Sie duldete ihn nur noch. Karl-Heinz war zu oberflächlich, um zu merken, dass er längst über das Ziel hinausgeschossen war. Er erinnerte Barbara sehr an ihren vierten Exmann, der vor etwa zwei Jahren an einer Lebensmittelvergiftung gestorben war. Sie hatte all die Jahre sehr wohl gewusst, dass er im Büro nichts anbrennen ließ.

Also hatte sie es sich zur Aufgabe gemacht, sich und all die anderen geprellten Frauen vor solchen Männern zu schützen. Da Karl-Heinz von großer Statur war, würde es ein wenig länger dauern, bis sich das Gift in seinem Körper verteilte.

Normalerweise fingen die Lähmungserscheinungen in den

Gliedmaßen an, gefolgt von massiven Sprachstörungen. Letztlich war jedoch der nachlassende Herzmuskel ausschlaggebend dafür, dass sich bei Barbara ein Gefühl tiefer Zufriedenheit einstellte.

Karl-Heinz legte das Besteck in den Teller und fasste sich an den Hals.

»Sagen Sie, Barbara, sind in dem Essen Nüsse? Ich glaube, ich reagiere allergisch.« Schweißperlen bildeten sich auf seiner Stirn.

Barbara schwieg und sah Karl-Heinz mit zufriedenem Blick dabei zu, wie das Leben langsam aus seinem Körper wich. Er drückte die Hand fester an den Hals. Es sah aus, als würde er sich selbst würgen. Der Kampf dauerte länger, als Barbara erwartet hatte. Dann endlich, der finale Todesstoß. Das Gift hatte in ausreichender Menge sein Herz erreicht. Karl-Heinz verlor das Gleichgewicht, versuchte, sich an der Tischdecke festzuhalten. Sein Körper rutschte vom Stuhl, prallte ungebremst auf das Parkett und mit ihm das gesamte Geschirr vom Tisch. Schade um das schöne Porzellan. Es stammte noch von Barbaras Aussteuer.

»Das war es mir wert!«, sagte sie, als sie neben dem leblosen Körper stand. Fast hätte sie noch auf ihn gespuckt, so angewidert war sie von ihm. Doch auf keinen Fall wollte sie DNA-Spuren auf ihm hinterlassen. Nun musste sie ihn nur noch zurück in seine Wohnung schaffen. Das Essen hatte sie in ausreichender Menge im Kühlschrank deponiert. Das würde sie benötigen, um es in seiner Wohnung nochmals zu erwärmen. Schließlich sollte später die Polizei denken, dass eine der unzähligen Damen, die bei ihm ein und aus gingen …

Es klingelte an der Tür.

Wahrscheinlich war es Mandy, um zu schimpfen, weil ich wenigstens den Tisch hätte abräumen können. Am besten, ich machte gar nicht erst auf.

Leo bellte und dibbelte in den Flur. Verdammt. Nun wusste sie natürlich, dass ich zu Hause war. Leo war tagsüber nie allein daheim. Gerade jetzt, wo es mit der Schreiberei endlich mal zu laufen schien. Obwohl ich mir mit dieser Geschichte auch noch nicht hundertprozentig sicher war. Ich wollte doch eigentlich eine Satire schreiben.

»Hallo, Alexander.«

»Hallo, Mandy. Na, Kleiner?« Ich kniff Finn vorsichtig in die Wange.

Sie lächelte. Was wollte sie? Vielleicht fragen, ob wir das Ganze wiederholen sollten? Wollte sie mit mir zusammenziehen? Dafür war ich in diesem Stadium noch nicht bereit. Wir kannten uns ja kaum. Außerdem war da noch der große Altersunterschied. Allerdings hätte ich heute Abend nichts dagegen, die Beziehung zu meiner Nachbarin etwas zu vertiefen.

»Du, sorry wegen heute morgen, aber wir mussten los.«

»Kein Thema. Ist ja klar. Soll ich dir noch beim Aufräumen helfen?«, bot ich mich an, obwohl ich überhaupt keine Lust dazu hatte.

»Ach, das bisschen schaffe ich schon alleine.«

»Du, Mandy, was ich noch sagen wollte, wegen gestern …«

»Da mach dir mal keine Sorgen. Lass uns keine große Sache daraus machen.«

»Na, willst du nicht darüber reden?«

»Über was denn? War doch nur Sex!«

War doch nur Sex! Die nahm das ja locker. Als ob wir joggen gewesen wären. Okay, pulsmäßig waren wir nah dran. Also ich.

»Ach so. Ja, hast recht. Na dann … man sieht sich.«

»Ganz bestimmt!«, sagte Mandy noch und kramte ihren Schlüsselbund aus der Hosentasche. »Vielleicht ergibt sich mal wieder was. Du bist gut in Schuss für dein Alter!«

Ich schloss meine Tür und starrte Leo an. Er mich. Sein Schwanz war ruhig.

Vielleicht ergibt sich mal wieder was! »Hast du das gehört, Leo?«

Klar hatte er. Leo nieste und ging wieder zurück zu seinem Körbchen. Ich ging mit. Seine Decke musste schließlich gerichtet werden.

Wie hatte sie das eigentlich gemeint? Glaubte sie wirklich, dass sie einfach hier klingeln konnte, wenn sie Lust auf einen Mann hatte? Dass ich sofort alles stehen und liegen lassen würde, nur weil Madame ruft? Dass ich ihr willenlos wie ein Lemming einfach in ihre Wohnung folgte, nur um ihr Spielzeug zu sein? Dass ich jederzeit für sie verfügbar wäre?

Ja, da dachte sie richtig! Hey: Ich war Single und anscheinend gut in Schuss! Sie war jung, und ich hatte die Schränke voller Kondome.

* * *

Die letzten zwei Tage hatte ich, mit Ausnahme von kurzen Unterbrechungen, nur an dem Krimi geschrieben. Überzeugt war ich von meiner Geschichte immer noch nicht. Gerne hätte ich sie Michaela vorgelesen. Sie hatte einen Riecher für gute Krimis. Sie verschlang regelrecht ein Buch nach dem anderen. Deshalb nannte ich Michaela manchmal auch Miss Marple. Aber … sie hatte keine Zeit. Das war sehr ungewöhnlich. Normalerweise besuchte sie uns spätestens jeden zweiten Tag. Meist natürlich, um uns von ihren wilden Erlebnissen mit ihren Patienten zu erzählen. Vielleicht hatte sie aber das Gefühl, dass ich sie in ihrem Leben bremste? Schließlich minimierten sich die Chancen, einen Mann fürs Leben zu treffen, wenn sie ihre Zeit stets mit mir verbrachte. Mir ging es natürlich nicht anders. Mal abgesehen von der Nacht mit Mandy, war bei mir frauentechnisch nicht viel los gewesen.

Aber heute sahen wir uns. Der Tanzkurs stand auf dem

Kalender. Ich hatte gemischte Gefühle. Zwar freute ich mich, mit Michaela an den Ammersee zu fahren, aber musste es unbedingt Samba sein? Konnten wir nicht einfach ein wenig mit dem Boot fahren und danach schick essen?

Michaela und ihre Projekte. Ich war zunehmend verunsichert, ob es ihr dabei nur um mich ging. Immerhin hatte sie vor ein paar Tagen mit so einem Typen gechattet …

Meine Wahl fiel auf meinen Anzug und das weiße Hemd. Michaela zuliebe verwarf ich den Gedanken, meine Lackschuhe zu tragen. Die Sneakers waren eh bequemer. Leo bekam eine Extraportion Leberwurst. Er schnappte sie sich und legte sich damit vor den Fernseher. Anscheinend wartete er nur darauf, dass ich ihm seinen *Kommissar Rex* einlegte.

»Aber nicht wieder Pornos gucken, gell, Leo?«

Kein *WUFF*! Das war eindeutig. Versprich nie, was du nicht halten kannst.

HACKBÄLLCHEN TRIFFT RAHMWIRSING

Der TT, den ich ein paar Straßen von Michaelas Wohnung geparkt hatte, war ein letztes Überbleibsel meiner Ehe. Ich wollte einen Mini, aber Heike hatte darauf bestanden, dass ich einen Audi fahren sollte. »Was sollen denn meine Kollegen denken, wenn du mich mit einem Mini abholst!«, hatte sie damals zu mir gesagt. Ein Mini war für sie ein Frauenauto. Mittlerweile liebte ich diesen Wagen. Obwohl ich ihn kaum benötigte, konnte ich mich nicht von ihm trennen. Wer braucht in München schon ein Auto?

Ich drückte zweimal auf die Hupe. Kurz darauf kam Michaela schon aus dem Haus. Sie trug ein schwarzes, kurzes Kleid mit roten Fransen am Saum, auf einer Seite war es sehr hoch geschlitzt und im Nacken zusammengebunden. In ihren Haaren steckte ein glitzernder Haarreif, und ihre Ohren schmückten riesige Kreolen.

Ganz Gentleman, stieg ich aus und lief um den Wagen, um Michaela die Beifahrertür zu öffnen.

»Oh!«, sagte sie überrascht. »Da hat jemand Manieren!«

»Klar. Ganz alte Schule. Hallo, Micha. Gut siehst du aus.«

»Danke. Dito. Wie ich sehe, verschonst du deine Umwelt mit deinen Lackschuhen?«

»Du hast sie verboten!«

»Stimmt doch gar nicht. Außerdem, als ob du auf mich hören würdest.« Sie stieg ein, und ich setzte mich hinters Steuer, schnallte mich an und startete den Wagen.

»Und, wo darf ich Madame hinfahren?«

»Wir fahren direkt nach Stegen. Da ist die Anlegestelle für unser Schiff.«

»Na, das ist ja nicht so groß, das dürfte zu finden sein.«

Michaela saß still neben mir und musterte mich von der Seite.

»Was ist?«, fragte ich. »Hab ich da was? Einen Fussel oder so?« Ich wischte über mein Gesicht.

»Nein. Aber irgendwas ist anders an dir.«

»Ich habe mich heute nicht rasiert. Vielleicht liegt es daran? Ich wollte ein wenig verwegen wirken.«

»Ist dir nicht gelungen«, frotzelte sie und starrte mich weiter an.

»Michaela, bitte schau woanders hin. Das macht mich ganz nervös. Du weißt, ich mag das nicht, wenn du an mir herumanalysierst.«

Ich hatte schon immer vermutet, dass Michaela einen sechsten Sinn besaß. Hätte sie jetzt noch gemerkt, dass ich mit einer Frau zusammen war, wäre das ganz schön gruselig gewesen. Wahrscheinlich war sie wieder auf irgend so einem Seminar und probierte an mir ihre Psychospielchen aus. Jemanden so lange anstarren, bis der sich ertappt fühlt und die ganze Welt verrät. Aber nicht mit mir. Ich wollte mich definitiv nicht dazu hinreißen lassen, ihr die Geschichte mit Mandy zu erzählen. Das war passiert und eine einmalige Sache.

Ich lenkte die Aufmerksamkeit einfach auf sie: »Mit wem hast du denn letztens gechattet?«

»Ach, das war nur so ein Typ.«

Mehr sagte sie nicht und drehte am Radio. Wunderbar. Wir beließen es beide dabei, dass anscheinend jeder von uns seine Geheimnisse hatte.

Auf dem Parkplatz in der Nähe der Anlegestelle herrschte schon reger Betrieb. Mit Mühe und Not fanden wir noch eine

Lücke. Ich löste einen Parkschein, während Michaela sich ihr großes Tuch um die Schultern legte. Sie hakte sich bei mir unter, und wir gingen zum Steg.

»Können wir bitte ein wenig langsamer gehen? Ich kann nicht so schnell mit den Schuhen.«

»Wie willst du denn mit denen nachher tanzen?«

»Das klappt schon. Tanzen ist nicht gehen.«

Als wir zum Steg kamen, war es nicht schwer, unser Schiff zu finden. Da es nur zwei Dampfer waren und der eine davon menschenleer, konnte es nur der stark frequentierte Kahn sein, auf dem schon sehr laute Sambamusik zu hören war. Über eine kleine Gangway gelangten wir an Bord und wurden als Erstes vom Kapitän persönlich begrüßt. Das fand ich schick. Einen Schritt weiter bekamen wir einen Prosecco in die Hand gedrückt und wurden nach unseren Namen gefragt. Ich antwortete für uns beide. Die Dame suchte uns auf der Gästeliste und hakte uns ab. Danach bekamen wir beide eine Münze mit einer Nummer.

»Was möchten Sie denn beim anschließenden Dinner essen?«, wollte sie nun von uns wissen.

»Was gibt es denn?«

»Wir haben Menü 1. Als Vorspeise gibt es hier ein Brokkolicremesüppchen, dann als Zwischengang Dreierlei von der Forelle und als Hauptgang frisches Marktgemüse an Kartoffelstampf.«

»Und das Menü 2?«, wollte ich wissen, in der Hoffnung, dass hier nicht ausschließlich Sättigungsbeilagen am Start waren.

»Menü 2 startet mit einer Leberknödelsuppe, gefolgt von zwei Hackbällchen auf Rahmwirsing. Dann als Hauptgang Ochsenbäckchen mit zweierlei Knödel an Rotweinjus.«

Für mich war die Sache klar. Als Gentleman überließ ich selbstverständlich Michaela zuerst die Wahl.

»Ich hätte gerne Menü 1. Wenn Sie bei mir bitte den Zwischengang weglassen, ich muss auf meine Linie achten.«

Die Dame signalisierte Micha, ihren Wunsch zu berücksichtigen, und wandte sich an mich.

»Ich hätte gerne Menü 2. Bei mir können Sie es genau so belassen.«

Ich wollte mit Michaela weitergehen, als sie mich abbremste. Sie drehte sich nochmals zu der Dame und meinte: »Wissen Sie was? Ich nehme auch Menü 2. Das tanze ich mir doch schon vorher locker von den Hüften. Was gibt es denn als Nachtisch?«

»Ein Eis!«

»Ah!«

Michaela und ich sahen uns schmunzelnd an. Da gingen wohl dem Koch die Ideen aus. Eigentlich hätte ich mit einem Mangoparfait auf einem Basilikumspiegel gerechnet oder wenigstens Quittenmus mit Bourbonvanille parfümiert. Aber dann: *ein Eis*! Das war fast schon wieder originell.

»Du, Michaela, wir können aber nachher schon miteinander tanzen, oder?« Ich drehte die Münze mit der Nummer zwischen den Fingern hin und her.

»Quatsch. Das ist eine Veranstaltung für Singles. Stell dir vor, wenn hier nur Freunde miteinander antanzen, und du bist alleine als Single hier. Da gehst du doch gleich über Bord.«

»Meinst du, die haben das ausgezählt?«

»Klar. So ungefähr bestimmt. Für kleinere Abweichungen haben die bestimmt Springer.«

»Hauptsache keine Swinger!« Wir lachten und stießen an der Reling mit unserem Prosecco an.

Endlich ging es los, und das Schiff legte ab. Die Musik stoppte, und ein Herr in einer glänzenden Schlaghose und einem fliederfarbenen Rüschenhemd schnappte sich das Mikro.

»Schau mal, Michaela, der trägt auf dem Kopf doch einen Fifi!«

»Psst!«, zischte sie und stieß mir einen Ellenbogen in die Rippen.

»Hallo, ich bin Ronnie! Sie alle haben am Eingang eine Nummer bekommen. Bitte suchen Sie sich nun Ihren Partner oder die Partnerin mit derselben Nummer. Damit wir hierbei schon ein wenig warm werden, bewegen wir uns rhythmisch zur Musik und suchen tanzend unser Gegenstück. Und meine Herren: Tanzen bedeutet, nicht nur mit dem Kopf zu nicken!« Jetzt lachten die Frauen.

Wie oft hatte er wohl diesen Mördergag schon gebracht? Michaela fand das Ganze offenbar äußerst spannend und machte sich auf die Suche nach ihrem Partner. Ich wollte am liebsten heim zu Leo auf die Couch. Oder mit ihm runter in den Biergarten auf eine Schlummermaß! Stattdessen schipperte ich hier auf dem Ammersee voller Argwohn, welche Dame mich die nächsten zwei Stunden Hüfte an Hüfte durch die Gegend wirbeln wird. Tanzen ist noch nie mein Ding gewesen. Schon immer führten bei mir die Frauen. Einmal, auf einer Hochzeit, hatte mich eine etwas beleibtere Dame aufgefordert, mit ihr einen Walzer zu tanzen. Ich schwöre, dass zeitweise für mehrere Sekunden meine Schuhe keinen Kontakt zum Boden hatten.

»Welche Nummer hast du?« Eine schnuckelige Rothaarige mit tausend Sommersprossen stand mit ihrer Münze vor mir wie ein Kind vor dem Eisverkäufer. Süß!

»Moment, da muss ich erst gucken. Ich habe die 15.«

»Schade. Ich habe die 16. Na ja, kann man nichts machen.«

Sie suchte weiter, und ich entschied, einfach stehen zu bleiben und mit meinem Kopf zur Musik zu wippen. Meine Auserwählte würde schon vorbeikommen.

Direkt vor meinen Augen bildete sich zwischen meinen Mitstreitern eine Schneise, und eine Frau kam auf mich zu. Eine absolute Granate. Typ: Domina. Lange schwarze Haare, streng zu einem Pferdeschwanz zusammengebunden. Hinter dem linken Ohr steckte eine rote Blume. Sie trug ein hautenges weißes Kleid, das knapp unter ihrem Hintern endete. War das Leder? Ihre Beine waren von einer Länge, die für zwei Frauen gereicht hätten. Mutter Natur hatte damals bestimmt kurz überlegt, ihr pro Bein zwei Kniescheiben zu verpassen. Mit ihren hochhackigen Pumps legte sie einen Gang hin, wie man ihn von Models auf dem Catwalk kennt. Meine Güte. Und die kam geradewegs auf mich zu. Die anderen Männer sahen ihr nach, während sich ihre Nüstern weiteten. Sie sah mir schon aus der Ferne tief in die Augen, während sich ihre Augendeckel in Zeitlupe bewegten. Ich wippte immer weniger mit dem Kopf. Sie verlangsamte ihren Gang und blieb gefährlich nah vor mir stehen.

»Hallo. Ich hörte, du hast die 15!«

»Das ist korrekt.« Ich musste ein wenig den Kopf in den Nacken legen, um ihr in die Augen zu sehen.

»Und wann wolltest du dich auf den Weg machen?«

»Gerade eben«, stammelte ich, während mein linkes Augenlid nervös zuckte. Das tat es immer, wenn ich aufgeregt war.

»Wie heißt du?«

»Alexander.«

»Ich bin die Bianca. Kannst aber Bibi sagen.«

»Gut, dann Bibi.«

»Schon mal Samba getanzt?«

»Nein, aber ich kann Disco-Fox.«

»Na, das wird ja was werden«, sagte sie, nahm mich bei der Hand und zog mich zu den anderen Pärchen, die sich bereits gefunden hatten. In der zweiten Reihe entdeckte ich Michaela, die mittlerweile ihren Tanzpartner neben sich hatte. Ein junger Typ, Mitte zwanzig, sah nicht schlecht aus. Einziger Punkt, den ich zu bemängeln hatte, war sein schneeweißer Leinenanzug. Auch wenn immer behauptet wird, dass Leinen edel knittert, sah das einfach scheiße aus. Außerdem hat niemand außer einem Kapitän einen weißen Anzug zu tragen. Zu allem Übel trug er sogar noch eine weiße Fliege. Michaela aber wirkte zufrieden. Sie meinte ja, dass wir das Ganze sowieso nur meinetwegen machten. Damit wir endlich eine Frau für mich finden. Somit war es egal, mit wem sie tanzte. Hauptsache, sie hatte ihren Spaß.

Der Typ mit dem Fifi auf der Birne versicherte uns, dass noch nie zuvor die Paare sich so schnell gefunden hätten. Dann begannen er und seine Tanzpartnerin, uns die ersten Schritte zu zeigen.

»Pass gut auf!«, ermahnte mich Bibi und sah mich streng an.

Was zum Teufel machte diese Frau hier? Die suchte doch keinen Mann. Die war doch nur hier, um ihr Revier zu markieren und Männer wie mich einzuschüchtern. Wahrscheinlich ein Fetisch.

Nun waren wir an der Reihe, und die Musik begann erneut aus den Boxen zu dröhnen. Glücklicherweise war der Ammersee sehr ruhig.

Wir stellten uns Gesicht an Gesicht auf. Ihr Mund war genau in Höhe meiner Augen. Also legte ich den Kopf wieder leicht in den Nacken und grinste von unten zu ihr hoch. Sie zog nur einen Mundwinkel zur Seite und nahm meine Hand nach oben. Fester Griff! Sie zählte ein, und schon ging es los.

Sie führte. Warum nicht. Dagegen anzukämpfen wäre sinnlos gewesen. Die war bestimmt stärker als ich. Zumindest wollte ich es nicht herausfinden. Ständig drückte sie mich von sich weg und zog mich dann wieder an sich heran. Völlig willenlos ließ ich mich treiben und nutzte die Zeit, mir die Damenauswahl um mich herum ein wenig näher zu betrachten. Bibi hatte mich so fest an der Leine, ich konnte überhaupt nichts falsch machen. Ich tanzte wie auf Schienen. Gut, tanzen war vielleicht zu hoch gegriffen. Ich tippelte ihr einfach hinterher. Nebenbei setzte ich ein Standardtänzer-Dauergrinsen auf, damit es so aussah, als hätte ich Spaß. Die kleine, süße Rothaarige wirkte da weniger entspannt, weil ihr Tanzpartner ihr ständig auf die Füße trat. Dieses Problem hatte Bibi mit mir zumindest nicht. Wegen der Fliehkraft!

Zwischen den tanzenden Paaren hindurch winkte Michaela mir freudig zu. Sie war total in ihrem Element. Ihr weißer Tanzpartner hingegen war äußerst verbissen und versuchte, mit ihr Schritt zu halten. Da sich Michaela aber anscheinend in Rio de Janeiro wähnte und Vollgas gab, kapitulierte er schließlich und stand nur noch um sie herum. Herr Toupet stolzierte mit seinem Mikrofon auf der Tanzfläche auf und ab und versuchte mit der Holzhammermethode, lustig zu sein. In den Siebzigern hatten seine Gags vielleicht noch gezündet. An diesem Abend aber konnte er wahrlich nicht behaupten, dass wir sein Publikum waren.

Plötzlich – die große Wende. Partnertausch! Das fand ich gut. Michaela kam in meine Richtung und breitete die Arme aus. Doch die Rothaarige machte ihr einen Strich durch die Rechnung. Mit einer affenartigen Geschwindigkeit grätschte sie sich dazwischen und stand vor Michaela bei mir.

»Bist du frei?«

»Klar.«

Ich fühlte mich geschmeichelt. Michaela wirkte überrascht, hatte ihre Arme immer noch ausgebreitet und bog vor uns ab. Ein paar Schritte weiter hatte sie einen neuen Tanzpartner gefunden. Ein unauffälliger Typ mit Schnäuzer, Brille und angehender Glatze.

»Na, jetzt hat es doch noch geklappt. Ich habe schon ganz kaputte Zehen.«

»Du, ich weiß nicht, ob du mit mir einen besseren Fang gemacht hast.«

»Ich hab euch doch gesehen. Ihr hättet locker bei *Let's Dance* mitmachen können. Llambi hätte euch sicher zehn Punkte gegeben.«

Sieh einer an. Sie hatte mich also im Visier.

»Wie heißt du denn?«, wollte ich von ihr wissen.

»Melanie. Und du?«

»Ich bin der Alex.«

»Cool. Mein letzter Freund hieß Alex.«

»Ach was!«

Die Musik startete wieder, und unser Tanzlehrer machte uns darauf aufmerksam, dass ein Paar beim Tanzen merkt, ob es zusammenpasst oder nicht. Da hätte ich mit Heike am besten mal vorher ein Standardtänzchen wagen sollen.

»Na, was denkst du? Passen wir zusammen?«, wollte Melanie von mir wissen und grinste mich an.

So schüchtern, wie ich anfangs dachte, war die nicht. Vielleicht war genau das ihre Masche. Zuerst das hilflose, zarte Reh spielen und später dann zur Löwin werden.

»Mal sehen. Ich finde, wir sollten es nicht ausschließlich auf das Tanzen reduzieren, ob wir zusammenpassen. Meinst du nicht?«

»Hm!«

Wir bewegten uns mit rhythmischen Schritten wieder zur Mitte der Tanzfläche. Schon zu Discozeiten war mir diese Positionierung am liebsten. Ich stellte mich einfach genau ins Epizentrum und bewegte mich im Takt der Musik auf und ab. Keine Sau sah, ob ich ausgefuchste Schritte draufhatte oder nicht. Außerdem war diese Art zu tanzen lange nicht so schweißtreibend.

Schnell merkte ich jedoch, dass es mit Bibi für mich um einiges entspannter gewesen war. Von der wurde ich prima über die Tanzfläche gezogen. Melanie hingegen wollte von mir geführt werden.

»Vorhin hat das aber besser geklappt, als du mit der anderen getanzt hast.«

»Glaub mir, Melanie, das liegt nicht an dir.«

Der Travolta für Arme kam tänzelnd mit seinem Mikro in der Hand zu uns herübergeeiert.

»Na? Das läuft aber noch ein bisschen holprig, was?«

Er klemmte sich das Mikrofon unter den Arm und krallte sich Melanie.

»So, junger Mann, jetzt gucken Sie noch mal genau zu. Sie müssen die Hüften mehr einsetzen, Samba ist Leidenschaft, Liebe, Ekstase.«

Tja, mit der Ekstase war das für mich so eine Sache. Außerdem wurde die beim Anblick seines Toupets restlos abgetötet. Bei jeder Drehung hob und senkte sich das Teil wie das Höhenruder einer Boeing 747.

»Sehen Sie, wie sich Ihre Tanzpartnerin an meine Bewegungen anpasst? Da ist Feuer in den Hüften!«

Feuer am Arsch. Ich stand daneben, als wäre Einschulung und ich der Einzige ohne Tüte. Natürlich konnte ich nicht abstreiten, dass es schon sehr rhythmisch aussah, wie er mit Melanie tanzte. Laut seiner These war das nun also geklärt. Unser Tanzlehrer passte wunderbar mit Melanie zusammen.

»Na? Gesehen? So schwer ist das nicht. Geben Sie sich mal ein bisschen Mühe mit der hübschen Dame hier.«

Na, das hatte ich gern. Sich hervortun, in dem man andere runterputzt. *Pass auf, ich könnte dir mal einen anderen Tanz zeigen. Den Watschentanz, du Depp!* Eine wunderbare Gelegenheit, seinem Gegenüber etwas näher zu kommen. Nebenbei fördert dieser Tanz die Durchblutung des Gesichts.

Ich schnappte mir wieder Melanies Hände und nahm Tanzhaltung ein.

»Fühlen Sie die Musik, und lassen Sie sich treiben. Werden

Sie eins beim Tanz!«, schrie der Fifi in sein Mikro und tänzelte zum nächsten Paar, um es zu nerven.

Der hatte zu Hause bestimmt keine eigene Frau. Vielleicht hätte er besser mal die Tanzschuhe ausgezogen.

»So! Dann wollen wir zwei Hübschen mal.«

Nun gab ich richtig Gas und schmiss übertrieben meine Hüften durch die Gegend. Wenn ich den blöden Samba schon nicht hinbekam, konnte ich mich wenigstens zum Affen machen. Melanie versuchte, Schritt zu halten. Kleine Schweißperlen zeichneten sich auf ihrer Stirn ab. Klasse! Ich konnte die Dame zum Schwitzen bringen. Michaela grinste aus zehn Meter Entfernung zu mir herüber. Ich signalisierte, dass ich Spaß hatte. War zwar gelogen, aber ich wollte vor Micha nicht als der Miesepeter dastehen. Nicht, dass sie am Ende nichts mehr mit mir unternehmen wollte.

»Jetzt willst du es aber wissen, was?«, meinte Melanie und wirkte gestresst.

»Ich mach nur, was unser Tanzbär gesagt hat. Jetzt spüre ich die Musik wie die Sau!«

»Nicht so stürmisch, junger Mann«, versuchte mich Ronnie zu bremsen. »Ihre Partnerin wird gleich ohnmächtig. Kommen Sie, ich zeige es Ihnen noch mal.«

Er nahm meine Hand und legte die andere auf meine Schulter. Was sollte das denn nun?

»Ich bin die Frau!«, sagte er.

Gut, dann war das schon mal geklärt. Wir tänzelten los. Zu meinem Erstaunen klappte es wunderbar zwischen uns beiden. Anscheinend passten wir gut zusammen. Trotzdem hatte ich das Gefühl, von ihm geführt zu werden. Das musste sich ändern. Also baute ich ein paar schnelle Drehungen ein. Wir grinsten beide um die Wette und schmissen unsere Hüften umher, als würde es um den Turniersieg gehen.

Und eine Drehung nach links. Für Ronnie kam dieser

Schlenker unerwartet, und er stolperte über seine eigenen Füße. Da ich von seinem Fehltritt überrascht war, ließ ich vorsichtshalber los. Das war für Ronnie eher suboptimal, da er sich nun stolpernd und in gebückter Haltung von mir entfernte. Statt langsamer zu werden, nahm er immer mehr Fahrt auf und steuerte geradewegs auf seine Tanzpartnerin zu. Die stand mit dem Rücken zu uns. Nicht ahnend, was da auf sie zuschoss, warf sie ihren Hintern im Takt zur Musik durch die Gegend. Gerade als sie sich umdrehte, knallte Ronnie mit voller Wucht auf sie. Da sie auf diesen Körperkontakt nicht vorbereitet war, kam sie ins Straucheln und ließ das Mikro fallen, das sie für unseren Tanzlehrer gehalten hatte. Das landete direkt vor einem Lautsprecher und erfreute uns mit einer gepflegten Rückkopplung. Eine Sekunde später verloren beide das Gleichgewicht und landeten zusammen auf den Planken. Natürlich unter den Augen aller anwesenden Tanzpaare. Während des Sturzes der beiden verabschiedete sich Ronnies Toupet und flog in hohem Bogen durch die Luft. Glücklicherweise für alle Beteiligten landete das Ding genau auf dem Mikro. Mit einem Schlag war die Rückkopplung beseitigt.

Da ich jetzt alleine ohne Partnerin auf der Tanzfläche stand, war für die anderen schnell klar, dass ich dieses Debakel verursacht hatte. Melanie hatte sich nämlich zwischenzeitlich von mir entfernt. Michaela musste sich die Hand vor den Mund halten. Sie amüsierte sich köstlich.

Natürlich rannte ich sofort hin. Ein junger Typ half mir mit Ronnie.

»Tja, das ist Samba. Man weiß nie, was passiert«, sagte der, während er sich sein Haarteil wieder auf die Glatze klebte.

»Sorry. Ich war so mit mir selbst beschäftigt«, entschuldigte ich mich bei ihm, während er sein Rüschenhemd zurechtzupfte. »Da sind Sie mir doch glatt aus den Händen gerutscht.«

»Na, für mich fühlte es sich eher so an, als hätten Sie losgelassen.«

»Ach, niemals!«

Ronnie hatte sich wieder gefangen, schnappte sich sein Mikro und gab uns die Anweisung, noch einmal die Tanzpartner zu wechseln. Ich brauche wohl nicht zu erwähnen, dass die Damen einen großen Bogen um mich machten. Ich sah mich schon wieder mit Ronnie tanzen.

Glücklicherweise erbarmte sich Michaela und kam auf mich zu. »Na, bist du noch frei?«

»Ja, wieder. Mein Tanzkärtchen wird sich heute wohl nicht mehr füllen.«

»Du bist vielleicht 'ne Nummer. Nicht mal zum Tanzen kann man mit dem Autor gehen.«

»Du, entschuldige mal. Wenn der loslässt.«

Michaela prustete drauflos, und ich konnte mir nun ein Lachen auch nicht mehr verkneifen. Dies bescherte mir allerdings böse Blicke von Ronnie.

Die Musik startete wieder, und Michaela tanzte einfach Disco-Fox mit mir. Den konnte ich noch. Ronnie gab auf und ließ uns machen. Der war für diesen Abend eh bedient.

»Da hat der liebe Ronnie aber geguckt.«

»Das konnte ihm doch nur recht sein. Ich meine, wann wurde der wohl das letzte Mal flachgelegt?« Wir lachten wieder.

»Der ist mir eh suspekt«, meinte Michaela, während sie Ronnie über meine Schultern hinweg musterte.

»Alle Männer, die gerne tanzen, sind mir suspekt«, sagte ich.

»Ich hab mal mit einem Freund Schluss gemacht, weil der einen Bronze-Tanzkurs belegt hatte.«

»Na, das nenne ich aber konsequent«, lobte ich sie. »Wehret den Anfängen, sage ich immer. Vor Gold hätte der bestimmt nicht aufgehört.«

BOTOX UND ZWILLINGE

Als das Schiff nach knapp drei Stunden unseren Anlegeplatz in Stegen wieder erreicht hatte, gingen wir von Bord. Wir wurden geradewegs zum Restaurant geführt, und ich freute mich schon auf einen ruhigen Abend mit Michaela bei einem leckeren Essen. Da hatte ich aber die Rechnung ohne das freundliche Team rund um Ronnie und seinen Fifi gemacht. Die hatten sich nämlich etwas ganz Tolles einfallen lassen: Wir sollten alle neben unserem ersten Tanzpartner sitzen. So schnell konnte ich überhaupt nicht schauen, wie Bibi wieder vor mir stand.

»Na, dann wollen wir mal«, sagte sie, streckte mir ihren Ellbogen entgegen, und ich hakte mich unter.

Ich drehte mich zu Michaela um, die stehen blieb und mir nachwinkte. Ich fühlte mich, als hätte mich gerade eine Krankenschwester zur Darmspiegelung aus dem Wartezimmer geholt. Man weiß zwar, es passiert einem nichts, trotzdem ist es unangenehm.

Direkt an der Uferpromenade war eine lange Tafel aufgebaut. Weiße Tischdecken, weißes Geschirr und lila Stoffservietten. Die ganze Tafel entlang reihte sich ein silberner Kerzenleuchter an den anderen, gespickt mit ebenfalls lila Kerzen. Während andere noch rauchten oder die Toilette aufsuchten, wies mir Bibi einen Stuhl zu, den sie mir zugedacht hatte. Ich setzte mich brav hin, weil mich, ehrlich gesagt, Bibi etwas einschüchterte. Als wir saßen, sprach sie erst einmal kein Wort mit mir. An jedem Finger trug sie einen Ring. Links sogar einen am Daumen. Ihr Gesicht war sehr markant und ihre Figur zum Niederknien. Sogar im Sitzen war sie ein wenig größer als ich. An den Schuhen konnte es also nicht liegen. Ich hatte immer schon gewusst, dass ich einen kurzen Oberkörper habe.

Von der Seite betrachtet hatte sie wirklich etwas von einer Domina. Ob die wohl Spielzeug zu Hause hatte?

»Warum starrst du mich denn so an?«

»Oh, sorry. Das tut mir leid. Ich war nur grad in Gedanken.«

»Welche Gedanken denn?«, wollte sie wissen.

»Ach, ich hab mich nur gerade was gefragt.« Wunderbar. Jetzt hatte ich sie bestimmt neugierig gemacht. Niemand hätte doch nach dieser Aussage aufgehört, weiter zu bohren.

»Was hast du dich denn gefragt?«

Na bitte.

»Nicht so wichtig!« Verdammt.

»Nun sag schon!«

»Ich hab mich nur gefragt, wie alt du wohl bist.«

Super. Alexander, du Depp. Alles hätte ich in diesem Moment sagen können. Nur nicht das.

Woher kommst du? Warst du schon einmal verheiratet? Wie groß sind deine Brüste? Das wäre alles noch besser gewesen. Aber genau diese Frage war die bescheuertste, die ich stellen konnte. Meist endet sie tödlich. Zumindest endet sie in einer Gegenfrage.

»Wie alt schätzt du mich denn?«

Oh Gott!

»Hey, dort hinten kommt die Melanie!«, versuchte ich mich aus der Affäre zu ziehen.

»Ach ja. Nun sag schon, wie alt schätzt du mich?«

Was antwortet ein Mann auf diese Frage?

Schätze ich sie zu jung, fühlt sie sich von mir auf den Arm genommen. Lande ich einen Volltreffer, ist sie beleidigt, weil sie dann genauso alt ist, wie sie aussieht. Schätze ich sie zu alt, bin ich tot. Hätte ich gesagt: *Ach, man ist immer so alt, wie man sich fühlt*, wäre es auch nicht richtig gewesen. Diese Aussage bedeutet für die meisten Frauen, dass wir annehmen, sie wären schon auf der Welt gewesen, als das Neue Testament geschrieben wurde. Ich war so gut wie erledigt.

»Also?«

Sie ließ nicht locker. Wäre ich doch nur bei der Wahrheit geblieben und hätte sie gefragt, ob sie eine Peitsche und Kabelbinder zu Hause habe.

»Weiß nicht«, stammelte ich ängstlich. »Du wirkst so erfahren und reif. Siehst aber jung aus. Deine Haut ist so straff. Vielleicht dreiundvierzig?« Ich wippte mit dem linken Bein und bekam eine Wallung.

»Gut gemacht, Kleiner. Achtundvierzig! Botox! Nächsten Winter sind die Zwillinge dran.«

»Zwillinge?«

Sie deutete auf ihre Brüste.

»Ah! Und? Wie alt schätzt du mich?«

Nun wollte ich sie in Verlegenheit bringen.

Sie sah mich kurz an und legte dann los. »Du bist etwa Mitte vierzig, geschieden und hast keine Kinder. Zu deiner Exfrau hast du ein schlechtes Verhältnis, und mit einem Freundeskreis sieht es eher mager aus. Du sitzt den ganzen Tag daheim und gehst keiner geregelten Arbeit nach. Du bist nicht freiwillig hier, und seit etwas mehr als drei Stunden fragst du dich, was du hier sollst.«

Mir war irgendwie schlecht. War die Profiler oder was?

»Sag mal, kennen wir uns?«

»Nö. Aber ich habe viel mit Männern zu tun.«

Also doch Domina. »Ich bin Urologin.«

Super. Schon wieder eine Ärztin. Als ob es keine anderen Berufe für Frauen gäbe. Anscheinend zog ich Medizinerinnen an wie Motten das Licht. Eine Urologin! Da bin ich nur einmal mit vierzig im Rahmen eines großen Check-up gewesen. Heike hatte darauf bestanden. Bei dem Check-up hatte ich meine erste »große Hafenrundfahrt«. War sehr unangenehm. Bin danach nicht mehr hingegangen.

»Hundert Euro für deine Gedanken!«, sagte sie und trank einen Schluck.

»Ich? Ich denke überhaupt nichts. Doch, irgendwie schon.«

»Du denkst dir, warum ausgerechnet eine Frau Urologe wird.«

»Genau.«

»Warum werden Männer Frauenärzte?«

»Das kann ich mir wiederum vorstellen.«

»Das denke ich mir.«

»Und? Hast du viele Patienten?«, wollte ich wissen.

»Klar. Die rennen mir die Bude ein.«

Was man nicht alles auf Krankenschein bekommt. Für mich wäre Bibi allerdings die falsche Ärztin. Das Wort *AUSZIEHEN* aus ihrem Mund hätte bei mir denselben Effekt, wie wenn man einer Schnecke auf die Fühler stupst.

»Was machst du denn?«

»Ich? Ich bin Autor.«

»Ah, ein Schreiberling. Da lag ich gar nicht so falsch.«

Schreiberling. Pah! Wenigstens bohrte ich nicht mit meinem Finger …

Das Essen kam. Vor lauter Reden hatte ich nicht bemerkt, dass die Tafel bereits bis auf den letzten Platz besetzt war. Ich suchte Michaela. Sie saß genau am anderen Ende. Neben Mr Leinenanzug, der edel vor sich hin knitterte. Während mein Teller vor mir platziert wurde, entfaltete Bibi meine Stoffserviette und legte sie mir über mein rechtes Bein. Ich kam mir vor wie ein kleiner Junge. Dummerweise traute ich mich nicht, dagegen anzugehen. Michaela grinste hämisch aus der Ferne.

»Sag bloß, du hast Menü 2 genommen?« Bibi starrte entsetzt auf meine Leberknödelsuppe.

»Klar. Was ist daran auszusetzen?«

»Wenn du nicht möchtest, dass sich deine Leber irgendwann von dir verabschiedet, solltest du deinen Fleischkonsum reduzieren.«

»Na, das bisschen Suppe da. Die wird mich schon nicht umbringen.«

»Du solltest mehr Gemüse essen. Auch deine Prostata würde es dir danken!«

Das Paar gegenüber lachte schon über uns. Ich nahm allen Mut zusammen, um mir wenigstens noch ein wenig Würde zu erhalten.

»Du, Bibi, könnten wir vielleicht beim Essen nicht über meine Innereien sprechen? Das wäre wirklich nett«, sagte ich, ohne sie anzusehen, und trank schnell von meinem Pils.

»Na gut. Aber das wird sich ändern, wenn wir erst einmal zusammengezogen sind.«

Dieser Satz drückte mir mein Bier in die Nebenhöhlen. Hatte ich da irgendwas nicht mitbekommen? War das hier *Verstehen sie Spaß*?

Während ich mit meiner Suppe kämpfte, kamen ein paar Mitarbeiter des Restaurants mit Tabletts voller brennender Schwimmkerzen zu uns. Ronnie stand wieder mit seinem Mikro bereit und erklärte uns, dass jede dieser Kerzen symbolisch ein Paar von uns sei. Er würde sie nun in den Ammersee setzen und sie ihrem Schicksal überlassen.

Andächtig ging er zum See und begann, die Schwimmkerzen auszusetzen. Nebenbei spielte der DJ *My Heart will go on* von Céline Dion. Schmalziger ging es nun wirklich nicht. Ich fand das äußerst kitschig. Nicht so die Hälfte der Frauen am Tisch. Schluchzend tupften sie sich mit den Stoffservietten vorsichtig kleine Tränen von den Augen, um den Lidstrich nicht zu ruinieren. Bibi hingegen schaute cool zum See und machte mit ihrem Handy ein Foto. Wahrscheinlich für unser späteres Familienalbum. Das musste ich unbedingt noch mit ihr klären. Ich hatte schon Filme gesehen, in denen es so begann. Später endete das Ganze in einem Blutbad.

Während der gesamte Tisch Ronnies Tat mit vielen Ohs, Ahs und Applaus begleitete, sandte ich kleine Stoßgebete in den Himmel.

Lieber Gott: Bitte schick eine klitzekleine Welle auf den Ammersee und lösch das Licht von Bibis und meiner Kerze!

* * *

Meine Ochsenbäckchen waren köstlich. Michaela prostete mir aus der Ferne zu. Bibi stocherte in ihrem Marktgemüse herum. Ich nahm einen weiteren kräftigen Schluck von meinem Pils und hakte nach.

»Du, Bibi? Wie hast du denn das vorhin gemeint?«

»Was denn?«

»Na, das mit dem Zusammenziehen und so.«

Sie sah mich verwundert an, als wäre ich der einzige Mensch auf Erden, der das nicht verstanden hatte.

»Na, es ist doch alles klar. Ich hab doch gemerkt, wie es beim Tanzen zwischen uns gefunkt hat. Außerdem hast du doch den Ronnie gehört. Beim Tanzen merkt man, ob es passt oder nicht. Ich würde sagen, es passt!«

Langsam, aber sicher bekam ich wirklich Panik.

»Aber Bibi, wir kennen uns doch kaum.«

»Das kommt schon. Du bist Single, ich bin Single, wo ist das Problem? Glaub mir, die meisten Paare lernen sich sowieso erst so richtig bei der Scheidung kennen.«

Ich überlegte krampfhaft, wie ich aus dieser Nummer wieder herauskommen sollte. Die war ja besessen. Selbst Michaela würde sich an der die Zähne ausbeißen. Michaela! Genau! Die war in diesem Moment meine letzte Rettung.

»Du, Bibi, ich bin gleich wieder da«, sagte ich, legte meine Serviette auf den Tisch und stand auf.

»Wo willst du denn hin?«

»Tja, das Bier.«

»Beeil dich aber. Jetzt kommt gleich der Nachtisch.«

Jetzt aber flinke Füße. Schnellen Schrittes ging ich die Tafel entlang. Michaela blickte glücklicherweise zu mir. Panisch bedeutete ich ihr, mir zu folgen. Im Gang zu den Waschräumen wartete ich auf sie.

»Was ist denn los? Waren die Ochsenbäckchen nicht klasse? Ich hätte mich reinsetzen können.«

»Ja, Micha. Suppe, Bäckchen, alles super. Trotzdem müssen wir so schnell wie möglich hier weg.«

»Spinnst du? Jetzt gibt es doch noch das Eis. Du weißt doch, wie sehr ich Eis liebe.«

»Du, ich kauf dir morgen so viel Eis, wie du willst. Die Trulla neben mir ist wahnsinnig.«

»Ach, ihr habt so schön miteinander getanzt. Oder sollte ich besser sagen: sie mit dir?« Sie lachte.

»Michaela, das ist jetzt nicht mehr lustig. Du, die hat schon fast das Aufgebot bestellt. Können wir jetzt bitte fahren?«

»Aber du wirst dich doch noch von ihr verabschieden, oder?«

»Sag mal, hörst du mir eigentlich zu?«

»Dann lass ich ihr wenigstens ein Kärtchen von mir da. Vielleicht kann ich ein bisschen an ihr herumschrauben.«

»Glaub mir, die willst du nicht auf deiner Couch. Hier sind die Wagenschlüssel. Du gehst zum Parkplatz und holst das Auto. Ich bleibe so lange hier, komme in drei Minuten nach draußen, und dann düsen wir ab.«

»Mann! Du machst es vielleicht spannend. Na gut.«

Michaela verließ das Gebäude und machte sich auf den Weg. Ich verschanzte mich auf der Herrentoilette. Ich nahm Schritte wahr. Schritte einer Frau.

»Alexander?«

Scheiße! Bibi suchte mich bereits.

»Alexander! Bist du hier?«

Vorsichtig lugte ich hinaus in den Gang. Mit den Händen in den Hüften stand sie da und scannte das Terrain. Die konnte einem wirklich Angst machen. Sie drehte sich um und machte sich wieder auf den Weg nach draußen. Mir fiel ein Stein vom Herzen. Wie ein Dieb schlich ich zum Portal des Restaurants. Dort sollte Michaela mit meinem TT hinkommen.

Als ich fast draußen war, hörte ich plötzlich Bibi hinter mir.

»Dachte ich es mir doch. Wo wollen wir denn so schnell hin?«

»Ich … äh … du, versteh mich bitte nicht falsch, aber …«

»Nix da. Du bleibst schön hier. Mir erst den Hof machen und dann den Schwanz einziehen.«

Den Hof machen? Sie bewegte sich langsam auf mich zu, bereit, mich jeden Moment anzuspringen. Mir blieb nur noch die Flucht.

Ich stieß die Tür auf und rannte los. Bibi hinterher. Auf dem Parkplatz erkannte ich die leuchtenden Scheinwerfer meines Autos. Verdammt! Micha hatte den Wagen gerade erst gestartet. Sie sollte doch längst mit laufendem Motor hier vor dem Restaurant warten. Ich war erleichtert bei dem Gedanken, dass Bibi die hochhackigen Schuhe anhatte. Sicherlich würde ich schneller als sie sein. Falsch gedacht. Als ich mich umdrehte, sah ich, dass die Wahnsinnige ihre Schuhe ausgezogen hatte.

»Micha! Hier!«, schrie ich.

Sie blendete auf.

»Bleib stehen!«, kreischte Bibi. »Wo soll ich denn heute noch Ersatz herbekommen!«

»Tut mir wirklich leid!«, schrie ich nach hinten. »Da sitzt einer mit ’ner weißen Fliege. Der wartet schon auf dich!«

Endlich war Micha mit dem Wagen auf meiner Höhe. Sie hatte auf der Beifahrerseite geöffnet. Ich sprang rein und verriegelte das Schloss. Bibi kam näher.

»Schnell! Rückwärtsgang und Gas!«

»Da ist aber wirklich jemand scharf auf dich. Fast beneidenswert.«

»Jetzt quatsch nicht, fahr!«

Micha knallte den Rückwärtsgang rein. Kurzer Gruß vom Getriebe. Sie drückte aufs Gas. Im Scheinwerferlicht sah ich noch Bibi, die einen Schuh nach uns warf. In diesem Moment war es amtlich. Dieses Date war nicht mehr zu retten.

In sicherer Entfernung zu unserer Verfolgerin wendete Micha, legte den Vorwärtsgang ein und fuhr davon. Geschafft!

»Was hat denn da so lange gedauert?«, wollte ich wissen und schnallte mich an.

»Ja, vielleicht musste ich noch unsere Getränke zahlen?«

»Du wusstest doch gar nicht, was ich hatte.«

»Deshalb habe ich dem Typen fünfzig Euro gegeben. Die krieg ich von dir wieder.«

»Alles, was du willst. Wenn du mich nur heimbringst. Lauter Wahnsinnige auf dem Singlemarkt.«

»Trotzdem hätte ich noch gerne mein Eis gegessen.«

»Morgen bekommst du einen riesigen Becher von mir. Versprochen. Was wird denn nun dein Mann aus Leinen sagen, wenn du nicht mehr auftauchst?«

»Um den wird sich bestimmt deine Bianca kümmern!«

»Schade um den Kerl.«

Wir fuhren auf die Autobahn, und mein Puls erreichte wieder normales Niveau.

»Du, Micha? Können wir das jetzt bitte mit diesen Events lassen? Ich pack das wirklich nicht mehr!«

»Jetzt hab dich nicht so. Das war doch lustig.«

»Ja, für dich vielleicht. Ich will nur noch heim zum Leo. Der zappt sich bestimmt schon wieder durch alle Kanäle.«

»Lass ihn doch, wenn er mal sturmfrei hat.«

Michaela versprach, mich von nun an mit Singlepartys und sonstigen Veranstaltungen in Ruhe zu lassen. Letztendlich hatte sie es eingesehen, dass es ziemlich unwahrscheinlich war, auf solchen Events einen Partner fürs Leben zu finden. Für mich war es nichts anderes als 'ne Singlebörse für eine schnelle Nummer. Bevor man sich in Discotheken und Klubs die Füße wund lief, traf man dort wenigstens geballt auf Gleichgesinnte. Und so verzweifelt war ich noch lange nicht.

PUDELMAUS 28

Als Roger mit dem Tenderboot die Luxusjacht erreicht hatte, war es fast Mitternacht. Sie lag etwa zwei Seemeilen vor dem Hafen von Saint-Tropez vor Anker. Seine Kollegen vom CIA hatten ihn auf die Gästeliste gesetzt. Roger hatte schon viele Undercover-Einsätze, doch dieser war besonders heikel. Auf der Party an Bord würde die Creme de la Creme der meistgesuchten Verbrecher anwesend sein. Menschen, die keine Skrupel hatten, dafür aber genug Geld, um sich eine kleine Privatarmee leisten zu können. Drogenbosse, Waffenschieber, Menschenhändler. Roger befürchtete, vielleicht von einem der Partygäste erkannt zu werden. Dennoch ging er das Risiko ein. Mit ein bisschen Glück könnte er mit einem Schlag ein gutes Dutzend Terroristen ausschalten. Es würde Jahre dauern, bis sich die Organisationen neu formiert hätten. Normalerweise wäre dies ein Fall für die Navy Seals gewesen. Sie hätten Unterwassersprengsätze am Schiffsrumpf anbringen oder das Schiff mit ferngelenkten Unterwasserraketen in die Luft jagen können. Doch hierbei handelte es sich nicht um eine herkömmliche Luxusjacht. Diese Jacht hätte es leicht mit jedem Schiff der US-Marine aufnehmen können.

Roger war also gezwungen, in die Höhle des Löwen zu gehen. Um die Körperscanner des Sicherheitspersonals zu überlisten, waren die Sprengsätze, die er am Körper trug, mit einer Keramikhülle versehen.

Kaum an Bord, schnappte er sich von einem Tablett ein Glas Champagner und mischte sich unters Volk.

»Tanzen Sie?«

»Meinen Sie mich?« Roger spürte einen Anflug von Nervosität.

»Ja, genau Sie. Also?«

Vor Roger stand eine sehr große Frau in einem schwarzen Lederkleid. Ihre Haare, ebenfalls schwarz, waren zu einem strengen Zopf zusammengebunden. Ihre High Heels waren mit sehr hohen Absätzen versehen. Ihr strenger Blick war erotisch und zugleich respekteinflößend. Um nicht unangenehm aufzufallen, blieb Roger nichts anderes übrig, als der Aufforderung zu folgen.

»Mit Ihnen sehr gerne.« Er stellte sein Glas auf einem Tisch ab, nahm ihre Hand und führte sie auf die Tanzfläche auf dem Außendeck.

Roger ließ sich nicht anmerken, wie unsicher er sich plötzlich fühlte. Zu allem hätte sie ihn auffordern können. Reiten, Paragliding, Skifahren oder Poker. Selbst einen Hubschrauber könnte er für sie fliegen. Tanzen aber war für ihn stets die größte Herausforderung.

Es wurde ein Tango gespielt.

»Und? Was führt einen Mann wie Sie auf diese Party?«

»Ich folgte einer Einladung.«

»Wie heißen Sie denn?«

»Smith. Jack Smith.«

»Und was tun Sie so, Mr Smith?«

»Sagen wir es so, ich bin in der Reisebranche tätig.«

»Reisebranche?«

»Sozusagen. Ich befördere Menschen, wohin auch immer meine Auftraggeber dies verlangen. Wie ist Ihr Name?«

»Ich heiße Olga.«

»Was tun Sie, Olga?«

»Früher war ich in der russischen Olympiamannschaft Zehnkämpferin.«

»Oh. Und heute?«

»Heute hab ich mich nur auf einen Kampf spezialisiert. Können wir nun das Schmierentheater lassen?« Sie wurde ernst.

»Wie meinen Sie das?«

»Unsere Gesichtserkennungssoftware hat Sie erkannt. Wir schätzen es nicht sehr, einen Mann vom CIA an Bord zu haben. Sie sind so gut wie tot. Folgen Sie mir unauffällig. Wenn Sie uns keine Probleme bereiten, verspreche ich Ihnen, dass Ihr Tod nicht schmerzhaft sein wird.«

Roger musste nun handeln. Unter den Gästen war er zumindest fürs Erste in Sicherheit. Niemand der Anwesenden würde es begrüßen, dass es Männer vom Geheimdienst auf die Party schafften. Die Musik wechselte in einen schnelleren Rhythmus.

»Oh! Samba!«, rief Jack, übernahm die Führung und drehte Olga einmal um ihre eigene Achse. So tänzelte er mit ihr zum verlassenen Heck der Jacht, um Zeit zu gewinnen.

Sie hingegen versuchte gegenzusteuern. Die Samba glich nun eher einem Ringkampf. Die beiden bewegten sich gefährlich nah an der Reling entlang. Mit einem schnellen Handgriff holte Olga eine Spritze aus ihrem Dekolleté und versuchte, die Nadel in seinem Hals zu versenken.

»Schlafen Sie gut, Mr Smith.«

In dem Moment, als sie zustechen wollte, bückte sich Roger und zog seine Tanzpartnerin über die Reling. Da Olga ihren festen Griff an seinem Jackett nicht löste, zog sie ihn mit. Roger hing mit einer Hand am Schiff und trat mit aller Kraft nach Olga, die sich an seinem linken Bein festkrallte. Er traf ihre Schläfe, und Olga stürzte bewusstlos ins Wasser. Dummerweise knallte Roger mit der Brust so heftig an den Schiffsrumpf, dass sich die Zünder der Sprengsätze umgehend scharf stellten. Sie waren auf zwei Minuten eingestellt.

»Noch einen Champagner, der Herr?«

Roger sah nach oben und blickte in die Augen einer hübschen Kellnerin, die mit ihrem Tablett in der Hand zu ihm hinabstarrte.

Roger verneinte, und die Kleine zog wieder ab. Mit der freien Hand holte er einen Sprengsatz nach dem anderen hervor und befestigte sie am Rumpf. Doch hier am Heck würden sie nicht den gewünschten Schaden anrichten. Noch eine Minute. Roger ließ sich ins Meer fallen und schwamm in Richtung Bug. Bis die Sicherheitskräfte vor den Bildschirmen an Bord reagierten, würde der Kahn in tausend Teile zerfetzt werden. Er musste zusehen, dass er wegkam. Doch irgendetwas hielt ihn unter Wasser fest. Roger hatte sich mit einem Schnürsenkel am Bugstrahlruder verfangen. Noch dreißig Sekunden.

»Noch immer keinen Champagner für den Herrn? Wir haben übrigens einen Pool an Deck!«

Roger blickte nach oben. Es war wieder die Kleine mit dem Tablett.

»Nein. Aber danke für den Tipp!«

»Gerne.« Weg war sie wieder.

Nun würde es wirklich knapp werden. Nur noch wenige Sekunden bis zur Detonation. Roger tauchte unter. 3 – 2 – 1 …

»WUFF!«

»Ja, Leo. Ist ja schon gut. Willst du raus?«

Leo verschwand und kam mit der Leine im Maul zurück.

Ich hatte die restliche Nacht durchgeschrieben und war nun hundemüde. Als ich heimgekommen war, hatte Leo neben seinem Körbchen gelegen. Ich hatte vergessen, seine Decke zu richten, bevor ich mich zu Micha aufmachte. Dies holte ich nach und legte ihn hinein. Er schlief so fest, dass er mein Manöver nicht mitbekam. So konnte ich ihm an diesem Morgen wenigstens weismachen, dass er die Sache mit seinem Deckchen bestimmt geträumt hatte. Ich brauche abermals nicht zu erwähnen, dass er sich wieder die ganze Nacht die Werbung der Sexhotlines reingezogen hatte. Das war doch nicht normal. Nicht mal für einen Dackel.

Ich zog mir schnell etwas über und ging mit Leopold hinunter auf den Wiener Platz. Da es Sonntagmorgen war, hatten wir den gesamten Platz fast für uns alleine. Ich warf einen kleinen Ball quer über das Pflaster, um meinen Freund körperlich ein bisschen zu fordern. Gemächlich tippelte er dem Ball hinterher und kickte ihn dann in meine Richtung vor sich her. Ins Maul nehmen konnte er das Ding nicht, weil das schon mit Speedy besetzt war. Der durfte wie immer mit.

Wir gingen die Straße hinunter zum Friedensengel. Auf dem Weg dorthin blieb ich stehen, weil Leo sein großes Geschäft verrichten wollte. Natürlich guckte ich nicht. Auf der anderen Straßenseite wurde ich auf eine Reklametafel aufmerksam. Darauf war ein hübsches Paar abgebildet, das verliebt dreinblickte. Die Überschrift lautete:

Wir kommen nicht mehr alleine.
Schon gar nicht zu einer Party!

Was sollte das denn sein? Eine Kondomwerbung? Weiter unten auf dem Plakat dann die Auflösung. Es handelte sich um ein Internetportal für Singles mit dem Namen *Happy Date*. Ich hielt inne und überlegte, ob ich vielleicht … nein! Ich hatte die Nase gestrichen voll von diesen erzwungenen Dates. So viel Stress hatte ich während meiner ganzen Ehe mit Heike nicht gehabt. Zu jedem Topf gibt es einen Deckel. Meiner ist mir einfach noch nicht über den Weg gelaufen. Außerdem hatte ich Leo. Aus den Augenwinkeln sah ich, wie er mit höchster Konzentration sein Geschäft verrichtete. Zugegeben, Leo war nun nicht der perfekte Ersatz für eine Frau. Vielleicht sollte ich es doch mit einem dieser Portale im Internet versuchen, dachte ich mir. Ich wäre in meinem geschützten Bereich und müsste erst rausgehen, wenn die Richtige auf mein Profil reagieren würde.

»Komm, Leo, wir dackeln heim und stellen dem Papa mal ein Profil ins Netz.«

Leo legte Speedy vor sich ab und bellte zweimal, was für mich immer so viel bedeutete wie: gute Idee. Wenn der wüsste, was wir Menschen für ein Fass aufmachen, nur um einen Partner zu finden. Als Hund hatte man es da schon einfacher. Scheune auf und gut. Keine Diskussionen über den Urlaubsort, das Programm im Fernseher oder herumliegende Socken. Ich war mir sicher, dass eine Hundedame nicht überlegt, ob Leo der richtige Partner wäre. Ob er verständnisvoll sei und all diese Dinge. Wenn ich es genau überlegte, war Leo sogar ein richtiger Pascha. Er machte sein Bett nicht, ließ Speedy überall herumliegen und bellte, wenn er etwas zu fressen wollte.

Wieder zu Hause, schnappte ich mir mein Notebook und setzte mich damit auf den Balkon. Leo bekam eine Portion Leberwurst und ich ein Pils. Hey, es war Sonntag! Außerdem wollte ich ein wenig in Stimmung kommen. Sicher war es hilfreich, beim Erstellen eines Datingprofils nicht ganz nüchtern zu sein. Leo saß gespannt neben mir und starrte auf den Bildschirm.

»Dann wollen wir mal. Wie hieß die Seite noch gleich?«

»WUFF!«

»Genau. *HappyDate.de*. Ah, da ist sie schon.«

Die Anmeldung verlief reibungslos. Ich habe wieder einmal mein Geburtsdatum als Passwort benutzt. Ein Traum für jeden Hacker.

»Was steht denn hier bei ›Profil erstellen‹ … ah ja. Hier! Geben Sie Ihr Profil so wahrheitsgetreu wie möglich an. Na, ein bisschen flunkern wird doch wohl erlaubt sein, nicht wahr, Leo? Wenn ich ein Auto verkaufe, poliere ich doch auch an der einen oder anderen Stelle.«

Es ging los, und ich sollte mir einen Namen überlegen, mit dem ich bei dem Portal angesprochen werden wollte.

»Ich habe eine Idee, Leo. Schau: Dackel 1. Verdammt, den gibt es schon. Dann eben Dackel 2. Na bitte, geht doch.«

»Gewicht: 87 kg. Größe: 1,90 m. Ein Zentimeter hin oder her wird niemanden umbringen!«

»WUFF!«

»Haarfarbe: braun. Augenfarbe: braun.«

Warum habe ich nicht gleich meinen Personalausweis kopiert und als Foto angehängt?

Hobbys! Tja, was hatte ich für Hobbys?

»Leo, hör gut zu.« Ich tippte und las für ihn mit. »Ich liebe es, mit meinem Cabrio durch Schwabing zu fahren. Ich reise gerne in ferne Länder und gehe gerne shoppen. Ich mag ausgedehnte Spaziergänge und koche gerne.«

Ich fand es besser, gleich in die Vollen zu gehen. Immerhin war ich nichts anderes als Ware, die ich auf diesem Portal anbot.

Ich las weiter, und Leo hörte aufmerksam zu.

»Was zeichnet Sie aus? Erklären Sie in kurzen Sätzen, was eine Frau von Ihnen erwarten kann.«

Leo sah mich an, ich ihn. Dann wollen wir mal.

»Ich bin humorvoll und kann gut zuhören. Außerdem bin ich für Weltfrieden, Umweltschutz, und ich trenne meinen Müll.«

Das musste reichen.

»Schau, Leo, letzte Frage: Was ich nicht mag. Das geht schnell. Tanzen! … und fertig.«

Nun musste ich nur noch ein Bild hochladen. Ich scannte eines der Passfotos für meinen letzten Reisepass ein und lud es hoch.

»Was meinst, Leo. Wollen wir das Ganze nun freischalten? Vielleicht meldet sich ja bald ein Frauchen?«

Ich nahm seine Pfote und drückte damit auf ENTER. Ein paar Sekunden später war ich online im Portal.

Mein Handy klingelte.

»Kranzberger?«

»Guten Morgen. Ich bin es.«

»Hallo, Micha. Na, ausgeschlafen?«

»Das wollte ich dich fragen. Hast du dich schon erholt von deinem feurigen Date gestern?«

»Hör bloß auf. Keine zehn Pferde bekommen mich noch mal auf so einen Fleischmarkt.«

»Aber lustig war es dennoch.«

»Für dich vielleicht. Ich habe Blut und Wasser geschwitzt.«

»Was machst du gerade?«

»Ich habe mich gerade bei so einem Singleportal im Internet angemeldet.«

»Spinnst du? Weißt du, was für kranke Menschen sich im Internet tummeln?«

»Na, kränker als bei Speeddatings oder auf Schiffen am Ammersee werden sie wohl kaum sein.«

»Stimmt. Kostet das was?«

»Ja, aber nicht viel.«

Stille am anderen Ende.

»Micha?«

»Wie heißt denn das Portal?«

»*Happy Date*. Warum?«

»Nur so. Du, ich muss jetzt noch was für morgen vorbereiten. Ich habe zwei neue Klienten. Wir hören uns. Tschüüüüss!«

Die hatte es aber eilig. Ob sie sich wieder mit dem Typ aus dem Internet traf? Warum erzählte sie mir gestern nichts davon? Vielleicht gab es einfach nichts zu erzählen. Oder sie scheute peinliche Fragen meinerseits. Etwa, ob sie schon mit ihm im Bett war. Apropos Bett. War Mandy zu Hause? Vielleicht sollte ich mal bei ihr klingeln. Immer wieder ertappte ich mich dabei, dass ich an sie dachte. Finn hatte bestimmt auch schon nach mir gefragt. Ach nein. Ging noch gar nicht.

Was aber sollte ich sagen, wenn ich vor ihr stand? *Hallo. Soll ich dir noch ein paar Möbel aufstellen?* Oder: *Hi Mandy! Lust auf…* Nein! Bloß nicht. Am Ende war gerade jemand bei ihr.

***

Es war ein Sonntag nach meinem Geschmack gewesen. Leo und ich hatten den ganzen Tag faul herumgelegen. Nachmittags waren wir kurz im Café gegenüber, weil sonntags meist eine kleine Mischlingsdame vor Ort ist, die wollte ich dem Leo nicht vorenthalten. Ohne Scheu ging er rüber zu ihr und schnüffelte an ihren Geschlechtsteilen. Ach, Hunde haben es so einfach.

Am frühen Abend klingelte das Telefon. Die Nummer war unterdrückt.

»Kranzberger?«

»Ja, hallo! Ist dort Dackel 2?«, hauchte es extrem erotisch aus dem Hörer.

»Wer ist denn da?«

»Hier spricht Pudelmaus 28. Ich würde gerne mit dir Gassi gehen.«

Was war das denn? Mir war nicht bewusst, dass ich meine Telefonnummer in dem Portal angegeben hatte.

»Entschuldigen Sie. Das ist ein Missverständnis.« Moment. Diese Stimme kam mir doch bekannt vor! »Michaela? Bist du das?«

Schallendes Gelächter am anderen Ende.

»Boa, bist du gemein. War ja klar, dass du da gleich wieder reinschauen musst.«

»Ehrensache! Sag einmal, Alex, hast du denn in den letzten Tagen überhaupt nichts von mir gelernt?«

»Wieso?«

»Also bitte! Bin für Weltfrieden, habe ein Cabrio und mag ausgedehnte Spaziergänge. Bin humorvoll!«

»Und? Gut, oder?«

»Gut? Wenn du möchtest, dass sich niemand meldet, liegst du mit deinen Angaben genau richtig.«

»Wieso? Was ist denn so schlimm daran?«

»Okay. Kurze Einführung in die Psyche der Frauen für Langzeitsingles.«

»Ja, ich bitte darum! Was ist denn dagegen auszusetzen, wenn ich ›humorvoll‹ schreibe?«

Michaela seufzte. »Da denkt die gemeine Frau: Wenn er das schon hinschreiben muss, ist er es bestimmt nicht. Außerdem kann man das selbst nicht beurteilen, das liegt immer im Auge des Betrachters.«

Gut, das sah ich ein. Wollte ihr aber nicht sofort recht geben.

»Und was ist mit dem Cabrio? Ich hab doch eins!«

»Aber wenn du damit angeben musst, gehen bei uns sofort die Alarmglocken an. Da denken wir, dass du ein Blender bist.«

Hm, die Psyche der Frauen ist offensichtlich kompliziert, dachte ich.

»Und wer, bitte schön, nennt sich Dackel 2?«, fuhr Michaela fort.

»Dackel 1 war schon besetzt!«

»Na, dann hast du doch schon das perfekte Gegenstück für dich gefunden. Ihr zwei passt bestimmt gut zusammen.«

Toll. Nun war ich also in dem Portal und hielt die Damenwelt mit meinem Profil anscheinend auf Abstand. So kann man auch polarisieren.

»Und jetzt?«

»Ich komme morgen nach meinen Klienten bei dir vorbei und bring das in Ordnung. Du schuldest mir eh noch ein Eis.«

»Gut. Kriegst dann noch Extrasahne obendrauf.«

»Bist du wahnsinnig? Denk an meine Hüften!«

Sie legte auf. Wenn ich Micha nicht hätte. Dann würde sich wahrscheinlich genau eine einzige Frau auf mein Profil melden. Meine Ex!

CODENAME: LEOPOLD

Tags drauf am späten Nachmittag klingelte es. »Du ahnst nicht, welche kranken Menschen da draußen rumlaufen!«

»Hallo, Micha. Komm doch erst mal rein!«

Auf dem Weg zu meiner Couch streifte sie ihre Pumps ab, und Leo folgte ihr. Ich machte Kaffee.

»Ich hab dir doch erzählt, dass ich neue Klienten habe.«

»Ja, hast du. Zucker?«

»Nein.«

Ich stellte ihr die Tasse auf den Couchtisch und setzte mich dazu. Leo lag neben Micha auf dem Rücken.

»Stell dir vor, der Mann einer neuen Klientin hindert sie daran, abzunehmen.«

»Aber das ist doch nett von ihm. Wenn sie ihm so besser gefällt?«

»Sie ist aber sehr übergewichtig. Jetzt hat er Angst, sie könnte schlanker werden. Dadurch könnte sie die Aufmerksamkeit anderer Männer auf sich ziehen. Das wiederum könnte dazu führen, dass sie sich umorientiert.«

»Und wie hindert er sie daran?«

»Das ist der Knaller! Stell dir vor, wenn sie ein kalorienreduziertes Sößchen kocht, haut er drei Stück Butter rein, wenn sie nicht guckt. Oder er süßt ihren Kaffee, während sie noch etwas aus dem Kühlschrank holt.«

»Das ist Liebe.«

»Alex, das ist Körperverletzung! Sie kauft Lightprodukte, er kauft die normalen und füllt sie um. Das ist doch wirklich die Höhe. Ich muss mich da so zusammenreißen, dass ich nicht ausfallend werde.«

»Schau, dafür hast du meine Couch und den Leo.«

Sie setzte sich auf und trank von ihrem Kaffee. »Alexander, hast du mir da Zucker hineingetan?«

»Klar! Ich will doch nicht, dass dich andere Männer anschauen! Quatsch, natürlich nicht. Was ist denn nun mit meinem Profil?«

»Gut, dass du es erwähnst. Also, was du dir dabei bloß gedacht hast … Du bist anscheinend wirklich zu deiner ersten Ehe gekommen wie die Jungfrau zum Kind.«

»Was soll ich sagen? Heike ist einfach so passiert.«

Ich holte mein Notebook vom Esstisch und setze mich zwischen Michaela und Leo auf die Couch.

»So, ihr zwei Männer. Dann lasst mich mal schauen. Zuerst einmal müssen wir deinen Profilnamen ändern. *Dackel 2*! Da kannst du gleich schreiben: ›Lasse gerne im Bett die Socken an!‹ Das ist mindestens genauso erotisch wie *Dackel 2*!«

»Und? Was schlägst du dann für einen Namen vor?«

»Weiß nicht. Irgendwas Normales. Warum nicht einfach deinen Namen. Komm, schreib Alex!«

»Super Idee, Michaela. Und du denkst, dass Alex noch frei ist. Ist ja ein total ausgefuchster Name!«

»Probier's!«

Gut, damit Ruhe war. Ich änderte meinen Nutzernamen in Alex um und drückte ENTER. Tatsächlich. War das zu fassen? *Dackel 1* gab es schon, aber *Alex* war noch frei. Verkehrte Welt.

»Siehst du?«

»Pah! Jetzt zu den Hobbys. Warum darf ich nicht sagen, dass ich ein Cabrio habe. Ihr Frauen steht doch drauf!«

»Ich zum Beispiel stehe nicht auf Cabrios. Ich bin Allergikerin, vertrage die Sonne nicht so gut, und der Fahrtwind zerzaust mir die Haare.«

»Und warum darf ich nicht gerne kochen?«

»Weil ich dich bei diesem Satz neben mir in der Küche stehen sehe, wie du ständig nachwürzt, was ich koche. Du musst allgemein bleiben und tiefstapeln. Du darfst dich nicht so anbiedern.«

Sie nahm mir mein Notebook aus der Hand und tippte drauflos. Leo sah mich an. Ich zuckte mit den Schultern und ließ sie einfach machen. Kurz darauf schob sie den Computer wieder zu mir herüber.

»Leben und gemeinsam Neues entdecken?!«

Michaela grinste triumphierend und trank wieder aus ihrer Tasse.

»Micha, was soll denn daran nun originell sein? Das sagt überhaupt nichts über mich aus.«

»Genau. So muss es sein. Bleib geheimnisvoll und versuch nicht, dich um jeden Preis zu verkaufen. Tiefstapeln, das wollen die Frauen. Zu zeigen, was du hast und was du alles für tolle Sachen beherrschst, das kannst du in allen Profilen lesen. Das schüchtert uns Frauen ein. Da haben wir doch sofort das Gefühl, mithalten zu müssen.«

Hörte sich irgendwie plausibel an. Okay, ich konnte es schließlich immer noch ändern, wenn es nicht klappen würde.

»Was soll ich denn dann hier schreiben?«

Micha nahm wieder das Notebook zu sich.

»Was zeichnet Sie aus?« Sie überlegte kurz und tippte wieder. Ich kraulte Leo.

»Hier. Das schreiben wir«, sagte sie und schob mir das Teil wieder rüber.

»Ich bin das, was du in mir siehst!«

»Genau. Das ist Understatement, mein Lieber. Damit kriegst du sie alle.«

»Eine wäre für den Anfang nicht schlecht.«

»Irgendwo schwirrt die rum, glaub mir. Du musst nur die Augen aufmachen. Übrigens, das ist keine Bewerbung für einen Bürojob. Mach mal lieber ein anderes Foto rein. Das hier nehmen wir, wenn wir deine Vermisstenanzeige aufgeben.«

Ich ergab mich und tat einfach, was sie sagte. Außerdem hatte ich ihr ein Eis versprochen. Durch unser schnelles Verschwinden vom Ammersee blieb ihr das ja verwehrt. Wir gingen ein paar Straßen durchs Viertel ins *Venezia*.

Aus Dankbarkeit und Rücksicht auf Michas Hüften habe ich extra für sie Zitronensorbet bestellt. Sie hätte mich fast mit der Eiskarte erschlagen. Wir aßen also jeder einen Schwarzwaldbecher. Micha mit extraviel Sahne.

* * *

Leo und ich saßen noch auf meinem Balkon, während sich die Sonne für diesen Tag langsam verabschiedete. Es war ein schöner Abend gewesen. Mit Micha gab es einfach immer etwas zu lachen. Warum sie wohl keinen Mann hatte? Sie antwortete auf diese Frage immer scherzhaft: »Ich habe ja dich!« Dennoch musste sie doch Sehnsüchte haben? Auf der anderen Seite ist sie wahrscheinlich komplett von ihren Klienten abgeschreckt. Das, was sie den ganzen Tag zu hören bekam, würde mich definitiv abschrecken, mit dem anderen Geschlecht eine Bindung einzugehen. Wie auch immer, ich verbrachte gerne Zeit mit ihr, und ich gebe zu, sie hätte mir gefehlt, wenn sie auf einmal einen Mann gehabt hätte. In erster Linie natürlich wegen Leo. Er war sehr entspannt in Michas Gegenwart. Allerdings gab es schon den einen oder anderen Moment, wo ich mich fragte, ob Micha mehr als nur eine gute Freundin sein könnte.

Was aber, wenn eine Beziehung zwischen Micha und mir

in die Brüche gegangen wäre? Dann hätte ich eine gute Freundin verloren. Es war gut so, wie es war.

Micha schrieb noch eine WhatsApp. Sie habe sich nun ebenfalls bei diesem Portal angemeldet. Aber nur, um weiter mein Profil beobachten zu können. Außerdem würde sie so sehen, was andere Männer ihr schreiben. Auf diese Weise könnte sie mir besser Tipps geben, meinte sie.

Ihr Profilname war übrigens »Micha«! War das zu fassen? Entweder waren auf diesem Portal nur zwanzig Leute angemeldet, oder wir neigten alle dazu, die Dinge zu kompliziert anzugehen.

Vor dem Schlafengehen checkte ich mein *Happy-Date*-Postfach. Leo setzte sich gespannt auf die Couch neben mich.

»Sie haben … null Nachrichten!«

Leo jaulte, was das Zeug hielt.

»Ein toller Mitbewohner bist du! Lach nur, solange wir keine Vergleichsmöglichkeiten haben!«

Leo jaulte freudig weiter, und ich war mir wirklich nicht mehr sicher, ob das in diesem Moment wirklich nicht so eine Art Lachen war.

»Okay, Leo. Wir haben zwar keine Vergleichsmöglichkeiten, aber das lässt sich ändern.« Er verstummte. »Wir legen einfach für den Herrn Dackel ein Profil an, dann werden wir sehen, wer mehr Nachrichten bekommt.«

Die paar Euro war mir der Spaß wert. Leo saß wieder gespannt neben mir und wedelte mit dem Schwanz. Natürlich konnte ich kein wirkliches Foto von ihm einstellen. Also nahm ich ein älteres Foto von mir. Damals hatte ich noch Vollbart getragen. Das passte wunderbar.

»Wie alt machen wir dich denn, Leo? Dreißig?«

»WUFF!«

»Gut. Braune Haare, braune Augen, langer Schwanz … sorry, Leo, kleiner Scherz. Profilname: Leopold. Na bitte, wer sagt's denn. Nun zu deinen Hobbys. Da müssen wir allerdings ein paar Sachen weglassen. Was du am liebsten tust, wenn keiner guckt, das können wir hier sicher nicht reinschreiben.«

Jetzt schaute er mich mit seinem unverkennbaren Dackelblick an.

Nach kurzer Zeit war sein Profil fertig.

Treue Seele sucht Gleichgesinnte zwecks langer Spaziergänge und gemeinsamer Abenteuer. Ich sehe gerne Filme und gehe gerne in Cafés.

Meine Hobbys: Ich liebe die Natur, insbesondere Bäume und Büsche. Am liebsten verbringe ich meine Ferien auf einem Bauernhof. An den Wochenenden genieße ich den Fahrtwind bei einer gepflegten Cabriotour.

Ich bin ein guter Zuhörer und würde mich über eine Nachricht freuen. Späteres Beschnuppern nicht ausgeschlossen. Willst Du die Fährte mit mir aufnehmen?

»Na, Leo, was sagst du? Bis auf dein Alter und die Tatsache, dass du kein Mensch bist, haben wir nicht gelogen.«

»WUFF! WUFF!«

Oh, sogar zweimal gebellt. Ich fühlte mich geschmeichelt und speicherte das Profil.

»So, Leo. Nun ist es amtlich. Der Wettkampf ist eröffnet. Dann wollen wir doch mal sehen, wer einen größeren Schlag bei der Damenwelt hat. Jetzt lass uns noch einen Snack aus der Küche holen.«

Dafür war Leo immer zu haben.

* * *

Am nächsten Morgen nach einer kleinen Runde war ich gespannt, ob sich schon jemand auf mein Profil gemeldet hatte.

Immerhin hatte ich Unterstützung von Michaela gehabt. Sie war Frau und Diplompsychologin. Sozusagen das Komplettpaket, wenn es darum ging, ein Profil zu erstellen, auf das Frauen anspringen sollten.

Leo saß schon auf der Couch und starrte auf das Notebook.

»Tja, Leo, den würdest du jetzt am liebsten öffnen, was? Aber das geht nur, wenn man Daumen hat«, scherzte ich, was mir einen abfälligen Blick einbrachte.

»Hab's nicht so gemeint, Partner. Komm, ich helfe dir.«

Ich klappte das Display hoch, startete die Kiste und loggte mich ein.

»So, Leo. Dann wollen wir mal. Hier! Sie haben … zwei Nachrichten! Na bitte. Geht doch. Da sagt noch einer, ich sei uninteressant.«

Leo bellte ein paarmal. Er war total aufgeregt und fing an, mit seinen Pfoten auf die Tastatur zu tapsen. Manchmal machten mir diese menschlichen Züge an ihm ein wenig Angst.

»Ja, Leo. Ist ja gut. Wir schauen sofort in dein Profil.« Ich wählte ihn ein und las ihm vor. »Sie haben … achtzehn Nachrichten?!«

»WUFF! WUFF! WUFF!«

War das zu fassen? Ich, ein Mensch aus Fleisch und Blut, musste mich mit zwei schäbigen Nachrichten begnügen, während das Flohtaxi neben mir fast den Server lahmlegte? Das war wirklich zu viel.

Meine Neugier zwang mich, seine Nachrichten zu öffnen. Natürlich las ich ihm vor. Mittlerweile hatte ich mich schon wieder beruhigt. Selbstverständlich freute ich mich ein wenig für ihn. Verrückt war es dennoch.

»Hier, Leo. Die würde gerne mit dir in deinem Cabrio fahren. Da wäre halt nur wieder das Daumenproblem.«

Ich klickte mich weiter durch seinen Postkasten. Eine

nach der anderen wollte sich mit meinem Hund treffen! Wie es aussah, traf mein Niveau eher den Nerv der Damen hier als Michaelas diplompsychologisch fundierte Strategie.

»Schau mal, Leo. Da sind ein paar feurige Nachrichten dabei. Die hier zum Beispiel würde sehr gerne mit dir gemeinsam die Fährte aufnehmen. Geradewegs hinter den nächsten Busch, wie sie schreibt. Allerdings … schau dir mal das Bild von ihr an. Willst du es dir vielleicht noch mal überlegen?«

»WUFF!«

»Schau, die hier fragt, ob du ein Nudist bist! Irgendwie schon, oder? Ich könnte dich ja rasieren.«

Diesmal kein Bellen. Wie es schien, wurde ihm das Ganze zu langweilig, und er verließ die Couch. Verständlich. Er stand nun einmal nicht auf menschliche Weibchen. Vermutlich war dies für ihn jetzt genauso prickelnd wie für meine vegane Ex, als ich damals mit ihr die besten Grillrezepte durchgeblättert hatte.

Trotzdem war es seit diesem Tag amtlich: Leo würde nicht einsam sterben. Bei mir hing es offensichtlich davon ab, ob ich bei der Frauensuche weiterhin Michaelas Hilfe in Anspruch nahm.

Nach genauer Durchsicht stellte sich heraus, dass sich meine zwei Nachrichten auf eine reduziert hatten. Die erste Dame, die mir schrieb, revidierte ihre Nachricht nach einer Minute mit dem Zusatz: »Sorry, habe mich vertan. Weiterhin viel Glück!«

Also war es nur noch eine Dame, die Interesse an mir zeigte. Wer sagte aber, dass sie vielleicht nicht die EINE war? Viele Zuschriften waren noch lange kein Garant für eine erfolgreiche Partnersuche.

Die Dame, die mir schrieb, nannte sich *Kätzchen 69*! Aber ich durfte nicht *Dackel 2* schreiben.

Hallo Alex! (lustiger Profilname), ich heiße im richtigen Leben Tina und lebe in München. Dein Profil hat mich neugierig gemacht, wobei ich gerne mehr über Dich gelesen hätte. Hast Du keine Hobbys?

Ich habe viele Hobbys und bin sehr tierlieb!

»Du, Leo, die Tante hier ist tierlieb. Wollen wir uns mit der einmal treffen?«

Keine Reaktion.

Wenn Dir mein Profilbild gefällt, können wir uns gerne treffen. Vielleicht meldest Du Dich bei mir? Ich bin schon gespannt, wie Du wirklich heißt.

Ich sagte es ja. Mein Profil war schlecht. Wen sollte das denn hinter dem Ofen hervorholen? Entweder wollte Micha mein Vorhaben boykottieren, oder sie war einfach eine Spur zu intellektuell für die restliche Damenwelt. Ich schrieb Tina. Was sollte schon groß passieren. Sie meldete sich prompt zurück. Hätte ich nicht getan. Für mich sah das aus, als hätte sie schon vor dem Bildschirm gewartet. Um es mir einfacher zu machen, verabredete ich mich mit ihr im Café gegenüber, am Wiener Platz. Warum in die Ferne schweifen? Für sie war das kein Problem. Sie hatte nur vier Stationen mit der U-Bahn, und die letzten Meter waren durchaus zu Fuß zu schaffen.

Natürlich ging ich mit Leo schon eine halbe Stunde vor dem Date ins Café. Es war mir lieber, Erster zu sein. Tina wollte, dass ich als Erkennungszeichen ein weißes Poloshirt anziehe und den Kragen aufstelle. Voll Achtziger!

Jedes Mal, wenn die Tür des Cafés aufging, zuckte ich zusammen. Dann, mit einer Viertelstunde Verspätung, stand eine Frau vor meinem Tisch, die mit dem Profilbild, das ich gesehen hatte, rein überhaupt nichts zu tun hatte.

»Na? Jetzt guckst du, was? Hallo, ich bin Tina.« Sie setzte sich.

»Hallo, Tina. Ich bin Alex.«

»Und wirklich?«

»Wie? Wirklich?«

»Wie ist dein echter Name?«

»Alexander.«

»Ah. Schön!«

Ich konnte nicht umhin, diesen optischen Unterschied zur Sprache zu bringen.

»Du siehst in Wirklichkeit ganz anders aus als auf dem Foto.«

»Findest du … älter?«

»Nein. So, wie ich sage. Ganz anders. Nicht wie ein und dieselbe Person.«

»Na gut. Jetzt kann ich es dir ja sagen. Das auf dem Foto bin überhaupt nicht ich. Das Foto habe ich eingescannt und dann hochgeladen. War in so einem Bilderrahmen aus dem Kaufhaus drin.«

Toll! Da begann die erste Begegnung tatsächlich gleich mit einer Lüge. Ich wollte es einfach nicht dabei belassen. Immerhin hatte sie mich getäuscht. Seien wir ehrlich: Den Quatsch mit »schließlich kommt es auf die inneren Werte an« glaubt doch niemand. Natürlich zählt der erste Eindruck. Um ehrlich zu sein, ich hätte nicht auf ihre Nachricht geantwortet, hätte sie ein Bild von sich selbst hochgeladen. Dennoch war ich sicher, dass es durchaus Männer gab, die auf ihren Typ standen. Zumindest einen. Vielleicht auch zwei.

»Warum machst du so etwas?«

»Weil sich kein Schwein meldet, wenn ich ein Foto von mir in dieses Portal stelle. Ich schminke mich einfach gerne. Und das bisschen Botox in den Lippen. Männer sind so oberflächlich! Außerdem habe ich schon seit meiner Jugend meine Haare mit Wasserstoff gebleicht. Sag mir, dass du nicht so oberflächlich bist. Letztlich kommt es doch auf die inneren Werte an, oder?«

Gut, ich korrigiere mich. Ein Mensch auf Erden glaubte daran. Der Frau musste doch jemand die Wahrheit sagen, oder? Ich war es nicht.

»Da hast du völlig recht, Tina. Die Menschen legen viel zu viel Wert auf Äußerlichkeiten. Sag mal, das mit dem Botox, ist das nicht gefährlich?«

»Ach was. Da übertreiben die Medien. Gut, es kann schon mal etwas schieflaufen. Einmal ist das Zeug von meiner Stirn zum Auge gewandert. Da habe ich über eine Woche mein Auge nicht aufbekommen. Ich sah aus, als ob ich gegen die Klitschkos im Ring gestanden hätte. Aber das ist der Preis dafür, einzigartig auszusehen.«

Einzigartig. Da hatte sie allerdings recht. Sie sah wirklich einzigartig aus. Ich musste mich ständig zwingen, ihr nicht die ganze Zeit auf die Augenbrauen zu starren. Keine Chance. Ich starrte ständig auf diese beiden aufgemalten Striche. Die eigentlichen Brauen waren … weg.

»Was machst du denn so den ganzen Tag?«, wollte sie wissen.

»Ich schreibe. Romane!« Ich nahm einen Schluck von meinem Cappuccino und sah zum Ausgang. Gerade jetzt musste Carsten antanzen.

»Ach, das ist aber interessant. Was denn genau? Fantasy? Krimis? Horror?«

»Krimis.«

Carsten hatte uns schnell entdeckt und kam näher.

»Na, wenn das nicht unser Erfolgsautor ist!«, bekundete er so laut, dass es sicherlich auf der Toilette noch zu hören war.

»Hallo, Carsten.«

»Hallo, Alexander. Und was haben wir denn da für eine Schönheit? Wo haben Sie sich denn bisher versteckt?«

Tina reichte ihm die Hand, Carsten nahm sie entgegen und täuschte einen Handkuss vor. Tina war verzückt. Mir war das eher unangenehm.

»Ich bin nicht aus diesem Teil von München!«, erklärte Tina und wurde rot. Trotz acht Millimeter Grundierung auf den Wangen.

»Ach, ich würde sagen, Sie sind nicht von dieser Welt!«

Jetzt trug er aber zu dick auf.

»Was gibt's denn? Bist du zufällig hier, oder wolltest du etwas mit mir besprechen?«

»Setzen Sie sich doch zu uns«, bot Tina ihm an.

Hey, selbst wenn sie nicht mein Typ war, war das immer noch ein Date.

»Nein, ich möchte euch zwei Hübschen nicht stören. Alexander, rufst du mich heute noch an? Wir müssen da was wegen des Films besprechen.«

Ich versprach es ihm, und Tina wurde ganz nervös.

»Was denn für ein Film? Ich wollte schon immer Schauspielerin werden. Schon, als ich noch ganz klein war!«

»Und ich dachte, ich kenne Sie aus einer Hollywoodproduktion. Sie kommen mir so bekannt vor!« Carsten gab Vollgas, und ich wusste langsam nicht mehr, ob er sich nur einen Spaß daraus machte oder ob er Tina wirklich anbaggerte. Vielleicht übte er nur.

Tina jedenfalls fühlte sich äußerst geschmeichelt. Zur Röte kam wohl noch ein wenig Hitze dazu, jedenfalls fächerte sie sich mit der Eiskarte Luft zu, während Carsten erneut ihre Hand ergriff und einen Diener machte.

»Also, meine Empfehlung, die Dame. Alexander, ich hör von dir.«

Ich winkte ab.

»Der war total nett. Ist der Regisseur oder so?«

Normalerweise würde ein Mann in dieser Situation sein Revier verteidigen und verhindern, dass jeder dahergelaufene Honk einem den Rang abläuft. Da ich mir aber sicher war, dass ich Tina sicherlich kein zweites Mal sehen wollte, war es der Mühe nicht wert. Außerdem hatte sich Carsten dermaßen ins Zeug gelegt, da wollte ich helfen.

»Nein, Carsten ist ein Agent. Er kennt die richtigen Leute. Soll ich dir seine Handynummer geben? Dann kannst du ihn ja mal anrufen.«

»Ach, das wäre toll. Vielleicht bringt er mich ja groß raus, so, wie der geschwärmt hat!«

Ich schmunzelte innerlich und schrieb ihr die Nummer auf ein Zuckerpäckchen, das neben meiner Tasse lag.

»Was machst du denn so?«, wollte ich nun von ihr wissen, obwohl ich an der Antwort nicht sonderlich interessiert war. Small Talk eben.

»Momentan arbeite ich nichts. Bei meiner vierten Scheidung ist wieder einiges hängen geblieben.«

»Wird dir das nicht zu langweilig, den ganzen Tag?«

»Ach woher. Ich widme mich gerne meiner Kunst.«

»Was machst du denn?«

»Ich male.«

Das überraschte mich nicht. Immerhin machte sie auch vor ihrem Gesicht nicht halt. Wahrscheinlich war sie ein Gesamtkunstwerk, und ich Banause hatte sie komplett fehlinterpretiert.

»Kennt man Werke von dir?«

»Nein. Das ist doch vorgegeben. Weißt du, das sind so Sets mit den Farben, die man benötigt, und das Motiv auf der Leinwand ist durchnummeriert.«

»Ach was! Gibt's das noch?«

»Klar. Ist manchmal ganz schön knifflig.«

Ich freute mich. Nicht über Tinas künstlerische Ader. Aber auf das erste Telefonat zwischen ihr und Carsten.

In den nächsten Minuten ertappte ich mich immer wieder dabei, wie ich ihr Gesicht nach Nummern abscannte. Vielleicht hatte sie dort ein Feld übersehen, das noch nicht ausgemalt war!

»Hallo!« Sie schnippte mit den Fingern vor meinem Gesicht herum. »Ob du Katzen hast?«

»Sorry. Ich war gerade in Gedanken. Oh nein! Gott bewahre.«

»Warum? Was ist denn an Katzen auszusetzen?«

Verdammt! Bei diesen Diskussionen konnte man nur verlieren. Also, Rückzug!

»Du, überhaupt nichts. Aber ich hab doch den Leo. Der reicht mir schon. Gell, Leo?«

»WUFF!«

Ich streichelte ihn unter dem Tisch.

»Meine Mutter und ich, wir haben sechzehn Katzen.«

»Jede von euch acht Katzen?« In Mathe hatte ich immer eine Zwei!

»Wir trennen das nicht. Sie gehören uns zusammen. Seit den letzten zwei Würfen konnten wir uns einfach nicht von den kleinen Schätzchen trennen. Ich wohne bei meiner Mutter. Habe ich das schon erwähnt?«

»Nein, noch nicht.«

»Ja, sie ist meine beste Freundin. Wir sprechen über einfach alles.«

»Das ist doch schön, wenn ihr euch so gut versteht. Ich habe leider eine schlimme Katzenhaarallergie. Wenn ich nur in die Nähe einer Katze komme …«

Ich war stolz auf mich. Allergie kam immer gut. Seien es Meeresfrüchte, Käse oder Haustiere, mit einer Allergie war ich immer aus dem Schneider.

»Na, wenn ich das früher gewusst hätte! Das wird dann

wohl nichts mit uns zwei. Von meinen Katzen würde ich mich niemals trennen.«

»Du Tina, verstehe ich absolut. ABSOLUT!«

»Du bist mir doch nicht böse, wenn ich jetzt gehe, oder?«

»Nein. Komm, ich mach das hier. Schade! Wirklich schade! Aber … da kann man eben nichts machen.«

Tina stand auf und nahm ihre Handtasche.

»Sag einmal, Alexander?«, sie beugte sich zu mir herunter, »mag der Carsten denn Katzen?«

»Aber hallo! Der hätte so gerne eine.«

»Gut. Sei nicht traurig, Alexander. Du findest bestimmt eine andere.«

»Klar. Geh nur.«

Und weg war sie.

»Puh, Leo. Noch mal Schwein gehabt.«

Leo rührte sich nicht. Er lag bewegungslos da und fixierte eine Colliedame.

»Vergiss es. Was meinst du, wie die haart. Die ist nichts für die Decke in deinem Körbchen!«

Ich war mir nicht sicher, ob ich mir ein zweites Date antun sollte. Wie es schien, konnte man sich auf diese Profile ganz und gar nicht verlassen. Nur belogen wird man heutzutage, dachte ich. Egal. Immerhin konnte ich es als Recherche verbuchen. »Da wird sich doch was daraus machen lassen? Was meinst du, Leo?«

Diese Tante hatte auf jeden Fall einen anständigen Schatten, das könnte richtig ergiebig sein.

Leo bellte, und ich legte Geld auf den Tisch.

ADDIO GOODBYE

Ben hatte sich um zehn Minuten verspätet. Um diese Uhrzeit war es schwer, in der Innenstadt einen geeigneten Parkplatz für seinen Austin-Healey zu finden. Außerdem hatte er noch eine Patientin. Als erfolgreicher Schönheitschirurg konnte er es sich nicht leisten, seine wohlhabende Klientel auf den nächsten Tag zu vertrösten. King Street 18. Hier musste es sein. Da ein Hausbewohner gerade das Gebäude verließ, gelangte Ben direkt ins Treppenhaus und lief in den zweiten Stock hinauf. Dort angekommen, richtete er sich nochmals die Krawatte zurecht und klingelte. Er war nervös. Schließlich hatte Ben seit Jahren kein Date mehr gehabt. Schritte waren in der Wohnung zu hören. Klang nach Parkett.

»Da bist du ja. Hallo, Ben!«

»Guten Abend, Scarlett. Tut mir leid, ich habe mich ein wenig verspätet. London an einem Freitagabend, du verstehst?« Er reichte ihr den Strauß Rosen, den er mitgebracht hatte.

»Das ist doch kein Problem. Natürlich hättest du etwas früher … ach, was sage ich. Jetzt komm doch erst einmal herein. Wir warten schon auf dich.«

Nun wurde Ben stutzig. Wer war wir? Ben hatte Scarlett auf einem Singleportal kennengelernt. Doch von einer weiteren Person war nie die Rede gewesen. Hatte sie etwa Kinder?

»Komm mit ins Wohnzimmer, ich gebe nur noch schnell den Rosen Wasser. Das sind wirklich sehr schöne Rosen.«

Ben folgte ihr. »Das sind Baccararosen!«

Als er das Wohnzimmer betrat, stockte ihm der Atem. Wo er hinsah, saßen Katzen. Auf dem Sofa, dem Fensterbrett, auf dem Tisch und am Boden. Das meinte sie also anscheinend mit »wir«!

»Sind die nicht wunderschön?«

»Also, nett aussehen tun sie schon. Nur, ich habe eine ausgewachsene Katzenallergie.«

Während er sprach, schwoll sein Hals bereits an, und seine Augen tränten. Er schnappte nach Luft, lockerte die Krawatte und griff an den obersten Knopf seines Hemdes.

Doch es waren einfach zu viele Katzen. Kraftlos sank er auf die Knie und röchelte. Scarlett stand mit ihrem Strauß wie angewurzelt da, während sich drei Katzen an ihre Beine schmiegten. Ben kippte zur Seite, sein Blick trübte sich. So lag er da auf dem feinen Stäbchenparkett und nahm seine Umgebung nur noch schemenhaft wahr. Bevor er das Bewusstsein verlor, spürte er noch die rauen Zungen der Katzen, die ihm seinen salzigen Schweiß von der Stirn leckten. Dann wurde es dunkel.

Sein Kopf pochte. Er öffnete die Augen und versuchte, den Blick scharf zu stellen.

»Da ist er wieder!«, hörte er Scarlett freudig sagen.

»Schau einer an. Der Herr Doktor hat wohl keine große Schwäche für Katzen.« Diese Stimme kam nicht aus Scarletts Mund. Es war also noch eine zweite Person im Raum, eine weitere Frau.

Ben stellte fest, dass er die Arme und Beine nicht bewegen konnte. Er saß am Esstisch, gefesselt von oben bis unten an einen Stuhl.

»Was soll das?«, wollte er wissen.

»Nun beruhige dich doch. Das ist doch zwecklos.« Scarlett setzte sich auf den Stuhl ihm gegenüber. Zwei Katzen sprangen auf den Tisch, eine weitere auf ihren Schoß.

»Was hast du mit mir vor?«, wollte Ben wissen.

»Eins nach dem anderen. Willst du dich nicht zuerst bedanken, dass ich dir eine Spritze gegen deinen Allergieschock gegeben habe?«

»Erst wenn du mir sagst, was hier gespielt wird. Mach mich los! Was soll denn das?«

Scarlett stand auf, und die Katze auf ihrem Schoß sprang zu Boden. Sie kam näher und beugte sich zu ihm herunter.

»Hier möchte dir jemand Guten Tag sagen«, flüsterte sie und drehte sich um. »Mutter? Kommst du?«

Ben drehte den Kopf.

Eine Person trat ins Zimmer, kam auf ihn zu und blieb vor ihm stehen. Es war eine Dame mittleren Alters.

»Na? Kennen Sie mich noch?«

Ben blickte zu ihr auf. Er sah in ein verquollenes Gesicht. Die Wangen deformiert, die Lippen ungleichmäßig dick. Sie glich eher einer Raubkatze als einer Frau, die mitten in England lebt. Wer zum Teufel war sie?

»Ich kenne Sie nicht. Wer sind Sie?« Aufregung war in Bens Stimme zu hören.

»Vor Ihnen steht Ihr Kunstwerk, Herr Doktor. Sie müssten sich doch an mich erinnern. Ihre Versicherung hat mir läppische fünftausend Pfund Schmerzensgeld gezahlt. Immerhin würde sich mein Gesicht nach einiger Zeit wieder normalisieren, nicht wahr? Das ist jetzt genau vier Jahre her!«

Ben dämmerte es. Vor Jahren hatte er einmal einen Fall, der sich seitdem nicht wiederholt hatte. Er hatte seiner Patientin Botox gespritzt.

»Rose?«

»Sieh einer an, der Onkel Doktor erinnert sich!«

Die zwei Frauen lachten.

Wie sich später herausgestellt hatte, war es eine schlechte Charge gewesen, und das Botox hätte entsorgt werden müssen.

Scarlett beugte sich wieder zu Ben herunter.

»Rose ist meine Mutter. Du hast sie damals entstellt. Und jetzt kümmern wir uns um dich!«

»Aber… das war ein Versehen! Ein Kunstfehler! Ich hatte Sie damals über die Risiken aufgeklärt!«

Rose ging zur Kommode, die links von Ben stand, und holte ein Tablett, das sie zum Tisch trug. Sie zeigte ihm, was darauf vorbereitet war: Ben starrte auf acht Spritzen.

»Schauen Sie genau hin. Ich möchte mich bei Ihnen bedanken. Das ist alles für Sie. Sie müssen nicht mit mir teilen. Ich hatte ja schon!«

Ben riss an seinen Fesseln. »So seien Sie doch vernünftig! Wir können doch über alles reden. Wollen Sie mehr Geld?«

Die beiden Frauen achteten nicht auf Bens Flehen.

»Sagen Sie ruhig, wenn es wehtut. Sie können es aber genauso gut lassen!«, sagte Rose, setzte die erste Spritze an Bens Wange an und drückte die Nadel in seine Haut. Ben zuckte zusammen. Einen Augenblick später spürte er, wie Scarlett eine weitere Spritze an der Lippe ansetzte. Fast alle Katzen waren nun auf dem Tisch versammelt und sahen neugierig dabei zu, wie sein Gesicht…

»So ein Quatsch!«

Mein Handy klingelte. Es war Carsten.

»Hey, Carsten! Was gibt's?«

»Sag mal, hast du der Wahnsinnigen etwa meine Handynummer gegeben?«

»Wem genau?« Ich zwinkerte Leo zu, der gerade zu mir herdackelte.

»Jetzt tu nicht so. Die Tante ruft ständig an und textet mich mit SMSen voll!«

»Du, sorry. Ich dachte, du stehst auf die. So, wie du dich aufgeführt hast?«

»Spinnst du? Das war doch nur Spaß. Du müsstest doch meinen Frauengeschmack langsam kennen, oder?«

»Du, ich hab extra nicht mit der weitergemacht, weil ich Rücksicht auf euch nehmen wollte. Die fand dich richtig klasse!« Ich musste mich zusammenreißen, um nicht laut loszulachen.

»Toll! Jetzt kann ich meine Nummer ändern. Wer war das überhaupt?«

»Alles Recherche. Für meinen neuen Roman, weißt du?«

»Nein, weiß ich nicht. Du erzählst mir ja nichts. Um was geht es da noch mal?«

»Es geht um einen Langzeitsingle.«

»Und deine Tina da soll die Auserwählte sein, oder was?«

»Klar. Die hat es auf Männer wie dich abgesehen. Weiß Tina schon, wo du wohnst?«

»Untersteh dich! Wie weit bist du denn schon mit deinem Kunstwerk?«

»Carsten, du weißt, wie ich mit Druck umgehen kann.«

»Na, überhaupt nicht!«

»Eben! Also lass künftig diese Fragerei. Der Roman ist fertig, wenn ich dir das Manuskript gebe. Alles andere ist kontraproduktiv.«

Ich konnte ihm nicht sagen, dass ich bisher wenig bis gar nichts hatte. Diese Blöße wollte ich mir nicht geben.

»Carsten, wolltest du mir nicht was erzählen?«

»Ach ja. Die Sache mit dem Film steht. Nächste Woche bekomme ich den Vorvertrag, dann müssen wir noch ein paar Sachen ändern, und du unterschreibst mir das Ding.«

»Meinetwegen.«

»Was heißt hier meinetwegen? Endlich klingelt wieder einmal die Kasse. Ein bisschen Freude könntest du schon zeigen!«

»Tu ich doch. Jetzt lass mich weiterschreiben.«

»Okay. Und hör auf, wildfremden Frauen meine Nummer zu geben.«

»Und wenn sie hübsch sind?«

Er legte auf. Der wird sich hüten, mir noch mal auf diese Weise in ein Date zu grätschen. Ich gab Leo ein Stück seiner Leberwurst und ging auf den Balkon.

Der Wiener Platz war sehr belebt.

»Schau, Leo, irgendwo da unten ist unsere Story. Oder vielleicht sogar ein neues Frauchen für dich? Aber wie finden wir die?«

Leo steckte seinen Kopf durch das Geländer und bellte einmal nach unten. Eine ältere Dame winkte hoch. Ich grüßte.

»Ein bisschen jünger sollte die Frau schon sein.«

Leo wedelte mit dem Schwanz, ich ging zurück an mein Notebook und klappte es zu.

* * *

Ich hatte gerade Nudeln mit Tomatensauce fertig, als es klingelte. Es war Micha.

»Hast du einen Schnaps? Ich frage mich, wie lange ich diesen Job noch machen kann.«

Bevor ich etwas erwidern konnte, ging sie an mir vorbei in die Wohnung und steuerte meine Couch an. Leo folgt ihr schnurstracks.

»Klar, komm einfach rein«, sagte ich der Vollständigkeit halber.

Leo drückte sich neben sie aufs Sofa und ließ sich die Wampe kraulen. Micha war so ziemlich der einzige Grund, dass er sein Fressen unterbrach.

»Was willst du denn für einen Schnaps?«

»Egal. Irgendwas, das ordentlich knallt.«

Ich schenkte ihr einen Obstbrand ein. »Magst du was mitessen? Ich hätte Nudeln fertig.«

»Nudeln am Abend! Bist du wahnsinnig? Weißt du, was

morgen meine Waage dazu sagt? Schon mal was von Kohlenhydraten gehört?«

Ich stellte ihr die Flasche auf den Couchtisch und holte den Topf mit meinem Abendessen aus der Küche.

»Es stört dich doch nicht, wenn ich nebenbei esse?«

»Quatsch«, sagte sie, setzte sich abrupt auf, sodass Leo von der Couch fiel, und kippte den Brand auf ex.

»Na, was ist denn passiert?«

»Ich habe Psychologie studiert. Das ist passiert.«

»Hattest du wieder einen Spezialfall? Erzähl doch mal.«

»Aber nicht weitersagen, okay?«

»Michaela, wie lange kennen wir uns jetzt?«

»Schon gut. Stell dir vor, ich habe einen Klienten, der sich in mich verliebt hat.«

»Das ist doch schön. Muss doch nichts Schlechtes sein.«

Michaela stand auf, ging wie selbstverständlich in die Küche, holte sich Teller und Besteck und setzte sich zu mir an den Tisch. Sie nahm sich Nudeln aus dem Topf und begann zu essen.

»Hast du Parmesan?«

»Leider nein.«

Sie stand wieder auf und holte sich ein Rotweinglas, um sich etwas Merlot einzugießen. Nach einem kräftigen Schluck erzählte sie weiter.

»An sich ist es schön, wenn sich ein Mann in mich verliebt. Es ist nur die Art und Weise, wie er das zum Ausdruck bringt. Ganz abgesehen davon, dass ich mit Patienten nichts anfangen darf und will.«

Sie stand noch einmal auf und holte sich eine Serviette. Also eine Unruhe brachte diese Frau in meine Wohnung, sagenhaft!

»Er hat sich von meiner Webseite ein Bild von mir heruntergeladen. Dann hat er meinen Kopf ausgeschnitten, ihn neben ein Bild von sich geklebt, das Ganze in einen Rahmen gepackt und mir heute auf meinen Schreibtisch gestellt. Ich bin so erschrocken! Ist noch Wein da?«

Ich schenkte ihr nach.

»Außerdem hat er mir eröffnet, dass er sich extra für mich von seiner Frau getrennt hat, damit unserer Liebe nichts mehr im Weg steht.«

Gott, ich liebte diese Geschichten. Zu schade, dass ich dieses erstklassige Material nicht verwenden durfte. Die Storys, die Micha regelmäßig anschleppte, waren besser als jede Dokusoap.

»Kannst du ihn denn nicht an einen Kollegen abgeben?«

»Habe ich ihm heute vorgeschlagen.«

»Und?«

»Er meinte, ich solle seine Gefühle für ihn nicht unterdrücken. Dann griff er in seine Tüte und holte …«

»… eine Waffe heraus?«

»Quatsch. Du schreibst zu viel Krimis. Einen CD-Player. Er hat das Ding rausgeholt und für mich *Eine neue Liebe ist wie ein neues Leben* von Jürgen Marcus gesungen. Habe ich übrigens schon erwähnt, dass er ein weißes Sakko und Schlaghosen anhatte?«

Ich musste mir ein Lachen verkneifen. »Sing du ihm doch das nächste Mal *Addio Goodbye* von Mary Roos vor. Vielleicht versteht er nur die Sprache der Musik?«

»Also, verarschen kann ich mich selbst. Gib mir lieber noch einen Schnaps.«

Bei dieser Gelegenheit trank ich einen mit und versuchte es zur Abwechslung mit Anteilnahme.

»Was willst du denn jetzt machen?«

»Abwarten, wie sich das entwickelt. Auf jeden Fall gruselt mich das Ganze. Darf ich heute bei dir schlafen?«

»Weiß nicht, da müssen wir meinen Mitbewohner fragen.«

Wir schauten beide zu Leo, der mittlerweile in seinem Körbchen mit Speedy kämpfte.

»Leo?« Er dackelte zu uns. »Sag einmal, spricht etwas dagegen, dass die Michaela heute bei uns schläft?«

»WUFF!«

»Okay, geht klar. Ich nehme die Couch, und du darfst in mein Bett. Hast etwas zum Schlafen dabei?«

»Ach, woher denn. Ich bin gleich, wie der weg war, abgedüst.«

»Na, wir finden schon ein großes T-Shirt für dich.«

Was für eine nette Überraschung. Ein Abend, an dem ich nicht mit Leo allein war. Wir saßen noch lange auf dem Balkon, lauschten dem Biergartenbetrieb unter uns und leerten eine weitere Flasche Merlot. Natürlich mit kleinen Schnapsunterbrechungen. Leo schlief irgendwann auf Michas Schoß ein.

Es war bestimmt schon weit nach Mitternacht, als wir zu Bett gingen. Wir sind auch nicht freiwillig reingegangen. Es hat nur den Nachbarn nicht sonderlich gut gefallen, dass wir ständig Jürgen Marcus zum Besten gaben. Kulturbanausen!

GEORGE CLOONEY UND HEINO FERCH

Ich hatte Micha früh geweckt, weil sie zu Hause noch duschen wollte, bevor sie ihre Praxis aufsperrte. Total verkatert schlich sie aus dem Haus. Das war mir nur recht. Es wäre mir unangenehm gewesen, wenn Mandy uns gesehen hätte. Nicht, dass ich Rechenschaft ablegen musste. Trotzdem wäre es unnötig gewesen. Alleine deshalb, weil Michaela wirklich nur eine gute Freundin ist. Als sie weg war, machte ich Anstalten, mich wieder hinzulegen. Da hatte ich aber die Rechnung ohne Leo gemacht. Der war natürlich wach geworden. Das führte dazu, dass er früher als sonst zum Busch wollte. Diesen Wunsch erfüllte ich ihm selbstverständlich, da mir mein Parkett heilig war. Außerdem konnte ich dadurch gleich Semmeln beim Bäcker holen. Hätte ich nicht so einen Schädel gehabt, ich hätte die Morgenluft glatt genossen. Sei's drum, das war mir der Abend mit Micha wert. Lange hatten wir nicht mehr eine solche Gaudi gehabt.

Mit Heike hatte ich nie so ausgelassen sein können. Ich konnte mich beim besten Willen nicht daran erinnern, dass sie auch nur einmal einen Witz erzählt hat. Ihr war nur eines wichtig: ihre Karriere. Nein, falsch! Etwas anderes war ihr fast noch wichtiger: Ich sollte zu ihrer Karriere passen. Da hatte ich ihr aber einen gehörigen Strich durch die Rechnung gemacht. Denn das passte nun wirklich nicht. Eine erfolgreiche Medizinerin neben einem Schreiberling. Das fanden übrigens ihre Grünwalder Kollegen ebenso. Wenn die wüssten, dass ich in letzter Zeit hauptsächlich Groschenromane geschrieben hatte, würde die ganze Sippe nachträglich Heike die Freundschaft kündigen.

Zugegeben, ich war schon ein wenig verwundert, als mir Heike irgendwann offenbart hat, dass es ihr vor ihren Freunden peinlich war zu erzählen, mit was ich mein Geld verdiene. Hallo? Ich war und bin Autor. Noch dazu kein schlechter! Eine Beziehung sollte auf anderen Werten aufbauen. Genauso gut hätte sie sagen können: Alexander, du passt nicht mehr zu meinen Möbeln.

Als ich mit Leo wieder unser Wohnzimmer betrat, öffnete ich mein Notebook und sah auf dem Bildschirm eine EINS neben dem Briefkuvert. Sieh einer an, ich hatte eine Nachricht.

Ich versorgte Leo, wobei mir auffiel, dass unser Leberwurstvorrat zur Neige ging, und setzte mich mit meinem Frühstück vor den Bildschirm. Vorsichtig klickte ich auf das Kuvert, und die Nachricht von *Happy Date* öffnete sich. Sieh einer an, viel Text. Das bedeutete, dass es nicht wieder eine Entschuldigungsmail war, weil sich jemand verklickt hatte.

Hallo Du.
Ich heiße Harley 71 und im echten Leben Anna.
Soeben habe ich Dein Profil gelesen. Du gibst kaum etwas von Dir preis. Aber das gefällt mir. Dein Foto finde ich gut.

Ich atmete durch, trank von meinem Kaffee und las weiter.

Bleibt mir also nur eines: Ich muss ein wenig von mir erzählen. Ich liebe die Natur und die Straße. Gerne reise ich und lasse die Abende mit Freunden bei einem kleinen Lagerfeuer ausklingen. Ich mag ruhige Männer, weil sie ein guter Gegenpol zu mir sind. Ich achte auf mich, kann aber ebenso eine Rockerbraut sein, die gerne Billard spielt. Meinen Freunden ist es egal, wer oder was

Du bist. Hauptsache, Du bist gesellig und hast nichts gegen ein gepflegtes Bierchen einzuwenden.

Anscheinend waren ihr ihre Freunde wichtig. Scheinen aber nette Typen zu sein. Sitzen bestimmt gerne im Biergarten bei einem Feierabendweizen.

Wenn ich Dich neugierig gemacht habe, würde ich mich gerne mit Dir treffen. Lust?

Klar hatte ich Lust. Wie sie wohl aussah? Das ließ sich schnell herausfinden. Ich klickte auf den Link und wurde auf ihre Profilseite umgeleitet.

Das Profilfoto sah klasse aus. Lange blonde Löwenmähne, sportliche Figur. Sie trug eine Lederkombi und posierte auf einem Motorrad. Wahrscheinlich ein Model! Dezent geschminkt. Hoffentlich war das nicht wieder so ein Foto aus einem Kaufhausbilderrahmen. Neben ihrem Profilbild blinkte ein grüner Punkt. Das bedeutete, dass sie online war.

Ob ich ihr schreiben sollte? Alles oder nichts.

Hallo, Harley 71, oder besser Anna.

Hallo, Alex. Schön, dass Du Dich meldest. Wie darf ich Dich denn ansprechen?

Einfach Alex oder Alexander.

Das ist ja witzig. Du heißt wirklich so?

Ja!

LOL!

Tolles Foto hast Du da in Deinem Profil. Bist Du das?

Klar, wer sonst?

Ich würde Dich gerne kennenlernen. Wann hast Du denn Zeit?

Was hältst Du denn von heute Abend?

Kein Thema. Passt.

Prima. Ich mag spontane Männer. Ich hole Dich ab.

Das fand ich gut. Eine emanzipierte Frau. Und ich konnte was trinken.

Ich wohne am Wiener Platz. Komm einfach zum Brunnen.

Wann?

19.00 Uhr?

Perfekt. Ich freue mich!

Dito!

Puh, das wäre geschafft.

Plötzlich beschlich mich eine leichte Unruhe. Was, wenn die genauso verrückt war wie Tina? Dann wüsste sie jetzt, wo ich wohne. Langsam, Alexander. Nicht alle Frauen waren wie Tina. Ich machte mir keine weiteren Gedanken darüber. Vielmehr stellte sich die Frage, was ich anziehen sollte. Eine Frau wie sie hat wahrscheinlich Ansprüche. In Jeans wollte ich jedenfalls nicht auftauchen. Also blieb mir keine andere

Wahl, als wieder meinen Anzug und das weiße Hemd aus dem Schrank zu holen. Schließlich wollte ich nicht, dass sie später von ihren Freunden gefragt wurde, was für einen komischen Vogel sie denn letztens dabeigehabt hatte. Ich wollte, dass sie fragten: Hey! Wer war denn der Typ?

Ja! Ich wollte der Typ sein. Aber kein unrasierter. Ein Blick auf die Uhr sagte mir, dass ich noch etliche Stunden Zeit bis zu meinem Date hatte. Also machte ich es mir auf dem Balkon gemütlich. Die durchzechte Nacht mit Micha saß mir noch schwer in den Knochen. Ich wollte sie anrufen, um ihr von meinem neuen Date zu erzählen. Aber ich entschied mich dagegen. Das hätte so ausgesehen, als ob ich prahlen wollte. Sie hatte es eingeführt, dass wir uns nicht mehr alles erzählen, also hielt auch ich mich daran. Außerdem lief ich dann Gefahr, dass sie uns womöglich folgte, um zu analysieren, wie ich mich machte. Die Vorstellung, dass ich mit Anna in einer Bar saß, und über ihre Schulter winkt mir Micha zu, untermauerte meinen Entschluss, einfach mal die Klappe zu halten. Ich konnte im Nachhinein entscheiden, ob ich ihr von dem Date erzählte oder nicht.

* * *

Noch eine halbe Stunde. Ich fand es klasse, dass Anna mich abholte. Auf diese Weise konnte ich mir ein Gläschen mehr genehmigen, was meine Nervosität sicher dämpfen würde. Ich stand vor dem Spiegel und musterte mich. Leo stand neben mir und knurrte sein Ebenbild an.

»Gell, Leo, jetzt ist es so weit. Dein Herrchen hat ein richtiges Date. Und, was meinst du? Wie schau ich aus?«

»Wuff!«

»Da wird sie schauen, die liebe Anna.«

Ich zupfte ein Hundehaar von meinem Anzug und ging

vorsichtshalber nochmals mit dem Fusselroller drüber. Nicht, dass ich Annas Wagen mit Leos Fell markierte. Was sie wohl für ein Auto fuhr? Bestimmt irgendwas Schickes. Auch eine Frau würde einen Mann niemals mit einer schäbigen Rostlaube abholen. War es komisch, dass ich mich von einer Frau zum ersten Date abholen ließ? Nein. Immerhin war ich emanzipiert. So konnte ich zeigen, dass ich mit Frauen klarkam, die sich nicht von Männern abhängig machten.

Als ich Leo den Fernseher anstellte, naschte er bereits an seiner Leberwurst. Es war die letzte. Ein Spaziergang in die Prinzregentenstraße morgen war unumgänglich.

Ich wollte ihm gerade den *Kommissar Rex* einlegen, als eine Sendung im Zweiten seine Aufmerksamkeit weckte. Es lief eine Doku über ein Tierheim auf Mallorca. Er ließ von seiner Wurst ab und ging zum Bildschirm, um diesen anzuwinseln. Manchmal war er mir direkt unheimlich.

»Leo, magst du das schauen? Aber nicht, dass dir das zu spannend ist. Dann kannst du wieder nicht schlafen. Es gibt dann kein Nachtgassi, ich sage es dir gleich!«

Leo beachtete mich nicht. Also, der Herr hatte entschieden. Vielleicht war die Doku gar nicht so schlecht. Dann sah er mal, wie gut er es hier in München bei mir hatte. Wie ich aber meinen Hund kannte, interessierten ihn die Zustände in diesem Tierheim überhaupt nicht. Wahrscheinlich war für ihn nur wichtig, dass dort die Sonne schien und ab und an ein weiblicher Vierbeiner durchs Bild huschte. Hauptsache, er machte keinen Blödsinn.

»Servus, Leo. Iss schön auf und mach nicht zu lange. Ich lass die Balkontüre offen, dann kannst du dem Papa noch winken, wenn die Anna kommt.«

»Wuff.«

Es wurde Zeit, nach unten zu gehen. Auf dem Wiener Platz war einiges los. Die ersten Pärchen schlenderten in den angrenzenden Biergarten, die Luft war warm. Lässig schulterte ich mein Sakko und schlenderte mitten über den Platz Richtung Brunnen. Oder vielleicht sollte ich doch nicht gleich zum Brunnen gehen? Das sah womöglich so aus, als würde ich schon lange auf sie warten. Ich schwenkte um und ging am Brunnen vorbei. Dumm wäre es nur gewesen, wenn sie auftauchte, und ich war nirgendwo zu sehen. Dann käme ich eventuell mit der Wertschätzung ihr gegenüber in einen Konflikt. Ich drehte um und steuerte den Brunnen wieder an. Ein Geschiss war das. Vielleicht zog ich das Sakko lieber an. Was würde George Clooney tun? Ich sah zu der Plakatwand am andern Ende des Platzes. Dort war er abgebildet und hielt eine Armbanduhr in die Kamera. Er hatte sein Sakko an und den obersten Hemdknopf geöffnet. Ich tat es ihm gleich. Für einen Mann gab es genau zwei Vorbilder, wenn es um Klamotten ging: George Clooney und Heino Ferch.

»Na, da hat sich aber einer rausgeputzt!«, hörte ich eine Frauenstimme sagen.

Ich drehte mich um und sah in Mandys wunderschöne Augen. Finn, den sie auf dem Arm hatte, nuckelte wie irre an seinem Schnuller. Mist! Gerade jetzt musste sie auftauchen.

»Hey, ihr zwei. Wo kommt ihr denn her?«

»Ich hab mir nur schnell was vom Thai geholt«, sagte sie und hob die Tüte mit Essen in die Höhe. Feiner Currygeruch stieg mir in die Nase. »Und du? Hast du ein Date?« Sie musterte mich von oben bis unten.

»Nein. Ich treffe mich nur mit einem Bekannten auf ein Bier.« Am liebsten wäre ich mit hochgegangen und hätte den Abend mit ihr und Finn verbracht. Meinetwegen hätte ich auch einen Chianti getrunken. »Jetzt geht aber schnell hoch, sonst wird dein Essen kalt.«

»Machen wir. Siehst wirklich gut aus. Muss ich schon sagen. Also, schönen Abend!«

»Danke, dir auch. Ich meine natürlich euch auch. Tschüss, Finn!«

Ich winkte ihm, bis die beiden im Hausflur verschwanden. Schon lieb, der Kleine.

Leo schaute vom Balkon herunter und bellte. Ich winkte zu ihm hoch. Anscheinend war er schon sehr gespannt auf mein Date. Immerhin könnte es sich bei der Dame um sein nächstes Frauchen handeln. Während ich nach oben winkte, vernahm ich laute Motorengeräusche. Ich drehte mich um.

Eine Harley-Davidson fuhr auf den Wiener Platz. Die Maschine glänzte vor lauter Chrom. Die Satteltaschen waren nietenbesetzt, und von den beiden Lenkergriffen hingen lange Lederbänder. Der Fahrer trug einen schwarzen Helm und eine Sonnenbrille. Vor dem Mund hatte er ein Tuch, auf dem kleine Totenköpfe aufgedruckt waren. Maschine samt Fahrer steuerte direkt auf mich zu, und Leo kriegte sich gar nicht mehr ein. Er bellte wie verrückt. Ich wusste nicht, was das sollte. Was wollte der Typ? Wollte der mich anmachen oder was?

Die Maschine kam vor mir zum Stehen. Nachdem der Fahrer das Teil noch zweimal hatte hochheulen lassen, verstummte der Motor.

»Ist was?«, traute ich mich zu fragen und hätte mich zugleich für diese bescheuerte Frage ohrfeigen können.

In zwei Situationen darf man diese aggressiv wirkende Frage niemals stellen: im Knast und wenn ein Motorradrocker vor einem steht.

Der Fahrer klappte mit dem Stiefelabsatz gekonnt den Seitenständer herab und stieg von der Maschine. Dann blieb er vor mir stehen und nahm den Helm ab. Mein Mund wurde trocken, und ich schluckte wie ein Bekloppter. Unter dem Helm kam eine lange blonde Löwenmähne zum Vorschein. Mein Hirn ratterte und setzte in einem Bruchteil einer Sekunde verschiedene Informationen zusammen. Klar. Er war eine Sie!

HARLEY 71! Sie war kein Model für Motorradbekleidung und nicht zwingend ein Cabriofan. Als sie ihre Mähne nach hinten schmiss, wirkte es auf mich, als geschehe alles in Zeitlupe. Dann hatten die Haare ihre endgültige Position erreicht und kamen zur Ruhe. Sie nahm ihre Sonnenbrille ab. Dann zog sie das Tuch nach unten, und ihre vollen Lippen kamen zum Vorschein. Ich musste mich zusammenreißen, um ihr nicht sofort an Ort und Stelle ihre Lederkombi vom Leib zu reißen. Die Situation war extrem scharf und einschüchternd zugleich. Ich musste allerdings ziemlich doof aus der Wäsche gekuckt haben. Sie kam aus dem Grinsen überhaupt nicht mehr heraus. Nachdem sie ihren Helm an den Lenker gehängt hatte, wandte sie sich mir zu.

»Ich glaube, wir haben ein Date!«

»Du musst die Anna sein. Oder sollte ich besser ›Harley 71‹ sagen?«

»Ich dachte, ich nutze das schöne Wetter und komm mit meinem Baby. Sag einfach Anna. Hi!« Ich bekam die Schwabinger Bussiversion links-rechts-links. »Dann bist du also der Alex. Genau wie auf dem Bild. Schick!«

»Ach, danke.«

»Damit hast du wohl nicht gerechnet, was?«

»Mit was denn?«

»Na, dass so eine Rockerbraut mit ihrer Maschine ankommt.«

»Na klar!«, log ich. »Das lag ja auf der Hand. Harley 71, dann das Bild … da habe ich eins und eins zusammengezählt.«

»Und das hat dich nicht abgeschreckt?«

»Warum denn?«

»Ach, ich habe da so meine Erfahrungen. Traust du dich?«

»Was trauen?«

Sie streckte mir einen Helm entgegen, der mit einem Expander am hinteren Teil der Maschine befestigt gewesen war.

»Springst du auf?«

»Natürlich!«

Ich war alles andere als passend für eine Motorradtour angezogen. Gegen sie sah ich aus wie ein Banker im ersten Lehrjahr. Ich erwog, schnell nach oben zu laufen, um etwas anderes anzuziehen. Doch das wäre mir peinlich gewesen. Ebenso hätte ich zu ihr sagen können: »Bitte warte kurz, Anna, ich muss noch schnell meinen Lidstrich nachziehen!« Ich war ein Mann! Ich hatte jede Situation so zu nehmen, wie sie kam.

Ich nahm ihr den Helm ab und setzte ihn auf. Er miefte nach Abgasen. Egal! Ich war auf der Straße zu Hause. Zumindest wollte ich den Eindruck erwecken. Allerdings machte mir meine Anzughose beim Aufsitzen zu schaffen. Da war nicht viel Spielraum, um sportliche Bewegungen durchzuführen. Lässig schmiss ich ein Bein über den hinteren Teil der Sitzbank und hörte, wie die Naht zwischen meinen Beinen riss.

»War was?«

»Alles bestens«, versuchte ich die Situation zu überspielen.

Na und, dann war die Hose halt hin. Glücklicherweise war der Riss nicht zu groß und bestimmt kaum zu sehen. Dennoch war ich froh, dass ich hinten saß. Vorne hätte es während der Fahrt an der Stelle bestimmt unangenehm gezogen. Dumm war halt nur, dass ich sehr breitbeinig hinter Anna saß. Dadurch zog es mir die Hosenbeine dermaßen nach oben, dass meine Waden fast komplett zu sehen waren. Und meine viel zu hellen Socken.

Anna startete mit lautem Getöse die Maschine, und ich schaute nochmals zu Clooney rüber. Ich schämte mich vor ihm. Ein letzter Blick zu Leo. Der bellte wie wild das Motorrad an. Oder er hatte die Befürchtung, mich niemals wiederzusehen.

»Bereit?« Anna spielte mit dem Gas und legte mit ihrem Bikerstiefel den ersten Gang ein.

»Klar!«, schrie ich. »Ich darf mich doch an dir festhalten, oder?«

»Immer ran an die Hüften!«

Das ließ ich mir nicht zweimal sagen. Wir knatterten los.

»Wo geht's eigentlich hin?«, wollte ich wissen. Vielleicht kannte sie ja ein nettes Lokal.

»Du, heute ist 'ne Party in einer Bikerbar. Ist ein bisschen außerhalb. Das macht dir doch nichts aus, oder?«

»Du, kein Thema! Rock on! Allerdings wäre ein schicker Italiener auch nett gewesen.«

»Gerne ein andermal. Dafür bin ich heute nicht passend gekleidet.«

Toll. Was sollte ich denn sagen. Nicht passend gekleidet! Dieses Date mit der scharfen Braut hatte ich mir anders vorgestellt. Aber manchmal muss man sich einfach auf neue Dinge einlassen, sagte ich mir. Mir war alles recht. Hauptsache, Clooney und Ferch sahen mich nicht.

DER KOMMISSAR

Als wir an der Bikerbar ankamen, dachte ich, wir seien irgendwo in Amerika am Highway 51. Motorräder, so weit das Auge reichte. Und Rocker. Sehr viele Rocker. Mit langen Bärten, Sonnenbrillen und Dosenbier bevölkerten sie den Bereich vor dem Eingang und begutachteten gegenseitig ihre schweren Maschinen.

»Du, Anna? Magst nicht deine Maschine ein wenig abseits abstellen? Sonst parken die dich noch zu. Dann kommst du nachher nur schwer raus.« Mir war die Meute wirklich zu viel.

Besonders wegen meines Outfits. Ich stach dort heraus wie ein Eskimo am FKK-Strand.

»Ach was!«, beruhigte mich Anna. »Wenn mich hier einer zuparkt, gibt's Ärger. Die kennen alle meine Maschine. Immerhin bin ich hier die First Lady.«

Diese Erkenntnis beruhigte mich nur mäßig. Wenn Anna hier jeden kannte, würden alle bald auf mich aufmerksam.

Sie fuhr mit mir direkt vor die Tür. Mit tosendem Gegröle wurden wir empfangen. Fehlte nur noch, dass die Jungs Spalier standen. Anna stellte den Motor ab und klappte lässig den Seitenständer runter. Sie blieb sitzen, als sie den Helm abnahm.

»Na, Jungs? Alles senkrecht?«

»Wenn wir dich sehen, immer!«, schrie uns ein abgerissener Rocker mit Zahnlücke entgegen.

»Immer langsam, Bodo. Du weißt, wie das enden kann!« Kaum hatte Anna gekontert, grölten die anderen los.

Sie stieg ab und hängte ihren Helm an den Lenker.

»Wen hat es dir denn da auf den Sattel geweht?«, fragte ein dicker Biker mit Jeansjacke, Lederweste und weißem Pferdeschwanz.

Alle waren still.

»Jungs! Hört mal alle her! Das hier ist der Alex. Der ist heute mein Gast. Benehmt euch!«

Wieder grölten alle und begutachteten mich, als sei ich von einem anderen Stern. Einer kam sogar näher und fühlte am Stoff meines Sakkos. Vielleicht wurde es Zeit, den Helm abzunehmen. Obwohl ich durchaus erwog, ob ich ihn nicht vorsichtshalber den ganzen Abend auflassen sollte.

»Hallo!«, sagte ich. Ein guter Anfang, wie ich fand.

»Oh, hallöchen!«, kam es aus den hinteren Reihen. Wieder lachten alle und prosteten sich zu.

Ich traute mich nicht abzusteigen, wegen meiner Hosensituation. Immerhin guckten gerade alle. Und meine schneeweißen Boxershorts blitzten bestimmt wie eine Supernova aus dem Riss in meinem Schritt.

»Willst du nicht absteigen?«, wollte Anna wissen.

»Och, geht ihr schon mal rein. Ich genieße noch ein wenig die gute Luft.«

»Was denn für eine gute Luft?«, meinte Herr Pferdeschwanz. »Die Bar liegt genau neben einer Tankstelle, und gegenüber ist die Autobahn.«

Er winkte zwei seiner Kumpels heran, und die drei hoben mich unter tosendem Applaus und Pfiffen von der Maschine. Damit nicht genug, setzten sie mich nicht sofort wieder ab, sondern trugen mich auf ihren Schultern in die Bar.

Hilfe suchend sah ich zu Anna.

»Die mögen dich!«, rief sie mir zu und legte den Arm um einen der Rocker. Die gesamte Mannschaft folgte uns. Innen sah es aus wie in einem Tarantino-Film. Das schwache Licht der Lampen über den Billardtischen kämpfte sich durch den Zigarettenrauch, es roch nach Bier und Klosteinen. Es lief Hardrock vom Feinsten und in voller Lautstärke. Gemütlich war anders. Fehlte nur noch, dass plötzlich die Musik verstummte und alle mich ansahen. Annas »Jungs« trugen mich zu den Tischen und setzten mich auf einen Stuhl, den jemand für mich bereitstellte. Dann blieben sie im Halbkreis vor mir stehen und sahen mich an. Ich kam mir mächtig doof vor.

»Was er wohl trinkt?«, fragte einer.

»Weiß nicht. Vielleicht eine Cola«, riet der Nächste.

»Nä! Keine Cola. Der trinkt bestimmt so ein Ufo!«

»Ich hab dir schon tausend Mal gesagt, das heißt Hugo!«

Ich sah nur fassungslos zwischen den Männern hin und her und ließ sicherheitshalber einfach alles geschehen. Bestimmt war es das Beste, nur zu reden, wenn ich gefragt wurde.

»Was trinkst denn du?«

Na bitte. Diese Frage galt mir. »Na, am besten, was alle hier trinken. Ein Bier!«

»Aber eines sagen wir dir gleich. Ein Kinderbier haben wir hier nicht.«

»Kinderbier?«

»Na, so eins ohne Alkohol. Oder Light. Hier gibt es nur Edelstoff.«

Ich sah in die Runde, hielt kurz inne, die Meute wartete gespannt.

»Immer her damit!«

Jubel unter den Männern, einer brachte mir eine Flasche, die er mit seinen Zähnen öffnete.

»Du bist neu hier. Dann musst du die Pulle auf ex kippen!«

Wieder Stille, alle starrten mich gespannt an.

Es war zwar schon eine Weile her, dass ich eine Flasche

Bier geext hatte, aber eine Blöße wollte ich mir bestimmt nicht geben. Anscheinend war dieses primitive Ritual die einzige Chance, hier halbwegs angenommen zu werden.

Ich stand auf, prostete den anderen zu und setzte die Flasche an. Ich schluckte und schluckte, das Gegröle wurde mit jedem Schluck lauter. Aus dem Augenwinkel sah ich, wie Anna sich näherte. Dann sah ich sie nur noch verschwommen, weil mir die Augen überliefen.

Geschafft! Ich hielt die Flasche verkehrt herum, um zu beweisen, dass sie wirklich leer war. Jubel! Alle klopften mir auf die Schulter und wuschelten mir in den Haaren herum. Einer zog mir das Sakko aus und drückte mir ein weiteres Bier in die Hand. Ich kam mir vor, als hätten die Rocker einen Heidenspaß, weil ein Greenhorn bei ihnen in der Bar war. Anscheinend hatten sie hier nicht allzu viel Besuch aus der herkömmlichen Zivilisation.

»Sie mögen dich. Das hat so schnell noch keiner geschafft!« Anna stand mit einem Bier neben mir.

»Wie oft bringst du denn Männer mit hierher?«, wollte ich wissen und bekam prompt das nächste Bier in die Hand gedrückt.

»So ab und an. Die Jungs hier sind halt ein wenig speziell. Aber wenn man sie erst einmal kennt, sind sie ganz brav. Soll ich dich mal vorstellen?«

»Na, wo ich schon mal hier bin!«

»Hey, Jungs, hört mal her! Ich will euch mal vorstellen. Also, benehmt euch!«

Mit einem Schlag waren alle ruhig. Anna hatte anscheinend wirklich einen gewissen Stellenwert.

»Das ist Killer, und daneben steht Ralle. Der dort hinten mit der Ledermütze ist der Fleischer, und hier links neben dir, das ist Bodo.«

»Bodo?«, fragte ich ihn.

»Klar!«, meinte er und legte seinen Arm um mich. »Das ist mein Kampfname. In Wirklichkeit heiße ich Bernd.«

War das geil. Bernd! Aber natürlich. Warum nicht. Schließlich sind die Jungs auch mal klein gewesen und haben am ersten Schultag mit der Schultüte aufgeregt vor der Lehrerin gestanden. Die waren nicht in Lederklamotten auf die Welt gekommen. Apropos Leder: Hier waren ausnahmslos alle in Leder gekleidet. Jede Domina wäre vor Neid erblasst.

»Hast du denn einen Kampfnamen?« Diese Frage galt mir.

»Nö. Ich bin einfach der Alex. Aber ich kämpfe nicht so oft. Außer, mein Drucker streikt, dann werde ich zum Tier.«

Unverständnis machte sich breit, und Killer baute sich vor mir auf.

»Du brauchst einen Kampfnamen. Glaubst du, irgendjemand ist beeindruckt, wenn ich meinen echten Namen sage?«

»Wieso? Wie heißt du denn in echt?«

»Heinzi. Also eigentlich Heinz, aber alle sagen Heinzi.«

»Okay«, gab ich zu. »Das klingt nicht sonderlich Angst einflößend.«

»Eben. Drum heiße ich Killer, und der lange Lulatsch da drüben Knochen. Kannst dir denken, warum.«

Ich nickte. Alle anderen überlegten.

»Was treibst du denn so?«, fragte mich Ralle, während er mir ein neues Bier in die Hand drückte.

»Ich bin Autor.«

»Und was schreibst du so? Grußkarten?« Alle lachten dreckig.

»Nein. Krimis.«

»Oh!« Ein Raunen ging durch die Bar.

Anna war überrascht. Klar. Während der Fahrt hatten wir kaum gesprochen, und bisher war noch keine Gelegenheit gewesen, sie näher kennenzulernen. Wie es aussah, kannte ich mittlerweile Ralle, Killer und Fleischer besser als mein Date.

»Ich hab's!«, meinte Anna. »Wir nennen dich *Kommissar*!«

Kurzer Blick in die Runde. Alle nickten und tranken auf mich. Den Kommissar. Dann ging es zum Billardtisch.

* * *

Während ich mit den Jungs bereits die vierte Runde Billard spielte – inzwischen hatte ich eine Lederweste mit Nieten an –, vibrierte das Handy in meiner Hosentasche. Ich schaute aufs Display, aber es fiel mir nicht leicht, den Text zu entziffern, weil ich schon ziemlich einen im Tee hatte.

Micha hatte eine SMS geschickt. Sie sei gerade bei mir gewesen, ich habe aber nicht aufgemacht. Ich schrieb zurück.

Schiebe mit dem Fleischer und dem Killer eine ruhige Kugel. Bin jetzt ein Kommissar und war vorher bei der Anna hinten drauf.

Ich steckte mein Handy wieder ein und kramte meine Geldbörse raus, weil Ralle unbedingt mit Einsatz spielen wollte. Anna huschte nur immer kurz vorbei und setzte sich dann wieder an die Bar. Das war das mit Abstand kurioseste Date, das ich jemals gehabt hatte. Egal. Ich war sowieso nicht mehr gesellschaftsfähig. Meine Hose hatte im Schritt ein Loch, mein Sakko hing an einem Hirschgeweih über dem Tresen, und ich war, gelinde gesagt, ziemlich besoffen. Mittlerweile hatte ich sogar die dritte Zigarette gepafft. Somit war sowieso alles zu spät. Wenn ich erst einmal das Rauchen anfing, dann gute Nacht, Johanna.

»Wo ist denn die Anna?«, lallte ich, während ich mit meinem Queue die weiße Kugel lediglich streifte.

»Die ist da hinten irgendwo«, meinte Killer und deutete Richtung Tresen. »Wie schaut's aus, erst noch einen Schnaps, und dann erhöhen wir den Einsatz.«

Das war mir überhaupt nicht recht. Ich war schon mit dem ganzen Bier überfordert. Allerdings wollte ich vor dieser Bande nicht als Weichei dastehen. Ich ergab mich und kippte fleißig ein paar Kurze. Dann legte ich fünfzig Euro auf den Tisch und bearbeite wie ein Wilder meine Queuespitze mit der Kreide.

»Du fängst an!«, meinte Ralle und legte mir die weiße Kugel in Position.

Ich ging einmal um den ganzen Tisch und versuchte, meine Augen scharf zu stellen. Am Anstoßpunkt angekommen, beugte ich mich nach vorne. Die weiße Kugel bewegte sich. Dann teilte sie sich in zwei Kugeln. Ich blinzelte ein paarmal und versuchte mich zu konzentrieren. Der Schnaps zeigte seine Wirkung. Mir wurde schummrig und schlecht gleichzeitig. Ich holte aus und katapultierte den Queue nach vorne. Die weiße Kugel hatte ich nicht getroffen, dafür aber das Gleichgewicht verloren. Ich torkelte zwei Schritte nach links, dann wieder einen zurück und sackte danach zusammen. Neben Kippen und Kronkorken kam ich zum Liegen und vernahm das laute Grölen der Meute. Ich sah in lauter grinsende Gesichter über mir. Dazwischen stand Anna, die vorwurfsvoll den Kopf schüttelte und lachte. Dann wurde es dunkel.

* * *

Als ich zu mir kam, verspürte ich kalte Luft, die mir um die Ohren wehte. Schemenhaft erkannte ich Straßenlaternen, die an mir vorbeisausten. Ich versuchte, mich zu orientieren. Als ich meinen Kopf seitlich legte, sah ich Heinzi, also Killer, der auf einem Motorrad saß. Er fuhr, hatte eine Zigarre im Mund und sah aus wie Schwarzenegger in *Terminator*. Ich bemerkte, dass ich wie ein nasser Sack in einem Beiwagen lag. In so einem wollte ich immer schon mitfahren. Aber sitzend und mit Helm.

Mein Alkoholpegel drückte mir wieder die Augenlider nach unten und kippte mich in einen Dämmerzustand.

Doch an Schlaf war in meiner motorisierten Wiege nicht zu denken. Einige Minuten später hatten wir das Ziel erreicht. War ja nett, dass mich die Typen überhaupt heimgefahren hatten.

»So, Kommissar. Hier ist Endstation. Einmal Wiener Platz, bitte«, meinte Heinzi und machte den Motor aus. Für mich war es unmöglich, alleine aus dem Gefährt zu krabbeln. Selbst nüchtern hätte ich meine Schwierigkeiten gehabt.

»Ralle, Fleischer, helft dem Jungen mal.«

Ah, Heinzi war nicht allein. Ich hatte also eine Eskorte.

»So, Kleiner. Dann geht's jetzt heim.« Ralle und Fleischer packten mich unter den Achseln und hievten mich hoch. »Welche Hausnummer?«

»Da drüben«, sagte ich und bekam zu allem Übel einen Schluckauf.

Die beiden schleppten mich ans Ziel und setzten mich vor dem Eingang auf den Boden.

Ralle ging in die Knie und sah mich an. »Schönen Gruß von der Anna sollen wir dir noch ausrichten. Sie meint, ihr passt wohl doch nicht so gut zusammen.«

Danach gingen die beiden zu Heinzi zurück und sattelten auf. Sie starteten ihre Maschinen, ließen sie ein paarmal aufheulen und fuhren in die Nacht.

Ich steckte nach ein paar Anläufen meinen Schlüssel ins Schloss und schleppte mich durch das Treppenhaus zu meiner Wohnung. Dort kämpfte ich mit dem Schloss, da mein Schlüssel einfach nicht passen wollte. Völlig benebelt probierte ich den gesamten Schlüsselbund durch.

»Kann ich dir helfen?« Anscheinend hatten meine Versuche, die Wohnung aufzusperren, meine Nachbarin geweckt.

»Nein danke, geht schon«, versuchte ich halbwegs normal meinen Rausch zu vertuschen. Wie es schien, erfolglos.

»Na, da hat aber jemand viel zu tief ins Glas geguckt. Komm, gib her.« Sie nahm mir meinen Schlüsselbund ab und suchte den richtigen Schlüssel.

»Sexy siehst du aus in deinem Py…py… Schlafanzug.«

»Danke. So, sie ist offen!«

Leo blickte mich von unten an. Mein treuer Freund. Ich legte den Arm um Mandy. Sehr weiches Material, das sie anhatte.

»Mandy, du bist ein Schatz. Magst nicht noch ein bisschen reinkommen? Ich hätte bestimmt auch noch ein Fläschchen Ch…chi… Wein da!«

Sie nahm meinen Arm von ihrer Schulter und lächelte mich an. »Das holen wir ein andermal nach. Ich glaube, du schläfst dich erst einmal aus.«

»Schade. Aber ganz bestimmt holen wir das nach. Versprichst du m…m…m…mir das?«

»Aber klar. Von hier ab schaffst du es alleine, oder?«

»Latürnich doch. Ich meine selbstversch… klar!«

Ich formte meine Lippen zu einer Schnute und beugte mich zu Mandy, um mir mein Gutenachtbussi abzuholen. Mit mäßigem Erfolg. Sie wich gekonnt zur Seite und fertigte mich mit einem flüchtigen Wangenkuss ab. Danach verschwand sie grinsend gegenüber in ihrer Wohnung.

Leo stand immer noch vor mir und sah mich schwanzwedelnd an. Zum Glück bellte er nicht.

»Komm, Leo, ich bring dich in dein Körbchen.«

Die letzten Meter ins Wohnzimmer fielen mir schwer. Ich richtete sein Deckchen und legte Speedy zu ihm. Dann zog ich die Wolldecke von meinem Sofa und entschied, gleich neben Leo liegen zu bleiben. Für den Weg ins Bett hatte ich keine Kraft mehr. Endlich wieder daheim.

NICHT FLEISCH, NICHT FISCH

Hätte mich Leo am nächsten Morgen nicht geweckt, ich hätte bis nachmittags geschlafen. Völlig verkatert ging ich mit meinem Dackel eine ganz kleine Runde. Wenn ich von kleiner Runde spreche, meine ich kurz um die Ecke zu einem Busch. Leo war das nur recht. Wahrscheinlich hatte er noch gar nicht geschlafen, als ich heimgekommen war. Die Fernbedienung des Fernsehers war voller Haare und Sabber. Daraus war zu schließen, dass er sich wieder stundenlang durch die Programme gezappt hatte. Dunkel erinnerte ich mich an Mandy. Die Hoffnung, nicht allzu peinlich gewesen zu sein, konnte ich wohl über Bord werfen.

Nach einer ausgiebigen Dusche checkte ich meine E-Mails. Carsten hatte geschrieben. Die Filmproduktion benötigte noch einen weiteren Sponsor, um kostendeckend drehen zu können. Dadurch könnte es nun sein, dass in der Pathologie und bei Dialogen zwischen dem Ermittlerteam verstärkt Gummibärchen zum Einsatz kämen. Die haben Sorgen. Ich schrieb ihm zurück, dass es in Ordnung ginge. Um Carsten ein wenig auf die Rolle zu nehmen, fügte ich noch an, dass sie bitte darauf achten sollten, dass keine grünen Bärchen zu sehen sind. Die mag ich nämlich nicht.

Beim Blick in meinen *Happy-Date*-Briefkasten blinkte mir eine Eins neben dem Briefkuvert entgegen. Ich hatte Post. Was wohl diesmal? Eine Piratenbraut? Seit dem gestrigen Date war ich auf alles gefasst. Ich öffnete die Nachricht und nahm einen

Schluck aus meinem Kaffeebecher. Leo schlummerte neben meinem Stuhl am Boden vor sich hin.

Hallo, Alex, was für ein komischer Profilname.
Ich bin Luxusweib67. Du siehst nicht schlecht aus, deswegen schreibe ich Dir. Hättest Du Lust, Dich mit mir zu treffen? Ich bin nun schon seit drei Wochen Single und auf der Suche nach einer festen Beziehung. Späteres Zusammenziehen nicht ausgeschlossen. Ich gehe gerne shoppen, reise gerne und erfreue mich an den schönen Dingen des Lebens. Ich liebe Schmuck und teure Autos.
Na? Neugierig? Wenn Du Lust hast, mich kennenzulernen, melde Dich. Ach ja, eines vorweg: Bitte bringe doch zu unserem ersten Treffen die Einkommensnachweise der letzten drei Monate mit. Ich habe da schon böse Überraschungen erlebt.
XOXO, Luxusweib67

»Ja, drehen die denn jetzt alle durch!«, schrie ich, und Leo war mit einem Satz auf allen vieren. »Jetzt reicht's!«

Ich löschte umgehend mein Profil und den gesamten Account gleich mit. Diesem Wahnsinn wollte ich mich nicht mehr hingeben, auf diese Art der Partnersuche konnte ich gerne verzichten. Da wäre meine Ehe noch das kleinere Übel gewesen. Die Schätzchen, mit denen ich es bisher zu tun hatte, die wurden auf den Plakaten nie gezeigt. Nun wusste ich, warum. Wenn ich so weitergemacht hätte wie bisher, wäre ich noch zum rauchenden Alkoholiker mit zwanzig Katzen und leerem Bankkonto mutiert. Aber nicht mit mir! Außerdem war mir die Zeit zu schade. Da schrieb ich doch lieber an einem neuen Roman.

Ich holte mir eine frische Tasse Kaffee und machte es mir auf dem Sofa mit meinem Notebook bequem.

Mike Cohen hatte viel über sich ergehen lassen. Nicht nur, dass er seine Familie für lange Zeit nicht sehen konnte, er hatte sich auch äußerlich verändert. Seine Haare waren schulterlang, und seine Oberarme zierten Tattoos, die er sich im normalen Leben niemals hätte stechen lassen. Er hauste in einem Wohnwagen außerhalb der Stadt, um seine wahre Identität zu verschleiern. Diesen Preis musste er zahlen, um als Undercover-Agent arbeiten zu können. Seit Jahren schon waren die Black Monkeys, eine berüchtigte Rockerbande, im Visier des FBI. Morde, Entführungen und Drogenhandel gingen seit Jahren auf ihr Konto. Jedoch konnte ihnen bisher niemals etwas nachgewiesen werden. Dafür waren sie zu gut organisiert. Nun war die Zeit gekommen, um sich unter die schweren Jungs zu mischen. Um diese Bande hochzunehmen, kam letztendlich nur Mike infrage. Keiner seiner Kollegen hatte einen Motorradführerschein. Außerdem hatte Mike neben einer Harley den dichtesten Bartwuchs, und man nahm ihm den harten Kerl eher ab als den jungenhaft wirkenden anderen Agents.

Mikes Zielperson hieß Anna. Sie war die langjährige Freundin des Anführers der Black Monkeys. Sie würde ohne ihr Wissen dafür sorgen, dass er in die Rockerbande eingeführt wurde. Zu diesem Zweck war er am Vorabend in der Stadt gewesen und hatte ihre Harley-Davidson manipuliert. Mit einem sicheren Abstand folgte er ihr jetzt durch Harlem. Mike wunderte sich, da dies das Territorium einer feindlichen Gang war, mit der sich die Black Monkeys regelmäßig bekriegten. Die Polizei sah weg in der Hoffnung, dass sich die beiden Gangs über kurz oder lang gegenseitig auslöschten.

»Was zum Teufel …!« Annas Maschine stotterte und ging kurze Zeit später aus. »Verdammt! Gerade jetzt!«, schimpfte sie. Die Maschine kam zum Stehen. Anna betätigte wieder und wieder den Starter. Nichts. Mike hatte gute Arbeit geleistet. Die Harley war tot.

»Kann ich dir helfen?«, rief Mike zu Anna rüber, als er mit seiner Chopper neben ihr hielt.

»Das Scheißding will nicht mehr.«

»Da hast du dir aber eine feine Gegend ausgesucht, um eine Pause einzulegen.«

»Ach was«, meinte Anna. »Es ist helllichter Tag. Was soll da schon passieren.«

Dass das sehr kurzsichtig von ihr gedacht war, konnte sie wenige Sekunden später selbst erleben. Quer über die Kreuzung kamen etwa zehn Schläger auf die beiden zu. In ihren Augen konnte Anna erkennen, dass die Typen ganz genau wussten, dass sie eine Black Monkey war. Zumal es auf ihrer Kutte am Rücken ganz groß stand.

»Ich denke, es wird Zeit zu verschwinden!«, meinte Mike und startete seine Maschine.

Die Schläger beschleunigten ihre Schritte, zwei von ihnen zückten ihre Messer, ein weiterer streifte sich seinen Schlagring über die Finger.

»Sehen wir zu, dass wir Land gewinnen.«

Anna stieg von ihrer Maschine ab und schwang sich auf Mikes Sozius. Ihre Harley musste sie notgedrungen zurücklassen. Sie schlang einen Arm um seine Hüfte.

Dann drehte sie sich zu den schnell näher kommenden Schlägern um, zeigte ihnen den Mittelfinger und schrie: »Black Monkeys forever!«

Mike gab Gas und hinterließ den schwarzen Abrieb seines Hinterreifens auf dem heißen Teer. Kurz darauf rasten sie die Bundesstraße hinunter, Anna wies ihm den Weg, und Mike folgte ihren Anweisungen. Natürlich wusste er ganz genau, wo das Quartier ihrer Gang lag, doch er ließ sich nichts anmerken.

»Das hier ist Mike. Er hat mir gerade den Arsch gerettet. Seid nett zu ihm«, sagte Anna zu Bones, einem der Anführer der Monkeys. Wie es aussah, war sie mit ihm zusammen. Sie ging an den

Jungs vorbei, drückte Bones ihren Helm in die Hand und machte sich am Tresen breit.

Mike hatte es sich in den letzten Monaten angewöhnt, den Harten zu mimen. Er wirkte ziemlich unbeeindruckt vor den Typen, die ihn nun genauer ins Visier nahmen. Bones folgte Anna an den Tresen und unterhielt sich mit ihr. Immer wieder sahen die beiden zu Mike herüber. Dann steuerte Bones geradewegs auf ihn zu.

»Da hatte Anna aber Glück, dass du gerade in dem Augenblick gekommen bist, was?«

»Sieht so aus«, erwiderte Mike knapp.

»Bier?«

»Klar!«

Bones' Versuche, Mike auszufragen, blieben erfolglos. Das schien ihm aber zu gefallen. Leute seines Kalibers mögen keine Schwätzer.

»Ich hab dich hier noch nicht gesehen.«

»Bin erst seit Kurzem in der Gegend.«

»Wo warst du?«

»Sagen wir es so – ich habe ein wenig auf Staatskosten gelebt.«

»Knast?« Bones trank wieder einen Schluck.

Mike nickte nur. Ihm war klar, dass sie es irgendwann überprüfen würden. Sollten sie.

»Was haben wir denn ausgefressen?«, bohrte er nach.

Mike blieb stumm.

»Du hast was gut bei mir. Wegen Anna!«, sagte er und stieß mit seiner Flasche an Mikes. »Wenn wir was für dich tun können?«

Er sah Bones lange an, trank, stellte seine Flasche ab und sah ihn wieder an.

»Ich könnte einen Job gebrauchen. Typen wie ihr habt doch bestimmt etwas am Laufen.«

»Angst, dir die Finger schmutzig zu machen?«

»Dafür ist es zu spät!«

Er stand auf und klopfte Mike auf die Schulter. Er kam gefährlich nah an ihn heran und sagte: »Du gefällst mir. Komm mal mit.«

Mike stand auf und folgte Bones, vier seiner Schläger kamen hinterher. Anna sah ihnen vom Tresen aus nach.

Sie gingen durch einen langen Gang und am Ende eine Treppe hinunter. Unten angekommen, blieb Bones vor einer großen Doppeltür stehen. Er drehte sich zu Mike um.

»Wie heißt du?«

»Mike.«

»Mike, wenn du da durchgehst, gehörst du zu uns. Wenn nicht, ist es jetzt Zeit, umzukehren. Wie entscheidest du dich?«

Mike griff an Bones vorbei und öffnete. Das war Antwort genug.

Was der Undercoveragent nun zu sehen bekam, überstieg alles, was das FBI vermutet hatte. Hier in diesem Keller musste das wohl größte Chrystal-Meth-Labor des ganzen Staates sein. Wo er hinsah, standen Tanks und Becken. Bestimmt ein Dutzend Menschen arbeiteten in ihren Schutzanzügen und atmeten durch Masken. Die Luft war beißend. Genauso gut hätte dies ein Labor zur Herstellung von Kampfstoffen sein können.

Bones stellte sich hinter Mike. »Na? Lust auf einen eigenen Vertriebszweig? Du scheinst ein Mann schneller Entscheidungen zu sein.«

»Das überzeugt mich überhaupt nicht!«, sagte ich zu Leo, der mich mit großen Augen anstarrte. Rockerbande, Undercover, Drogen … Als ob das noch niemals geschrieben worden wäre! Ich sah schon die erste Kritik in der Zeitung.

Da hat der Autor wohl ein bisschen zu viele schlechte Krimis geguckt. Habe nach der Hälfte aufgehört zu lesen. Da ist ja Bibi Blocksberg spannender!

Es klingelte.

»Du glaubst nicht …«

»… welche kranken Menschen es gibt!«, beendete ich den Satz. »Hallo, Michaela. Magst nicht reinkommen?«

Ohne Worte ging sie durch ins Wohnzimmer. Auf dem Weg dorthin wurde sie von Leo überholt. Sie sah zum Tisch und sah das Notebook.

»Schreibst du an einem neuen Roman, oder chattest du schon wieder mit irgendwelchen Hasen aus diesem Datingportal?«

»Weder noch. Außerdem habe ich mich dort abgemeldet. Da draußen sind nämlich die wirklich Kranken. Nicht nur auf deiner Couch.«

»Ach, schade. Vielleicht wäre gerade jetzt eine Bombentussi auf dich aufmerksam geworden.«

»Deshalb habe ich mich ja abgemeldet. Wer braucht schon eine Bombentussi!«

Michaela machte es sich mit Leo auf meiner Couch bequem. »Ach, wirklich? Wer ist denn überhaupt diese Anna, und warum warst du bei der hinten drauf? Wie soll ich denn das verstehen?«

Ich wusste nicht, von was sie sprach. »Hinten drauf?«

»Na, die SMS, die du mir geschrieben hattest. Hast du da was am Laufen, von dem ich nichts weiß?«

Ich holte mein Handy aus der Hosentasche und sah in meinen Nachrichtenverlauf. Stimmt! Da hatte ich ihr aus der Rockerkneipe …

»Ach, vergiss es. Da hab ich mich vertippt. Ich wollte nur …«

Ich wechselte besser ganz schnell das Thema. Erstens war ich bei der SMS bereits breit wie ein Haus gewesen, und zweitens wollte ich Micha nicht unbedingt von dieser Nacht erzählen. Ich, der ruhige Alexander, von einer Lederbraut und ihrer

Rockerbande abgezockt und ausgenommen wie eine Weihnachtsgans. Das hätte ich mir bis zum Sankt-Nimmerleins-Tag anhören können.

»Aber erzähl doch mal! Was gibt es Neues bei dir?«, fragte ich.

»Ach, das Übliche«, sagte sie. »Am besten wird es sein, ich suche mir einen anderen Beruf oder gehe zu einem Konzern und coache dort Manager. Ich weiß überhaupt nicht, wie ich das bis zu meiner Rente schaffen soll.«

»Na, so halt, wie es die meisten Menschen tun, die Stress im Beruf haben. Mit reichlich Alkohol!«, zog ich sie auf. »Apropos, magst ein Schlückchen?«

»Nein. Warum ich aber eigentlich hier bin: Habt ihr zwei morgen Abend schon was vor?«

Es klingelte.

»Moment, ich mach kurz auf.« Ich ging in den Flur und öffnete die Tür. Es war Mandy.

»Ah! Wie ich sehe, bist du wieder unter den Lebenden.«

»Hallo, Mandy.« Sie hatte seit gestern wirklich ein Händchen dafür, zum ungünstigsten Zeitpunkt aufzutauchen.

Überflüssigerweise fühlte sie sich auch noch ganz zu Hause und ging ins Wohnzimmer durch.

»Oh, du hast Besuch?«

»Äh, ja. Mandy, das ist Michaela. Michaela, das ist Mandy, meine Nachbarin.«

»Ach, die mit dem Kind.« Michaelas Ton gefiel mir gar nicht.

»Ja, Finn ist mein ganzer Stolz«, antwortete Mandy keck und steckte ihre Hände in die Hosentaschen.

»Mandy, brauchst du irgendwas?«

»Das wollte ich dich fragen. So, wie du gestern ausgesehen hast. Ich hab mir Sorgen um meinen Nachbarn gemacht und dachte, ich guck mal nach dir.«

»Oh, das ist aber lieb von …«

»Alex geht es gut«, schnaubte Micha los. »Für seine Gesundheit bin ich zuständig.«

Mandy blickte etwas irritiert zwischen Micha und mir hin und her. »Äh, schon gut«, beschwichtigte sie. »Ich muss dann eh wieder zu Finn. Also, man sieht sich.«

Mandy verließ das Wohnzimmer. Selbstredend, dass ich sie zur Tür brachte.

»Das war lieb von dir, dass du nach mir gesehen hast.«

»Kein Thema. Sag, wenn du was brauchst.« Und weg war sie.

Was war denn das? So kannte ich Micha überhaupt nicht. Die arme Mandy. Sie hatte es doch nur gut gemeint.

»Hast du was?«, fragte ich sie, als ich wieder das Wohnzimmer betrat.

»Was war denn gestern Schlimmes mit dir?«, kam es etwas schnippisch aus ihrem Mund.

»Nichts. Ich war nur mit dem Carsten auf ein paar Bierchen.«

»Ach, da muss sie gleich nach dir sehen? Ihr zwei seid ganz schön dicke miteinander«, frotzelte sie mich an.

»Was heißt da dicke? Wir sind Nachbarn. Da sieht man nach dem anderen.«

»Die ist ganz schön jung.«

»Ja, stimmt.« Mehr wollte ich zum Thema Mandy nicht sagen. Ich war doch hier nicht bei einem Kreuzverhör. So weit kam es noch. Trotzdem war es besser, Michaelas Stimmung wieder etwas anzuheben. Immerhin war sie meine beste Freundin.

»Micha, meine Liebe, du hast recht. Nirgendwo geht es mir besser als bei dir!«

»Schleimer!«

»Ganz genau.« Es schien zu wirken. Michaela lächelte wieder. Jetzt wieder schnell das Thema wechseln. »Du wolltest mich doch vorhin etwas fragen.«

»Ach ja. Das war, bevor die Trulla hier hereingestiefelt ist.«

»Jetzt sag schon.«

»Ich wollte fragen, ob ihr beide, Leo und du, morgen Abend schon etwas vorhabt.«

»Also, ich nicht. Leo?« Er leckte sich über die Nase. »Nein, Leo ebenfalls nicht. Warum?«

»Ich wollte euch zu mir zum Essen einladen. Dann wären zur Abwechslung wieder einmal halbwegs normale Menschen bei mir.« Leo knurrte. »Bitte entschuldige, Leo. Natürlich auch Hunde.« Zufrieden legte er den Kopf wieder auf seine Vorderpfoten. »Vorausgesetzt natürlich, deine Nachbarin lässt dich gehen.«

»Jetzt komm, spinn nicht rum. Gerne!« Micha war eine Spitzenköchin. »Was gibt's denn?«

»Ich dachte an Surf and Turf. Irgendwelche Allergien?«

»Nicht dass ich wüsste. Fleisch vertrage ich nicht. Darüber hinaus Fisch auch nicht so gut«, zog ich sie auf.

Sie ging aber nicht weiter darauf ein und verdrehte nur die Augen.

»Und für unseren Vierbeiner hier gibt es eine Extrawurst. Nicht wahr, Leo?« Sie drehte ihn auf den Rücken und kraulte ihm die Wampe. Er fand das gut.

»Sag mal, Micha, andere Frage. Warum schreibst du denn auf einmal wieder SMS? Das ist ja total Old School! Was ist denn mit WhatsApp geworden?«

»Hör bloß auf. Ich habe mich da total in ein Kreuzverhör getippt. Ständig antwortete ich den falschen Menschen. Irgendwie komme ich damit nicht mehr klar. Da schreibe ich doch lieber wieder meine SMS.«

Micha brauchte immer ein wenig länger mit technischen Dingen. Ich weiß noch, als ich meinen ersten MP3-Player gekauft hatte. Da präsentierte sie mir gerade ihren ersten Discman. Das fand ich wiederum goldig.

***

Nachdem wir eine Uhrzeit ausgemacht hatten, verschwand Micha wieder. Sie wollte sich eine Wanne einlassen und den Tag mit zwei Gläsern Rotwein ins Nirwana schießen.

Ich freute mich auf den morgigen Abend und fragte mich, wie viele dieser Abende wir wohl noch hätten. Was, wenn einer von uns beiden einen Partner fand? Klar würde das nicht unbedingt bedeuten, dass wir uns nicht mehr sahen. Aber es wäre nicht mehr das Gleiche. Nach dem, was ich in letzter Zeit allerdings mit Frauen erlebt hatte, würde ich sowieso für den Rest meines Lebens solo bleiben. Vielleicht sah es jedoch bei Micha anders aus.

STIMMUNG IN DER BUDE

Am nächsten Morgen fiel mir das Aufstehen wesentlich leichter. Klar. Ich war gestern zur Abwechslung nicht von Rockern abgefüllt worden. Nach einem kleinen Absacker auf meinem Balkon waren Leo und ich früh zu Bett gegangen. Zuvor hatten wir Nachschub für ihn beim *Feinkost Käfer* geholt und ein paar frisierten Pudeldamen in der Prinzregentenstraße hinterhergeschaut.

Eine SMS erreichte mich.

Komme heute etwas früher, um Leopold zu holen. Ich hoffe, er ist dann fertig. Heike

Verdammter Mist! Das hatte ich völlig vergessen. Heike hatte dieses Wochenende wieder Leo. Wo wir doch heute bei Michaela eingeladen waren. Ich versuchte, ihn schonend darauf vorzubereiten.

»Leo, das haben wir beide ganz vergessen. Nachher kommt die Mama.«

Er drehte seine Ohren und blieb steif stehen.

»Dann darfst du wieder nach Grünwald raus. Zu den Reichen und Schönen.«

Er knurrte und holte Speedy aus seinem Körbchen. Dann nahm er Anlauf, streckte mit einem Schlag alle viere von sich und rutschte auf dem Bauch ins hinterste Eck unter die Couch. Gut, dass wir Parkett hatten. Auf einem Teppich wäre dieser

Stunt nicht möglich gewesen. Ich liebte es, wenn er das tat. Zum Schießen! Leider war der Grund dafür nicht der schönste. Sicher hatte er sich schon auf den heutigen Abend gefreut. Klar, als Hundebesitzer interpretiert man vielleicht ein bisschen zu viel in die Gefühle seines Hundes hinein, aber trotzdem …

»Leo, jetzt komm. Wird bestimmt supi. Ihr geht schön Gassi-Gassi und seht andere schöne Hundis!«

Ja, das war der verzweifelte Versuch, einem Dackel etwas schmackhaft zu machen, indem man möglichst alles verniedlicht.

Es klingelte, und Leo zuckte zusammen. Ich ließ von ihm ab und ging zur Tür.

»Mandy! Finn!«

»Hallo, Alexander. Bist du allein?«

»Klar. Kommt rein. Du, das mit gestern tut mir leid. Micha meinte es bestimmt nicht so.«

»Ach nein? So, wie ich das sehe, hat die ihr Revier abgesteckt.« Wir gingen ins Wohnzimmer durch.

»Quatsch. Das sah nur so aus. Wir kennen uns schon seit der Schule.«

»Wenn du das sagst. Aber deswegen bin ich nicht hier. Ich wollte nur, dass du es als Erster erfährst. Ich ziehe nämlich weg.«

»Echt? Schon wieder? Wohin denn? Ich meine, warum?«

Diese Nachricht überraschte mich, und ich war damit überfordert. Ich nahm Finn auf den Arm. In solchen Momenten ist es toll, wenn ein Kleinkind in der Nähe ist. Dann kann man durch ein bisschen Wangenkneifen Zeit gewinnen. Finn schien es zu gefallen.

»Ich weiß jetzt, wer Finns Vater ist. Es ist wirklich Knut, mein Wunschkandidat! Ist das nicht super?« Sie fiel mir um den Hals, küsste mich und ließ schnell wieder los. »Entschuldigung. Ich freu mich einfach so.«

»Schon okay. Aber wer ist noch mal Knut?«

»Na, der mit den Locken. Ich habe mir so gewünscht, dass er es ist. Weißt du, der ist DJ. Okay, tagsüber arbeitet er an einer Tankstelle. Aber nachts legt er Platten in einem Klub auf.«

»Es gibt noch Platten?«, fragte ich.

»Klar. Ist doch egal. Jedenfalls will er bald eine eigene CD aufnehmen. Er sagt, dass er bestimmt ganz groß rauskommt, und dann wird richtig Kohle gemacht. Dann kauft er dem Finn ein Auto. Ist das nicht toll?«

»Ja, ist total super!«, freute ich mich überschwänglich und schlug gedanklich die Hände über dem Kopf zusammen. Es war ja schön, dass jemand an seine Träume glaubt. Aber ein Mann sollte irgendwann schon erkennen, wann er Verantwortung übernehmen muss. Was für ein Auto will er dem Kleinen denn kaufen? Ein Bobby-Car?

Es klingelte wieder. Verdammt! Heike war schon im Anmarsch.

»Bekommst du Besuch?«

»Nö. Meine Ex holt nur Leo ab. Ist Besuchswochenende, weißt du?«

Mandy schaute mich verdutzt an, fragte aber nicht weiter nach. Ich drückte den Türöffner und hörte kurz darauf Heike nach oben stöckeln. Als sie die letzte Treppe zu uns in Angriff nahm, sah sie uns bereits. Mandy und mich, wie ich Finn auf dem Arm hatte. Sofort lief sie wieder rot an.

»Hallo!«, sagte ich. »Habe deine SMS gekriegt.«

»Ja, schön. Wird das jetzt ein Dauerzustand, diese familiären Begrüßungen, wenn ich Leo abhole?«

Mandy und ich sahen uns an. Ich stupste Finn an die Nase, er juchzte.

»Ist er fertig?«

»Ja. Fix und fertig. Ach, Mandy, halt doch schnell mal den kleinen Racker hier, ja?«

»Klar!«, sagte Mandy, nahm den Kleinen und wandte sich an Heike. »Oder wollen Sie ihn mal halten?« Mandys fehlendes Feingefühl war in diesem Augenblick einfach fantastisch.

»Nein, danke. Sind Sie jetzt die Neue, oder was?«

»Ich?« Mandy lachte. »Nein. Mein Freund ist DJ. Er hat bald eine eigene Platte.«

»Ah!« Heike wirkte beruhigt. Sie musste nicht alles wissen. Mandy war allerdings noch nicht fertig.

»Alex und ich haben nur einmal miteinander geschlafen.«

Heikes Gesicht wurde nun noch röter.

Mandy ging mit Finn einen Schritt zurück.

»Ich hol dann mal den Leo!«, schlug ich vor und setzte einen Fuß in meine Wohnung. Sofort wurde ich jedoch von Heike überholt.

»Das mache ich schon selbst. Zustände sind das wie im Puff. Die reinste Kommune ist das hier. Wie viele Weiber hast du denn noch versteckt? Leo!«

Sie bog ins Wohnzimmer. »LEO!«

»Er ist unter der Couch«, verriet ich ihr, bevor sie meine Wohnung auf links drehte.

»Kein Wunder, dass er sich unter der Couch versteckt. Das ist wirklich ein toller Umgang, den du ihm hier beibringst.«

»Du, Heike, jetzt mach mal langsam. Das ist immer noch ein Hund.«

Sie kniete nun vor dem Sofa und steckte ihren Kopf darunter. »Ja, Leo, da bist du ja. Komm, jetzt geht's zur Mama. Willst du mit der Mama einen ganz langen Spaziergang machen?«

Leo machte keinen Mucks. Frei nach dem Motto: Wenn ich mich nicht bewege, sieht sie mich vielleicht nicht.

»Du hast ihn doch gegen mich aufgebracht. Normalerweise kommt er mir schon entgegengelaufen.«

Das tat Leo zwar nie, aber ich hielt es für besser, das in diesem Moment nicht zu diskutieren.

»Jetzt hab ich aber die Faxen dicke«, sagte Heike und griff unter die Couch, um Leo herauszuziehen.

Leo aber wollte seine Stellung nicht aufgeben und schickte seine Truppen los an die Front. Mit einem beherzten Kick schubste er Speedy zu Heike. Das war ihr nun zu viel.

Sie stand auf. »Wisst ihr was? Ihr beide könnt mir mal den Buckel runterrutschen. Ich bin fertig mit euch. Ich hole mir einen eigenen Hund.«

»Heike, jetzt warte doch! So schlimm …«

»Hör du mir nur auf. Aufgehetzt hast du ihn gegen mich! Bin ich froh, dass wir keine Kinder miteinander haben.«

Mandy stand nun mit Finn im Wohnzimmer. Eine innere Stimme sagte ihr wohl, dass sie sich in die illustre Runde einbringen sollte. »Alex kann so gut mit Kindern!«

»Das kann ich mir schon denken. Ist immer gute Stimmung in der Bude«, keifte Heike. »Ich muss hier raus. Du hörst von meinem Anwalt. Ich pfeife auf das gemeinsame Sorgerecht.«

Natürlich mimte ich nun, der Situation geschuldet, den Betroffenen. Insgeheim lag mir aber die Frage auf der Zunge, ob sie eventuell bereit war, mir das zu versprechen.

Sie stapfte durch den Flur und drehte sich dann nochmals um. Gerade als sie loslegen wollte, legte ich den Arm um Mandy und strich Finn über die Wange. Das war ihr dann doch zu viel. Sie drehte sich um und knallte meine Wohnungstür hinter sich zu.

Das tat gut. Ich fühlte mich auf einmal total befreit und hoffte, dass sie mit ihrer Drohung ernst machen würde. Mandy sah mich an, ich sie. Finn nuckelte an seinem Schnuller. Plötzlich fingen wir beide gleichzeitig an, uns vor Lachen auszuschütten. Ein Theaterstück war ein Dreck dagegen. Somit war wieder einmal bewiesen, dass alles sein Gutes hat. Mandy hatte in mein Leben kommen müssen. Nicht etwa, um mit mir zu schlafen. Das war ein schöner Nebeneffekt. Aber nein, sie war einzig und allein dafür bestimmt gewesen, genau in diesen Minuten in meiner Wohnung zu stehen. Damit hatte sie ganz allein zwei Fliegen mit einer Klappe geschlagen. Heike kam nicht wieder, und Leo war für immer nur *mein* Hund. Perfekt.

»Leo! Du kannst rauskommen! Wir gehen heute doch zur Michaela.«

»Wuff! Wuff!«

Er robbte unter der Couch hervor und versuchte, an mir hochzuspringen. Das war der Beweis. Ein Hund weiß ganz genau, was um ihn herum passiert und wie er sich zu verhalten hat. Ach, was sagte ich. Nicht ein Hund. Ein Dackel!

»Du, Alex, ich will übrigens die Wohnung verkaufen.«

Sie machte wirklich ernst, und ich hoffte nur, dass sie den Erlös der Wohnung nicht in die Vinylträume ihres Freundes steckte. Immerhin sollte Finn eine Zukunft haben.

* * *

Bevor wir bei Micha aufschlugen, gingen wir noch eine Runde. Wenn Micha nämlich erst einmal einen Roten öffnete, war es mit einem Spaziergang vorbei. Und nicht selten hatte eine Einladung bei Micha zum Abendessen mit einer Übernachtung bei ihr auf dem Kanapee geendet.

»Hallo, Micha. Gut siehst du aus. Wir sind ein bisschen früh.«

»Hallo, ihr zwei. Macht nichts, kommt rein und macht es euch gemütlich. Ich muss nur sofort wieder in die Küche, sonst brennt mir das Fleisch an.«

»Du, kein Thema. Vielen Dank für die Einladung. Schau, wir haben Blumen mitgebracht!«, schrie ich ihr hinterher, weil sie schon wieder in ihrer Küche war.

»Danke!«, schrie sie zurück. »Stell sie bitte in eine Vase. Du weißt ja, wo welche sind.«

»Ehrlich gesagt, nicht!«

»Im Wohnzimmer, ganz unten im Schrank.«

Leo entschied, mit Speedy zusammen auf Michas Couch zu gehen.

»Das riecht schon verdammt lecker. Da läuft mir das Wasser im Mund zusammen«, lobte ich Micha, als ich mit der Vase und dem Strauß in die Küche kam.

»Danke. Gibst du ihnen Wasser?«

»Klar! Stell dir vor, der Leo bleibt jetzt für immer bei mir. Er muss nie mehr vegan essen.«

»Wie ist das denn passiert?«

»Erzähl ich dir später.«

Michaela richtete weiter das Essen her, während ich die Blumen versorgte. Irgendwie fühlte sich alles so vertraut an. Wenn ich bedachte, welchen Stress ich mit irgendwelchen Frauen in letzter Zeit gehabt hatte. Dagegen war die Situation in diesem Moment der reinste Kuraufenthalt.

»Schau mal in den Kühlschrank. Glaubst du, da freut sich jemand?«

Ich öffnete ihn und scannte den Inhalt.

»Och! Du verwöhnst ihn aber. Die Leberwurst vom *Käfer*! Du sollst doch nicht …«

»Wenn, dann soll es uns allen gut gehen.«

***

»Magst du noch etwas Wein?«

»Klar«, sagte Micha. »Ich hab noch zwei Flaschen auf Lager. Der wird uns nicht ausgehen.«

Es herrschte eine sehr gemütliche Stimmung. Das Licht war gedimmt, Leo lag neben dem Tisch, Kerzen, Stoffservietten, und im Hintergrund säuselte eine CD von Sade. *Smooth Operator* sang sie. Diese CD hatte damals jeder von uns im

Schrank gehabt. Sie wurde eingelegt, wenn … wie soll ich sagen … na, wenn nicht mehr geredet wurde. An diesem Abend verbreitete sie einfach nur eine beruhigende Stimmung.

»Und? Du machst jetzt wirklich nichts mehr bei *Happy Date*?«, fragte Micha.

»Pah! Wie schon gesagt: nur Wahnsinnige!«

Auf dem Couchtisch stand offen Michas Notebook. Aus den Augenwinkeln sah ich, dass sie selbst das Singleportal geöffnet hatte. Das Postfach klingelte. Das hätte sie nun wirklich ausmachen können.

»Ich bleib da noch ein bisschen. Einfach meinen Marktwert checken. Da sind einige interessante Herren in meinem Postfach gelandet. Am Sonntag habe ich mein erstes Date. Ich bin, ehrlich gesagt, schon ganz aufgeregt.«

Ich setzte mich auf. »Du willst dich wirklich mit so einem Typen treffen?«

»Wieso nicht. Du warst doch auch da und bist kein gefährlicher Massenmörder.«

»Ja, ich nicht. Aber alle anderen.«

»Quatsch! Nachtisch?«

»Klar. Was gibt's denn?«

»Ein Schokoküchlein mit einem flüssigen Kern. Ich verschwinde ein bisschen in der Küche. Vanilleeis dazu?«

»Aber immer. Soll ich dir helfen?«

»Nö, aber du könntest mal etwas anderes auflegen. Leo wird schon ganz rollig!«

Sie verschwand in der Küche, während ich zu ihrem CD-Regal ging. Beim Anblick der Musikauswahl wurde mir abermals klar, dass es sich hier um eine Mädchenwohnung handelte. Kein AC/DC, keine Stones und kein Springsteen. Stattdessen parkten im Regal Kuschelrock 1 bis 800, Take That, Robbie Williams und die Backstreet Boys. Fehlten nur noch Ronan Keating und die *BRAVO*. Ah, ein Lichtblick.

David Bowie. Das Notebook machte sich wieder bemerkbar. Die Neugierde packte mich, und ich konnte nicht umhin, die Nachrichten in ihrem Postfach zu checken. Ich weiß, dass das eigentlich unter meiner Würde war. Dennoch fühlte ich mich als ihr bester Freund dazu verpflichtet, ein Auge auf die Männer zu werfen, die im Cyberspace an Micha herumfummelten. Schnell schnappte ich mir eine Handvoll CDs aus dem Regal und setzte mich auf die Couch vor den Bildschirm. Leo setzte sich neben mich und beobachtete, was ich da tat.

Ich öffnete ihr Postfach und begann zu lesen.

Hallo. Ich bin Hengst68 und bin gut drauf. Bist du gut drunter?

Nicht zu fassen. Ohne weiterzulesen, war es offensichtlich, worauf dieser Kerl aus war. Der wäre in einem Swingerklub besser aufgehoben.

Nächste Nachricht.

Dein Warten hat ein Ende. Ich, Gigolo, habe Dich gefunden. Gemeinsam werden wir unsere Gefühle …

Oje. Wenn sich schon jemand Gigolo nannte. Weiter.

Lust auf Lust? Dann melde Dich bei mir. Ich zeige Dir Bereiche des Lebens, die Du noch nie …

Der einzige Bereich, den er Micha zeigen würde, wäre sein Schlafzimmer.

Ich hoffte inständig, dass ihr Date keiner von diesen Vollpfosten war.

»Hast du schon etwas ausgesucht?«, schrie Michaela aus der Küche.

»Ich bin mir noch nicht ganz schlüssig, ob ich die Kuschelrock 12 oder 79 einlegen soll!«, rief ich zurück und drehte ihr Notebook schnell wieder in die Ausgangsposition. Es wäre mir äußerst peinlich gewesen, wenn sie bemerkt hätte, dass ich ihr Postfach durchstöberte.

Ich legte die Backstreet Boys ein, kraulte schnell Leo und setzte mich wieder auf meinen Platz.

»So, da bin ich wieder. Hier ist es. Ein Schokoküchlein mit flüssigem Kern und einer Kugel Vanilleeis. Bitte schön, der Herr.«

»Wow! Das sieht fantastisch aus.«

»Jetzt muss es nur noch schmecken«, meinte sie und setzte sich mit der Nachspeise auf ihren Platz.

Ich setzte die Gabel an das Küchlein und teilte es in zwei Hälften. Sofort kam mir der flüssige Kern entgegen.

»Brutal, Micha. Also, der Schuhbeck hätte den Zeitpunkt nicht besser wählen können. Das ist innen wirklich noch flüssig.«

»Na ja, hätte er schon. Ich mogle da immer ein bisschen und drück ein Stück Schokolade in die Masse, bevor ich sie in den Ofen schieb. Kleiner Hausfrauentrick.«

»Den du mir gerade verraten hast. Schmeckt klasse.«

»Danke.«

»Du, Micha, jetzt mal ehrlich. Willst du dir das am Sonntag wirklich antun?«

Sie trank vom Wein, stellte ihr Glas ab und schmunzelte.

»Warum denn nicht?«

»Weil es ganz schön gefährlich für eine Frau ist, sich mit wildfremden Männern zu treffen. Du weißt so gar nichts von denen.«

»Aber wenn mich früher einer in der Disco angequatscht hat, dann war der gleich wie ein offenes Buch, oder was?«

»Nein. Natürlich nicht. Aber das waren andere Zeiten.«

»Ich pass schon auf mich auf. Außerdem kann ich auf diese

Weise Erfahrungen sammeln, und wer weiß: Vielleicht ist der Richtige dabei. Vielleicht komme ich auf diese Weise am Ende sogar mal wieder zu einem Schäferstündchen?«

Ich verschluckte mich am Kuchen und bekam einen Hustenanfall. Michaela bog sich fast vor Lachen, stand auf und klopfte mir auf den Rücken.

»Komm«, sagte sie, »lass uns einen Pakt schließen.« Sie erhob ihr Glas.

»Einen Pakt? Welchen denn?« Auch ich nahm mein Glas und stand auf.

»Dass wir uns gegenseitig nicht mehr so viel einmischen. Einen *Nichteinmischungspakt* sozusagen.«

»Okay, wenn du meinst.«

»Ja, mein ich. Komm, auf unsere Freundschaft!« Sie hielt mir ihr Glas entgegen.

»Auf die Freundschaft«, wiederholte ich und stieß mit ihr an. Wir tranken vom Wein und besiegelten unseren Pakt mit einem Kuss. Sie sah mir noch tief in die Augen, und wir setzten uns wieder. Unbehagliches Schweigen zwang mich dazu, an das vorangegangene Gespräch anzuknüpfen.

»Du passt aber trotzdem bei diesem Date auf dich auf, hörst du?«

»Was haben wir gerade ausgemacht?«

»Ja, ich bin schon still.«

»Ich mach das schon«, beruhigte sie mich. »Immerhin bin ich täglich allein mit Männern in meiner Praxis.«

»Ja. Aber da ist es Tag.«

»Stimmt!« Sie setzte sich. »Ich vergaß, Morde passieren immer nur nach Einbruch der Dunkelheit.«

Es war zwecklos, und ich beließ es dabei. Leo sagte gar nichts dazu. Der spielte mit Speedy.

IRGENDWIE KLASSE

Claire sah an diesem Abend fantastisch aus. Sie ging die Fifth Avenue hinunter und …

Stopp! Nicht wieder Amerika. Nur, damit die Chance größer war, dass es vielleicht weltweit ein Bestseller werden konnte. Morde passierten genauso gut in Oslo, Kopenhagen oder Amsterdam. Jack the Ripper schlitzte in London fröhlich herum. Warum also nicht auch in München?

Maria sah an diesem Abend fantastisch aus. Sie ging die Leopoldstraße hinunter Richtung Thiemestraße. Sie war spät dran, wollte aber zu Fuß zu ihrer Verabredung. Ein Taxi in München an einem Freitagabend zu bekommen war sowieso unmöglich. Ihre hochgesteckten brünetten Haare bewegten sich kaum, während sie mit ihren hohen Absätzen die Schrittfrequenz um so viel erhöhte, wie es ihr knielanger Rock zuließ. Maria hatte sich nur dezent geschminkt. Sie wollte auf keinen Fall billig wirken und schon gar nicht zu aufreizend. Ihr letztes Date war sehr lange her, und es beschlich sie eine leichte Unsicherheit. Dennoch wollte sie sich an diesem Abend mit diesem Mann im Englischen Garten treffen. Seit zwei Monaten chattete sie mit ihm im Internet. Ein Mann, der so gewählt mit Worten umgehen konnte, wirkte auf Maria alles andere als gefährlich.

Ein paar Schritte noch. Der Kiesweg im Englischen Garten zwang sie, langsamer zu gehen. Am Kleinhesseloher See wollten sie sich treffen. Geradewegs steuerte sie auf eine wartende männliche Person zu.

»Heinz?«, fragte sie noch ein wenig außer Atem.

»Maria?«

»Ja. Entschuldige, ich bin ein bisschen spät dran.«

»Ach. Auf eine schöne Frau wartet man doch gerne!«

Marias Wangen färbten sich zartrosa. Nun sah sie ihn endlich. Sie hatten im Netz von Anfang an vereinbart, keine Fotos auszutauschen. Beide wollten einfach nur Worte sprechen lassen. Heinz gefiel ihr auf Anhieb. Dunkle Haare, an den Seiten grau meliert, gebräunte Haut und ein Lächeln, das ihre Knie weich werden ließ. Ganz Gentleman, nahm er ihre Hand und deutete einen Kuss auf ihrem Handrücken an. Er roch männlich markant und war sportlich, aber elegant gekleidet.

»Wollen wir ein paar Meter gehen? Die Luft ist so schön. Wir können später eine Bar aufsuchen.«

»Gerne.«

Heinz war ein wahrer Charmeur, und die Zeit verging wie im Flug. Es schien, als würde er mit jedem Satz genau die Erwartungen erfüllen, die Maria an einen Mann stellte. Die beiden waren so in ihr Gespräch versunken, dass sie die Zeit vergaßen.

Es dämmerte, und die letzten Sonnenanbeter traten ihren Heimweg an. Der Englische Garten leerte sich.

»Langsam wird es dunkel. Wollen wir uns nicht eine Bar suchen?«

»Ach. Nur keine Eile. Jetzt, wo es so schön einsam ist.«

Maria wurde es ein wenig unheimlich. Zielsicher steuerte Heinz mit ihr auf den bewaldeten Teil des Englischen Gartens zu.

»Wollen wir nicht lieber umkehren?«

»Aber warum denn so hektisch? Etwas trinken können wir danach doch immer noch!« Er nahm ihre Hand.

»Wie meinst du das? Danach?«

»Na, tu doch nicht so. Meinst du nicht, wir haben genug geredet.«

Maria bekam Panik. Hatte sie sich wirklich so blenden lassen? Hatte er sie mit seinen Mails so gefügig gemacht, ohne dass sie es bemerkte?

»Ich möchte jetzt heim.«

»So weit kommt es noch.« Seine Stimme wurde bedrohlich. »Mich erst heiß machen und dann kneifen!«

Ihr war schnell klar, auf was das hinauslaufen sollte. Mit einem Ruck riss sie sich los und wollte zurücklaufen. Doch er kam ihr zuvor, packte ihren Arm und zog sie an sich. Maria wollte schreien, doch ihre Stimme verstummte unter der Hand, die er ihr auf den Mund presste.

»Mach kein Theater, dann passiert dir nichts.« Er zog sie weiter zu den Büschen.

Maria zitterte am ganzen Körper. Ihre Beine versagten. Doch ihr Peiniger hatte sie fest im Griff und zerrte sie weiter über den Weg. Maria wünschte sich nichts mehr, als dass ein Spaziergänger oder Jogger ihren Weg kreuzte. Doch sie war auf sich allein gestellt.

»Ich nehme jetzt meine Hand von deinem Mund«, flüsterte er ihr ins Ohr. »Einen Mucks, und es wird dein letzter. Hast du mich verstanden?«

Maria zitterte.

»Ob du mich verstanden hast?«

Sie nickte. Er nahm seine Hand von ihrem Mund und wollte sie zu sich drehen.

»Jetzt oder nie«, dachte sich Maria und trat dem Mistkerl gegen das Schienbein. Heinz war überrascht und ließ kurz von ihr ab. Maria reagierte schnell und schlug ihm ihre Handtasche ins Gesicht. Dabei löste sich ihre Hand vom Henkel, und die Tasche fiel zu Boden.

Er packte sie, doch Michaela hob ihr linkes Knie und traf seine Weichteile. Er sackte zusammen. Wieder wollte Maria fliehen.

Vergebens, er hielt sie am Bein und versuchte, sie zurückzuziehen. Maria stürzte. Direkt vor ihr lag ihre Tasche. Sie fummelte den Verschluss auf, fand das Pfefferspray, das ihr ein guter Freund einmal besorgt hatte. Sie drehte sich am Boden um und drückte direkt vor Heinz' Gesicht ab.

»Ah! Das brennt! Komm her, verdammtes Miststück, jetzt hab ich die Faxen dicke.«

Maria drückte abermals und traf. Da Heinz sich nun beide Hände schützend vor das Gesicht hielt, schaffte Maria es, aufzustehen. Sie packte ihre Tasche und …

»Michaela benötigt ein Pfefferspray!«, sagte ich zu Leo. Der sah mich mit großen Augen an. »Ohne darf ich sie nicht zu ihrem Date gehen lassen.«

***

Am Sonntagnachmittag führte unsere Runde natürlich an Michas Wohnung vorbei. Am Vortag hatte ich so ein Spray an der Tankstelle besorgt. Ich hob Leo hoch, und er durfte klingeln.

»Hey, ihr zwei. Geht ihr Gassi? Kommt rein. Ich suche gerade nach einem passenden Outfit.«

»Nein, nein. Ich glaube, der Leo möchte heim. Ich wollte dir nur das hier vorbeibringen.« Ich gab ihr die kleine Dose.

»Ein Deo?«

»Quatsch. Das ist Pfefferspray. Bevor du fragst: Nein, es ist nicht zum Kochen.«

»Witzbold. Wir haben doch einen Pakt!«

»Ja, ich weiß!«

»Aber was soll ich denn mit Pfefferspray? Weißt du nicht, wie gefährlich das für mich ist?«

»Quatsch. Es soll dich ja schützen.«

»Und wenn mir einer das Teil abnimmt und es gegen mich verwendet?«

»Dann machst du die Augen zu und … ach, ich weiß nicht. Nimm es doch einfach und pack es in deine Tasche.«

Micha zog die Augenbrauen hoch. »Du bist zehn Mal schlimmer als damals meine Eltern.«

»Und? Packst du es ein?«

»Meinetwegen. Aber nur, damit du Ruhe gibst. Darf ich jetzt weiter meinen Kleiderschrank durchwühlen?«

»Eins noch. Mir wäre wohler, wenn du mir hin und wieder eine kurze SMS schreibst, ob alles okay ist. Besonders dann, wenn ihr woanders hingeht.«

Sie atmete laut aus und stemmte ihre Hände in die Hüften. »Du beschäftigst dich eindeutig zu sehr mit deinen Krimis. Vielleicht solltest du mal was anderes schreiben. Du hast schon richtige Paranoia. Aber aus dem Haus traust du dich ohne Maschinengewehr schon noch, oder?«

»Einer muss schließlich auf dich aufpassen. Mir wäre einfach wohler. Machst du's?«

»Ja, Papa!« Irgendwie schien es ihr zu gefallen, dass sich jemand um sie sorgte. Zumindest empfand ich das so.

»Wo geht ihr eigentlich hin?«, wollte ich wissen.

»Jetzt wirst du aber ganz schön neugierig. Willst du etwa mitkommen? Da würde mein Date aber gucken.«

»Ach was. Ihr trefft euch doch nicht etwa im Englischen Garten oder so?«

»Wer trifft sich denn abends im Englischen Garten? Sollen wir dort herumspazieren, bis es dunkel wird? Also manchmal hast du Fantasien!«

Okay. Ich sollte meinen letzten Romanentwurf noch mal überdenken. »Sagst du es mir nun, oder muss ich weiterraten?«

»Wir sind im *Vier Jahreszeiten* an der Bar verabredet. Meine Begleitung ist geschäftlich in der Stadt.«

»Oh! Schau einer an. Im *Vier Jahreszeiten*. War in den *Südtiroler Stuben* nichts mehr frei?«

»Er übernachtet dort. Da wäre es doch dumm, woanders hinzugehen. Ich find's klasse. Vielleicht sehen wir sogar ein paar Promis.«

»Na dann, viel Spaß heute Abend. Und halt mich auf dem Laufenden.«

Ich trat mit Leo den Heimweg an.

VIER JAHRESZEITEN! Meine Güte. Nicht, dass ich neidisch war. Wahrscheinlich ging der Abend sowieso auf Spesen. Auf dem Bewirtungsbeleg gab er dann bestimmt an: Ausbau der Synergien.

* * *

Und was, wenn Michaela nun wirklich auf ihren Mr Right traf? War es dann vorbei mit unserer Freundschaft? Niemals mehr würde sie doch nach einem durchgeknallten Klienten bei uns hereinschneien und sich den Frust von der Seele reden. Das würde dann Mr Vier Jahreszeiten erledigen. Auf der gemeinsamen Couch bei einem Glas Cognac. Während er ihr die Füße massierte. Zum Essen würde sie uns nur noch selten einladen. Und wenn, dann säße er mit am Tisch. Dann könnte ich mir den ganzen Abend irgendwelche Storys über Firmenübernahmen oder Börsenkurse anhören. Wer übernachtet schon im *Vier Jahreszeiten*? Doch nur, wer Kohle hat. Hallo? Ich habe einen Bestseller vorzuweisen und schlafe nicht in der Maximilianstraße. Klar, wäre als Münchner ziemlich bescheuert. Trotzdem. So ein Typ lebt für seine Arbeit. Der wäre doch kaum zu Hause. Wahrscheinlich hatte der überall auf der Welt Dates.

* * *

Bin jetzt da, gehe rein. Ich lebe noch und habe dein Spray im Anschlag! :-)

Ja, schick mir nur einen Smiley. Als ob der immer alles retten würde. Meine Ex hat mit diesen Dingern ständig rumgeschmissen. Erst Frechheiten schreiben und danach alles mit so einem Scheißgrinsegesicht abfedern. Das konnte ich ebenfalls.

Hallo, Micha. Danke für die Info. Habe gerade im Internet recherchiert. Dieses Jahr sind nach Blind Dates mehr Frauen in Deutschland verschwunden als letztes Jahr. Melde Dich wieder. Schönen Abend! :-)

Ja, so ein Smiley kann was. Die sollten bei der *Tagesschau* hinter jeder Meldung einen Smiley einblenden. Ich würde dann viel zufriedener in den Abend starten.

Während ich meine Fertigpizza auf der Couch aß und bereits das dritte Glas Wein in mich hineinkippte, starrte ich ständig auf mein Handydisplay. Sogar auf dem Klo hatte ich das Ding dabei. Leo saß neben mir und schaute zwischen Handy und mir hin und her. Wahrscheinlich dachte er sich, dass sein Herrchen mächtig einen im Tee hatte. Aber wer sein Stofftier stundenlang durch die Wohnung kickt, nur um es danach wieder mit Highspeed einzufangen, sollte sein Maul nicht zu weit aufreißen.

Eine Stunde war vergangen, seit Michaela sich gemeldet hatte. Schön war es am Freitagabend bei ihr gewesen. Wir waren schon immer auf einer Wellenlänge. Meist verstanden wir uns wortlos. Ich freute mich immer, wenn sie einfach bei uns vor der Tür stand, und ich war immer ein wenig traurig, wenn sie wieder ging. Oft hatte ich mir überlegt, mit ihr einfach eine WG zu gründen. Das wäre es gewesen. Wir hätten abends zusammen kochen können oder wären noch auf einen

Absacker runter in den Biergarten gegangen. Außerdem hätte ich dann immer eine hübsche Frau um mich gehabt. Ich genoss es, wie andere Männer schauten, wenn ich mit ihr irgendwo auftauchte. Ich konnte mir ein Leben ohne Micha … Moment! Was tat ich hier überhaupt. Ich saß auf meiner Couch mit Leo und starrte mein Handy an. Sollte ich ihr in diesem Moment nicht gegenübersitzen? Ihr in die Augen sehen und den Abend mit ihr genießen?

Verdammt, ich war verliebt in sie!

Moment. Konnte das sein? Hatte ich das die ganze Zeit über verdrängt? Wahrscheinlich wollte ich es mir nur nicht eingestehen. Aus Angst, bei einer Abfuhr womöglich auch noch meine beste Freundin zu verlieren. War mir Micha so nah, dass ich nicht merkte, dass sie mir fehlen könnte? Jetzt, wo die Gefahr bestand, dass ein anderer sie mir wegschnappt, wachte ich also auf. Anscheinend war ich schon immer verliebt gewesen und hatte nichts dagegen getan, dass sie nun mit einem anderen Mann einen schönen Abend verbrachte. Nun saß ich hier in meiner Kommandozentrale und gaffte auf mein Handy. Leo bellte, weil eine Nachricht ankam.

Haben gerade lecker gegessen. Er ist auf dem Klo. Unterhalten uns gut. Ich glaube, er hat keine Waffe. :-)

Und wieder ein Smiley. Ich legte das Handy zurück vor Leos Nase, damit er so tun konnte, als ob er sie lesen würde.

Was Michaela wohl von mir dachte? Wie ging es ihr mit mir? Wollte sie mehr, oder war ich für sie nur ein guter Freund? Gibt es überhaupt eine Freundschaft zwischen Männern und Frauen? Bisher hatte ich immer gedacht: Ja, klar. In *Harry und Sally* sah Billy Christal das zwar anders, aber was wusste der schon. Welche Gefühle hegte Michaela für mich? Leo meldete wieder eine eingehende Nachricht.

Jetzt bin ich auf dem Klo. Wollte nichts mehr essen, habe aber ein Tiramisu bestellt. Habe gerade gesehen, dass das Pfefferspray abgelaufen ist. Brennt das dann überhaupt noch in den Augen? :-)

Ich sendete einen Smiley zurück und raufte mir die Haare.

»Mensch Leo, was sollen wir jetzt tun?«

Er schob Speedy in meine Richtung. Ich hob ihn auf, starrte das Stofftier an und wiederholte meine Frage. Leo bellte. Ach ja, Speedy. Den hatte Michaela ihm geschenkt. Wollte mir mein Hund etwas sagen? Quatsch. Das wäre ja gespenstisch.

Ich ging im Wohnzimmer auf und ab. Was jetzt? Sollte ich ihr etwas schreiben? Nein. Das hatte keine Klasse. Zwei Dinge waren mit dem Handy absolut verboten: Schluss zu machen und jemandem seine Gefühle mitzuteilen. Wobei man beim Schlussmachen zwei Smileys mitsenden könnte? Spaß beiseite. Ich hätte es niemals so weit kommen lassen dürfen. Am Freitag beim Abendessen wäre die perfekte Gelegenheit gewesen, Micha meine Gefühle für sie zu offenbaren. Aber ich wusste es ja selbst nicht … doch. Ich wusste es schon. Ich hatte es immer gewusst. Letztendlich war ich anscheinend einfach zu feige und hatte Angst vor ihrer Reaktion. Ich goss mir Wein nach. Leo bellte.

Abend läuft gut. Ich schalte mein Handy jetzt aus und melde mich morgen wieder. Schlaft gut.

Kein Smiley.

Was hatte das zu bedeuten: »Abend läuft gut« und »melde mich morgen wieder«? Ging sie nun heim oder mit dem Typen auf sein Zimmer? Scheiße! Was sollte ich tun?

Hier zu sitzen und dumm dreinzuschauen war keine Option. Eine Nachricht wollte ich ihr nicht senden. Wenn ihr Handy schon aus war, würde sie die erst morgen bekommen. Dann wäre es eh zu spät. Und falls sie mit dem in der Kiste war, wollte ich keinesfalls, dass sie von meinen Gefühlen erfuhr. Ich war hin und her gerissen. Leo hüpfte von der Couch und rannte zur Wohnungstür. Dort blieb er stehen und bellte. Entweder hatte mein Hund mittlerweile eine schwache Blase, oder er nahm nun das Ruder in die Hand, was abermals gespenstisch gewesen wäre! Dennoch, er hatte recht. Wir mussten los. In die Maximilianstraße. Mit dem Auto konnte ich nach dem Wein nicht mehr fahren, und ein Taxi … Ach, was sollte es. Wenn wir uns beeilten, waren es höchstens fünfzehn Minuten bis zum *Vier Jahreszeiten*.

Ich schlüpfte schnell in meine Sneakers und die Jacke. Verdammt. Ich zog die Jacke nochmals aus. Blöder Wein. Ich wollte auf keinen Fall meine Liebesbeichte mit den Worten unterbrechen: »Bin gleich wieder da, ich muss mal!« Bei der Gelegenheit legte ich gleich noch mal Aftershave nach.

Unnötig zu erwähnen, dass es gerade in dem Moment, als wir auf die Straße traten, zu regnen begann. Leo, ansonsten eher wasserscheu, war es egal, und mir waren die Stufen nach oben zu weit, um einen Schirm zu holen. Außerdem wirkt das Teil beim Laufen wie ein Bremsfallschirm. Ich zog den Reißverschluss meiner Jacke nach oben und lief mit meinem treuen Gefährten los. Zu Fuß und bei Regen zog sich die Strecke ziemlich in die Länge. Als wir die Maximiliansbrücke erreicht hatten, war ich bereits bedient, und Leo sah ebenfalls nicht mehr so ganz taufrisch aus. Speedy musste kräftig Federn lassen. Der war dem Leo nämlich bis zur Brücke bereits zweimal aus dem Maul gefallen. Einmal davon in eine Pfütze. Da wir aber ein Team waren, wartete ich geduldig, bis Leo seinen Freund wieder im Maul hatte. Wir ließen keine Verwundeten zurück.

So schön München bei Tag und Sonnenschein war, bei

Nacht und Regen überzeugte die Stadt mich nicht. Besonders, wenn ich möglicherweise vergeblich meinem Glück hinterherlief. Selbst die Praterinsel inmitten der Isar hatte gerade überhaupt kein Flair.

Endlich hatten wir es über die Isar geschafft und überquerten jetzt die Steinsdorfstraße. Die Maximilianstraße hatten wir zwar erreicht, wer aber schon einmal in München gewesen ist, der weiß, dass sich diese Straße ziemlich in die Länge zieht. Wie sollte es anders sein, das *Vier Jahreszeiten* war natürlich fast am anderen Ende. Wir liefen an den Läden der Reichen und Schönen vorbei, während ein Luxusschlitten nach dem anderen an uns vorbeirollte. Ja, München an einem Sonntagabend, da zeigt man gerne, was man hat. Sogar bei Regen. Für Leo war in dieser Nacht nichts dabei. Nie im Leben würde eine geföhnte und frisierte Pudeldame bei diesem Wetter ihr gepflegtes Altbaudomizil verlassen. Ganz anders als mein Leopold. Ja, auf dieser Luxusmeile war es nur angebracht, seinen Namen in voller Länge auszusprechen. Wir kamen zum Thomas-Wimmer-Ring. Dieses breite Elend mussten wir nun auch noch überqueren. Wie auf Knopfdruck schaltete die Fußgängerampel vor uns auf Rot. Wild entschlossen krallte ich mir Leo und rannte, ohne zu bremsen, weiter. So kurz vor unserem Ziel wollten wir unsere Mission auf keinen Fall von einer Ampel stören lassen. Die Autofahrer, die grün bekamen, hatten dafür kein Verständnis. Wir ließen uns aber durch wildes Hupen nicht vom Weg abbringen und erreichten unversehrt die andere Seite. Als ich Leo absetzte, knurrte er mich an.

»Ja, ich weiß, Leo, dass das gefährlich war, aber ich hatte alles im Griff.«

Weiter ging es, und ich sah schon aus der Ferne das Hotel. Luxuslimousinen parkten vor dem Eingang, Türen wurden geöffnet, und heraus stieg das *Who's who* der Upperclass. Nicht meine Welt. Dennoch half es nichts. Die Frau meines Lebens hielt sich in diesem Augenblick in dieser Welt auf. Gegenüber dem protzigen Eingang bremsten wir unsere Schritte. Der Portier hätte uns bei dem Versuch, die Lobby zu stürmen, sicherlich zurückgehalten. Also war es besser, mit einer gewissen Selbstverständlichkeit heranzutreten. Na, ob das was werden konnte? Völlig durchnässt standen wir so kurz vor unserem Ziel, als mir eine Frau auffiel, die gerade das Hotel verließ. Mit einem Schirm bewaffnet machte sie sich in Richtung Innenstadt auf den Weg.

»Leo, schau mal, ist das nicht die Michaela?«

Er sah genau in die entgegengesetzte Richtung. Egal. Ich erkannte die Klamotten, die sie anhatte, und den Schirm, auf dem *Mistwetter* stand. Was tat sie alleine hier auf der Straße, und wo wollte sie hin?

Wir blieben auf unserer Straßenseite und folgten ihr mit sicherem Abstand und in der Hoffnung, dass sie es wirklich war. Zu dumm, wenn wir nachts bei Regen einer wildfremden Dame hinterhergelaufen wären, während Micha mit ihrem Date die Bettwäsche aus ägyptischer Baumwolle durchwühlte.

Jetzt überquerte sie die Straße und bog ab Richtung Hofbräuhaus. Die kleinen Nebenstraßen waren wie leergefegt. Das war gut, so liefen wir nicht Gefahr, sie zu verlieren. Außer uns war im Umkreis von dreihundert Metern wahrscheinlich niemand auf den Beinen. Leo schlich leicht versetzt hinter mir. Es schien ihm richtig Spaß zu machen. Endlich war mal was los. Michaela stoppte kurz und drehte sich um. Wir wandten uns beide schnell ab und betrachteten die Auslage eines Schaufensters. Sie ging weiter, wir warteten kurz und folgten ihr wieder.

Jetzt beschleunigte Micha ihre Schritte, und wir taten es ihr gleich. Wieder bog sie in eine andere Straße ab. Wie es schien, ging sie im Kreis. Wahrscheinlich war ihr zwischenzeitlich aufgefallen, dass sie beim Verlassen des Hotels in die falsche Richtung gestartet war. Aber wo wollte sie denn so alleine hin? Um diese Zeit? Da sie ein ganzes Stück vor uns in einer Seitenstraße verschwand, mussten wir einen Zahn zulegen, um sie nicht zu verlieren. Ich beschleunigte meine Schritte, und Leo dackelte mir zügig hinterher. Gerade als ich um die Ecke bog, erwischte mich etwas direkt im Gesicht.

»Ah! Scheiße! Das brennt wie die Hölle! Verdammt!« Ich rieb wie verrückt meine Augen, was die Sache nur verschlimmerte. Leo legte Speedy ab und bellte.

»Alexander?! Du?«

»Klar ich! Wer sonst. Oh, verdammt!«

»Das tut mir leid. Ich wusste doch nicht …!« Sie war verwirrt. Aber nur ganz kurz. »Was schleicht ihr mir eigentlich mitten in der Nacht hinterher. Seid ihr wahnsinnig? Ich dachte, ich werde verfolgt! Na ja, wie sich nun herausstellt, wurde ich das auch.«

»Aber musst du denn gleich mit dem Pfefferspray …?«

»Na, du hast mir doch das Teil vorbeigebracht. Kannst stolz auf mich sein. Schau, ich hab es benutzt!«

Ich lehnte an der Hauswand und blinzelte vor mich hin. Kaum zu glauben, wie viel Tränenflüssigkeit so ein Körper binnen kürzester Zeit produzieren kann. Micha holte ein Taschentuch aus ihrer Handtasche und betupfte damit meine tränenden Augen. Ich ließ es geschehen. Immerhin war ich froh, dass sie nicht in irgendeinem Hotelzimmer war, sondern hier bei mir.

Es hörte zu regnen auf, und ich konnte mit meinen verquollenen Augen wenigstens schon wieder leichte Umrisse wahrnehmen.

»Eines wissen wir jetzt«, sagte Micha.

»Was?«

»Dass abgelaufenes Spray noch in den Augen brennt!«

Wir lachten beide, und ich legte meinen Kopf auf ihrer Schulter ab. Leo spielte mit Speedy.

»Heim?«

»Ja, heim!«, antwortete ich ihr und hakte mich unter. Irgendwer musste mich schließlich führen. Wir schlenderten zurück zur Maximiliansbrücke. Leo lief voraus und checkte die Gegend, als wäre er ein Agent des Secret Service. Wahrscheinlich hatte er es so ähnlich schon einmal bei *Kommissar Rex* gesehen. Er lief ein paar Schritte, sah sich um und wartete, bis wir ihn eingeholt hatten. So ein Hund hatte sich doch eine Extraportion Leberwurst verdient, oder?

Auf der Brücke blieben wir stehen und sahen auf die Praterinsel hinunter. Meine Augen hatten sich glücklicherweise ein wenig erholt. Ich sah Michaela von der Seite an.

»Und? Wie war dein Date?«

»Das gab es doch überhaupt nicht.«

Ich verstand nicht. »Wie soll ich denn das verstehen? Ist er nicht gekommen?«

Sie antwortete mir nicht und stellte mir stattdessen eine Gegenfrage. »Was hattest du denn am Hotel zu suchen? Du bist mir doch von dort aus gefolgt, oder?«

»Ja.«

»Und warum?«

»Na, du hast geschrieben, dass du dich erst morgen wieder meldest, da habe ich gedacht …«

»Was hast du gedacht?«

»Verdammt, ich weiß nicht!«

So schwierig hatte ich es mir, ehrlich gesagt, nicht vorgestellt, Micha meine Gefühle zu beichten. Da war es einfacher, einen kompletten Groschenroman zu schreiben.

»Was weißt du nicht?«

»Ach, Micha. Ich finde dich schon irgendwie klasse.«

»Irgendwie klasse? Ein Auto findet man irgendwie klasse! Einen Geschirrspüler findet man irgendwie klasse!«

»Komm, Micha, du weißt genau, was ich meine.«

»Und warum sagst du es dann nicht einfach?« Sie kam näher an mich heran.

Ich nahm mich zusammen. Sie hatte recht. Jetzt oder nie. »Micha, ich hab mich in dich verliebt. Ich meine, ich habe dich irgendwie schon immer geliebt. Nur, ich konnte … ach, verdammt, ich …«

Sie küsste mich. Ich sie zurück. Wir sahen uns tief in die Augen. Dann zog ich sie fest an mich heran, und wir knutschten auf der Brücke wie zwei Sechzehnjährige.

Irgendwann später löste Micha sich von mir und sah mich an.

»Sag mal, weinst du?«

»Quatsch. Das ist immer noch das Spray.«

»Sei froh, dass ich das genommen habe und nicht den hier.« Sie öffnete ihre Handtasche und zeigte mir einen Elektroschocker.

»Bist du verrückt? Seit wann schleppst du denn so ein Teil mit dir herum?«

»Den habe ich immer in meiner Praxis. Du weißt doch, dass ich täglich mit Männern alleine bin. Da will ich nichts dem Zufall überlassen. Klar, dass ich den nachts mitnehme, wenn ich alleine durch München laufe. Man sieht ja, was passieren kann.«

»Jetzt hör aber auf, Micha. Ich bin doch kein Stalker!«

»Ach nee?«, sagte sie und küsste mich wieder.

Leo setzte sich demonstrativ so auf den Bürgersteig, dass er die Knutscherei nicht mit ansehen musste. Vielleicht hat er uns aber letztendlich nur bewacht.

»Aber, Micha?«

»Ja?«

»Jetzt sag doch mal, warum gab es denn kein Date?«

»Du bist echt nicht der Schnellste. Da hab ich mir ja einen geangelt.« Sie schlug die Hände über dem Kopf zusammen.

»Was glaubst du denn, warum ich dich zum Essen einlade, mit dir zu Singletanzabenden gehe und mehrmals wöchentlich bei dir reinschneie, um von irgendwelchen durchgeknallten Menschen zu erzählen?«

Ich war überrascht. »Das hast du alles wegen mir gemacht?«

»Na, für mich nicht. Was denkst du, wie anstrengend das war.«

»Dann hast du dieses heutige Date also einfach erfunden?«

»Natürlich! Weil du sonst nie aufgewacht wärst. Ich musste dich doch irgendwie aus der Reserve locken. Wie man sieht, hat es letztendlich …« Sie zog mich näher zu sich heran und küsste mich wieder.

Nach einer Weile traten wir endgültig Hand in Hand unseren Heimweg an. Leo lief wieder voraus und markierte nebenbei ein bisschen die Gegend.

»Du, Micha? Wie lange geht denn das schon bei dir?«

»Du meinst, meine Gefühle für dich?«

»Ja.«

»Sagen wir es mal so, ich fand es damals schon ziemlich beschissen, dass du die Heike geheiratet hattest.«

»Was, so lange schon?«

»Tja. Aber nun ist es viel besser.«

»Wie soll ich denn das verstehen?«

»Na, mit einem geschiedenen Mann zusammen zu sein ist doch viel cooler. Noch dazu mit einem, den ich schon sehr lange kenne. Kannst du dir vorstellen, was für kranke Typen da draußen rumlaufen? Ich habe Mails bekommen, das glaubst du nicht. Die musst du lesen.«

»Ne. Lass mal. Die will ich überhaupt nicht lesen.«

Wir gingen zu mir, weil Leo da sein Körbchen hatte. Außerdem fand Micha immer schon meine Wohnung schöner als ihre.

ZWEI MONATE SPÄTER

»Alexander, du glaubst nicht, was ich gerade für einen Klienten hatte!«

»Komm doch erst einmal rein. Kaffee?«

»Schnaps wäre mir lieber.«

»Es ist vier Uhr am Nachmittag!«

»Na gut, dann Kaffee.« Sie ging ins Wohnzimmer und begrüßte Leo. Der sprintete ihr sofort entgegen, jedoch nicht mit Speedy. Bei unserer nächtlichen Mission, Micha vor bösen Männern zu beschützen, hatten wir nämlich einen Verlust zu verzeichnen. Speedy hatte es nicht heil nach Hause geschafft. Der Regen und die Pfützen waren anscheinend zu viel für unseren treuen Kameraden gewesen. Er hatte seinen Sombrero und ein Ohr verloren. Und für die offene Stelle an seinem Rücken kam jede Hilfe zu spät. Im Englischen Garten haben wir ihn ein paar Tage später im Zuge einer feierlichen Zeremonie beigesetzt. Leos Aufmerksamkeit war allerdings schnell verflogen. Während ich meine zutiefst rührende Rede zum Besten gab, kam dummerweise eine Hundesitterin mit fünf Pudeln vorbei. Für Leo gab es kein Halten mehr, und die Dame hatte alle Hände voll zu tun, ihre Vierbeiner im Zaum zu halten.

Für Speedy musste schnell Ersatz her. Da kam Shrek ins Spiel. Anfangs hatte Leo den grünen Oger fast einen Tag lang nur angebellt. Mittlerweile aber haben sich die beiden zusammengerauft, und mein Dackel macht keinen Schritt mehr ohne ihn.

Hatte ich schon erwähnt, dass Michaela und ich seit drei Wochen zusammenleben? Also in einer Wohnung? Nein? Dann erzähle ich es noch schnell.

Micha ist zu uns gezogen und hat ihre Praxis jetzt gleich nebenan. Mandy hat ihre Wohnung nämlich an uns verkauft und wohnt seit ein paar Wochen mit ihrem DJ in Berlin. Michaela hat also den wohl kürzesten Arbeitsweg Münchens. Nach mir natürlich. Wir haben uns auch eine zweite Couch angeschafft. Zu dritt wurde es doch ein wenig zu eng auf der einen. Außerdem können wir uns so wunderbar sowohl gleichzeitig als auch gegenseitig therapieren.

»Hier, dein Kaffee.«

»Danke. Komm, setz dich doch ein bisschen zu mir, mein Erfolgsautor.«

»Später, Micha. Ich schreibe noch schnell meinen nächsten Bestseller zu Ende. Carsten hat vorhin schon ganz aufgeregt angerufen. Das Exposé, das ich ihm geschickt habe, scheint nicht nur ihm, sondern auch einigen Verlagen zu gefallen.«

Micha nahm meine Hand. »Na, das will ich hoffen. Wir können jeden Euro gebrauchen. Leos Leberwurstkonsum steigt ins Unermessliche.«

Ich küsste Micha und kraulte Leo kurz hinter dem Ohr. Dann setzte ich mich wieder auf den Balkon. Der Wiener Platz unter mir war belebt. Ich öffnete mein Notebook.

… kam Claire gerade von ihrer Arbeit nach Hause. Oft hatte sie John in seinem Loft besucht und Zeit mit ihm verbracht. Dass sie aber mit ihm irgendwann hier in New York leben würde, hätte sie nie für möglich gehalten. Bei beiden war die Angst, einen guten Freund zu verlieren, zu groß gewesen, um den nächsten Schritt zu wagen.

Es war leichtsinnig von Claire gewesen, sich im Internet mit einem wildfremden Mann zu verabreden. Aber John hatte sie aus den Fängen der Menschenhändler gerettet. Voller Begeisterung erzählte sie noch heute davon, wie John damals im Four Seasons *das Hotelzimmer gestürmt hatte. Mit seinem Elektroschocker hatte er einen Verbrecher nach dem anderen zur Strecke gebracht.*

Nachdem er die Bande der Polizei übergeben hatte, trug er Claire auf seinen Armen die ganzen fünf Meilen nach Hause. Dort hatte er ihr endlich seine Liebe gestanden.

Claire hatte so oft die Heldentaten in Johns Bestsellern bewundert. Nun hat sie endlich ihren eigenen Helden gefunden. Und der wollte den Rest seines Lebens mit ihr verbringen. Zusammen mit seinem Dackel Ben, der vor Jahren eine Ausbildung beim K-9 genossen hatte.

»Möchtest du einen Kaffee?«, fragte er seine Liebste, als sie das geräumige Wohnzimmer betrat.

»Ein Scotch wäre mir lieber!«

»Darling, es ist vier Uhr nachmittags.«

»Du hast ja recht. Ich mache doch nur Spaß. Ein Kaffee wäre schön.« Sie zog wie immer auf dem Weg zur Couch ihre Pumps aus.

Als John mit zwei Tassen aus der Küche kam, hatte sie es sich bereits gemütlich gemacht und kraulte Ben, der neben ihr lag.

»Komm, leg dich doch ein wenig zu mir«, hauchte Claire und nahm Johns Hand, nachdem er ihre Tasse auf dem Tisch abgestellt hatte.

»Später, Darling, später! Ich muss zuerst meinen neuen Bestseller zu Ende schreiben.«

»Ich wünsche es uns, dass es ein Bestseller wird, John. Dann fahren wir in die Hamptons.«

John küsste Claire innig und strich ihr über die Wange.

»Claire?«

»Ja?«

»Es ist noch Kuchen im Kühlschrank.«

Claire setzte sich auf. »John, wie kannst du nur! Ich muss auf meine Linie achten!«, sagte sie entrüstet. »Nächste Woche sind wir auf diese Benefizveranstaltung eingeladen. Du weißt, ich will unbedingt mein neues Kleid tragen.«

John nahm seine Tasse und trank einen Schluck.

»Was ist es denn für ein Kuchen?«, fragte Claire nach kurzem Zögern.

»Der mit den Schokostreuseln, den du so gerne magst.«

Sie kaute auf ihrer Unterlippe, und John nahm einen weiteren Schluck.

»Gut, aber nur ein Stück«, sagte Claire schließlich. »Ist noch Sahne da?« Sie verschwand in der Küche, und John konnte sich ein Grinsen nicht verkneifen.

Er trat hinaus auf die großzügige Dachterrasse, wo schon sein Notebook bereitstand. Bevor er sich setzte, um sein Werk zu vollenden, blieb er an der Brüstung stehen und sah hinüber auf den Central Park. Zufrieden atmete er tief ein. John griff in seine rechte Hosentasche und holte ein kleines Etui heraus. Er öffnete es und betrachtete den Inhalt. Der Stein des Ringes glitzerte in der Sonne. Er drehte sich um und beobachtete Claire durch die Terrassentür.

In dem Moment war es für John klar, dass sein Roman noch kurz warten musste. Der Zeitpunkt war perfekt für sein persönliches Happy End. Er schloss das Etui und ließ es wieder in seiner Hosentasche verschwinden. Dort sollte es aber nicht lange verweilen. Dann atmete er nochmals tief ein und ging zurück zu Claire.

Lesen Sie auch von diesem Autor:

Ich bin Single, Kalimera

Wie Champagner

Männerferien

19240923R00156

Printed in Poland
by Amazon Fulfillment
Poland Sp. z o.o., Wrocław